名もなき人たちのテーブル

マイケル・オンダーチェ
田栗美奈子 訳

作品社

名もなき人たちのテーブル

クィンティン、グリフィン、クリスティン、エスタに
アンソニーとコンスタンスに

そんなふうに私は東洋を見ている……いつも小舟から眺めているのだ――光もささず、風もそよがず、音もしない。私たちは大地を目覚めさせることを恐れるかのように、低くささやきあった……若き私が目を開けて見つめた瞬間、すべてはそこにある。私はそれを海との闘いから見いだしたのだ。

――ジョゼフ・コンラッド「青春」

序章

彼は話に加わっていなかった。ずっと車の窓から外を眺めていた。前の席ではおとなふたりが、声をひそめて静かに言葉を交わしている。聞こうと思えば聞けたが、そうはしなかった。しばらくの間、ときおり川が氾濫する区域の道で、タイヤが水しぶきをあげる音がした。やがてフォート地区に入ると、車は郵便局や時計台をひっそり通り過ぎていった。夜のこの時間ともなれば、コロンボの街に車はほとんど走っていない。レクラメーション通りへ折れて、聖アントニウス教会を過ぎたあと、電球を一つずつ灯した屋台の列が終わった。それから広大な空き地に入ると、そこが港だった。遠くの桟橋ぞいに明かりが連なっているだけだ。彼は降り立ち、熱をおびた車のそばにたたずんだ。

埠頭に住み着く野良犬たちが、暗がりで吠える声が聞こえた。あたりはほとんど闇に包まれ、見えるのはただ、わずかな硫黄ランタンの光で浮かびあがるものばかり——列をなして荷車を引く沖仲仕たちと、体を寄せあう家族たち。みんな、船のほうへ歩きだしている。

その夜、彼は一一歳で、世間のことなど何も知らぬまま、人生で最初にして唯一の船に乗りこんだのだった。まるで海岸に新たに都市が作られ、どんな町や村よりも明るく照らされているような感じがした。足もとだけを見つめてタラップをのぼると——前方には何も存在しなかった——やがて暗い港と海が目の前に広がった。沖のほうにはほかの船の輪郭がいくつも浮かび、明かりを灯しはじめている。彼はひとりぽつんと立って、あたりの匂いを吸いこみ、それから人混みと喧噪のなかを抜けて、陸に面した側へ戻っていった。黄色い光が町をおおっている。自分と、あちらで起こっていることが、早くも壁にさえぎられた気がした。旅客係が食べ物とふるまい酒を配りはじめた。彼はサンドイッチを何切れかつまんでから、自分の船室に降りていき、服を脱いで、狭苦しい寝台にもぐりこんだ。これまでに毛布をかけて寝たのは、一度ヌワラ・エリヤ〔スリランカ中部の高原地帯にある町〕に行ったときだけだ。目が冴えきっている。船室は波より下に位置し、舷窓ひとつない。寝台の横にスイッチがあったので押してみると、頭と枕がいきなり円錐型の光に照らされた。

　デッキに戻って景色の見納めをすることも、港まで送ってきた親戚に手を振ることもしなかった。歌声が聞こえた。張りつめた夜気のなかで、家族たちがしんみりと、そしてせつせつと別れを惜しむ様子が目に浮かんだ。今になってもわからないのだが、なぜ彼はそんな孤独を選んだのだろう。オロンセイ号まで送ってきてくれた人たちは、すでに去っていたのか。映画のなかでは、涙に暮れて体を引きはがし、船が岸を離れると、旅立つ人は遠ざかる顔の見分けがつかなくなるまで、必死に見つめつづけるものだけれど。

　船に乗っていたあの少年は誰だったのか、思いを馳せてみる。狭い寝台で身を硬くしている、バッタかコオロギみたいな彼の内面には、自分が何者かという意識さえないのだろう。わけもわからず、偶然の流れで、ひそかに未来へ放りこまれたかのように。

乗客たちが廊下を走っていく音が聞こえ、彼は目覚めた。服を着て船室を出てみた。何かことが持ち上がっている。夜空に響きわたる、酔っぱらいのわめき声と、それを叱りつける役人たちの声。Bデッキの中ほどで、船員たちが水先案内人を取り押さえようとしている。水先案内人は細心の注意を払って船を港から導いてきて（防波堤に始まり、水中の漂流物など、避けるべき経路がたくさんあった）、頑張った自分へのほうびに飲み過ぎてしまったらしい。どうやら立ち去りがたいようだ。もう少しだけ。あと一時間か二時間、船にとどまりたい。だが、真夜中を迎えたオロンセイ号には出航を待ちわびる空気が満ち、水先案内人のタグボートは船のすぐ下で待ち受けている。乗組員たちは水先案内人に縄ばしごを降りさせようと悪戦苦闘したが、落ちて死にでもしたら大変なので、魚よろしく網に入れて、そのまま安全に下ろしてやった。水先案内人はどこ吹く風という顔だったが、ブリッジで怒り狂う、白い制服姿のオリエント・ラインのお偉方にとって、この顚末はいい恥さらしだったに違いない。タグボートが切り離されると、乗客たちが歓声を上げた。やがて二時を告げる鐘が鳴り、水先案内人のけだるい歌声とともに、タグボートは夜の闇に消えていった。

第1章　旅立ち

あんな船に出会うまえ、僕の人生には何があっただろう？　川下りをした丸木舟？　トリンコマリー湾の大型ボート？　なじみの水平線にはいつだって漁船が浮かんでいた。けれども、これから海を渡るこの城の雄大さは、想像をはるかに超えていた。僕にとっての長旅といえば、車でヌワラ・エリヤやホートン・プレインズ〔スリランカ中央部の国立公園〕を訪れたときか、列車でジャフナ〔スリランカ最北端の都市〕に行ったときくらいで、朝の七時に出発し、夕方には着いてしまった。そうした旅には、卵のサンドイッチと、タラグリ〔ゴマだんご〕、トランプ、そして少年らしい冒険心をたずさえていった。

けれど今、僕は船でイギリスへ渡るようお膳立てされ、しかもこれがひとり旅なのだ。特別な経験になるだろうとも、面白いとも危険だとも言われなかったので、嬉しさも不安も感じないままその日を迎えた。船が七階もあること、船長とコック九人、機関士や獣医を含め六〇〇人以上が乗ること、小さな牢獄と塩素消毒したプールがあること、なんとそれが二つの大洋を越えて航海することなど、何一つ知らされていなかった。出発の日どりはカレンダーに伯母がさりげなく印をつけ、学期の終わりでやめることを学校に届け出た。海の上で二一日間すごすことも、大したことではないように話されていたから、親類がわざわざ港まで送ってくれるなんて意外だった。てっきりひとりでバスに乗り、ボレラ・ジャンクションで乗り換えるのだろうと思っていたから。

一度だけ、僕に旅の心構えをさせるための機会がもうけられた。伯父の知人の奥さんでフラビア・プリンスという名のおばさんが、同じ船に乗ることがわかり、ある午後、顔あわせのためお茶に招かれたのだ。おばさんが乗るのは一等船室だが、僕に目を光らせていると請けあった。僕は用心しいしいおばさんと握手をした。指輪と腕輪がじゃらじゃらついていたからだ。それからおばさんは僕をそっちのけにして、中断された会話に戻った。僕はずっと伯父たちの話を聞きながら、耳を落としたサンドイッチをみんながいくつ食べるか数えていた。

旅立つ日、手をつけていない学校の試験問題集、鉛筆一本と鉛筆削り、なぞり描きした世界地図を見つけ、小さなスーツケースに詰めた。外へ出て、発電機に別れを告げてから、前に分解したきり元に戻せず、芝生の下に埋めたラジオの部品を掘り返した。ナラヤンに別れを告げ、グネパラにも挨拶した。

車に乗りこむと、こんなふうに説明された。インド洋とアラビア海と紅海を渡ってから、スエズ運河を抜けて地中海に入る。そしてある朝、イギリスの小さな波止場に着くと、そこでお母さんが出迎えてくれるのだ、と。僕が気になったのは、旅の魅力でも規模でもなく、僕がいつあちらの国に着くか、どうやって母にわかるのだろうというその一点だった。

そして、母がそこにいるのかどうか。

第2章

ドアの下にそっとメモをはさむ音が聞こえた。食事は毎回、七六番テーブルでとるようにという指示だった。同室の寝台には寝た形跡がない。僕は服を着て船室を出た。階段は不慣れなので、おっかなびっくりのぼった。

食堂に行くと、七六番テーブルは九人で、その中に僕と似たような年頃の男の子がふたりいた。

「どうやらわたしたち、〈キャッツ・テーブル〉にいるようね」ミス・ラスケティという女の人が言った。「もっとも優遇されない立場ってことよ」

僕たちが船長のテーブルから遠く離されているのは明らかだった。なにしろ食堂の向こうとこっちなのだから。同じテーブルにいるふたりの少年は、ひとりがラマディンという名で、もうひとりはカシウスと呼ばれていた。ラマディンは物静かで、カシウスは人をばかにするような態度だ。僕らはお互い無視しあっていたが、カシウスのことは知っていた。同じ学校で、あっちが一年上だけど、いろいろな噂を耳にしていたのだ。彼は悪名高く、一学期間、停学にされたほどだった。お互い口をきくようになるには時間がかかるだろうと思った。でも、うちのテーブルのいい点は、面白そうなおとなが何人もいることだ。植物学者や、キャンディ〔スリランカ中部の古都〕に店を構える仕立屋。何よりわくわくするのは、「落ち目になった」とほがらかに豪語するピアニストの存在だった。

その人はマザッパさん。夜になると船上オーケストラと共演し、日中はピアノを教えている。それで船賃を安くしてもらっているのだ。最初の食事のあと、ラマディンとカシウスと僕を、身の上話で楽しませてくれた。マザッパさんと一緒にすごし、彼が知っている無茶苦茶できわどくなりがちな歌詞を聞かされるうちに、僕たち三人は相手を受け入れるようになった。三人とも恥ずかしがって、おどおどしていたのだ。マザッパさんにかまってもらい、目と耳をしっかり開けておけと忠告されるまでは、みんな、ほかのふたりに挨拶するそぶりさえ見せなかった。こうして、初日の終わりには、僕たちは互いに好奇心を分かちあえることに気づいた。

〈キャッツ・テーブル〉にはもうひとり、興味をそそられる人物がいた。船の解体業を引退したネヴィルさんで、しばらく東洋ですごしたあと、イギリスに戻るところだった。大柄でおだやかなこのおじさんを、僕たちはしょっちゅう追いかけまわした。船の構造についてくわしく知っていたからだ。有名な大型船をいくつも解体したことがあるという。マザッパさんと違って遠慮がちな人で、そうした過去のエピソードを語ってもらうには、こちらがうまく聞き出さなければならなかった。僕たちの質問攻めに答えるとき、彼があれほど控えめでなかったら、こっちも信じなかったし、あんなに夢中にならなかっただろう。

またネヴィルさんは、オリエント・ラインの安全調査も請け負っているので、船内のどこでも出入りが自由だった。機関室とボイラー室の仲間に紹介してくれたので、そこで行われている作業を見学できた。一等船室と比べて、機関室は——まるで地獄みたいに——耐え難いほどの騒音と熱に満ちていた。ネヴィルさんにくっついて、二時間ほどオロンセイ号のなかを歩きまわると、危ないものとそうでもないものがすべてはっきりした。彼いわく、宙づりで揺れている救命ボートは、危険そうに見えるだけということなので、カシウスとラマディンと僕は、しょっちゅうボートにもぐりこみ、見晴らしのきく場所から乗客たちをこっそり観察した。ミス・ラスケティから、自分たちは社会的に地位のない「もっとも優遇されない立場」だと聞いたおかげで、僕たちはパーサーや給仕長や船長といったお偉いさんの目には入らないだろうと、確信するようになった。

思いがけず、遠い従姉《いとこ》のエミリー・ド・サラムも乗船していることがわかった。残念ながら、〈キャッツ・テーブル〉の一員ではなかったが。エミリーは昔から、おとなたちの目には僕とそっくりだったらしい。僕は何か新しいことを経験すると彼女に報告し、意見を求めた。エミリーは好き嫌いをはっきり言ってくれるし、なにしろ年上だから、いつもその判断にならっていた。

僕には兄弟も姉妹もいないので、子どもの頃、身近な親類といえばおとなばかりだった。独身の叔父たちや、噂話と人の値踏みに明け暮れる、のんびり屋の叔母たちが寄り集まっていた。金持ちの親戚がひとりいたが、こちらとは頑として距離を置いていた。誰もが彼を疎《うと》んじながら、そろって一目置き、しきりと話題にした。毎年、律儀に送ってくるクリスマスカードをみんなで吟味し、写真にうつる育ち盛りの子どもたちの顔や、無言の自慢のように背景にそびえる屋敷の大きさについて取りざたした。そんな身内の批評のなかで育ったため、いざそこから離れるまで、僕は知らず知らず用心深くなっていた。

けれど、いつもエミリーがいてくれた。何年もの間ほとんど隣同士だった、僕の〝お姉ちゃん《マーチャン》〟。僕たちの子ども時代は、親たちがちりぢりだったり、当てにならなかったりという点で、似通っていた。でも、彼女の家庭のほうが、うちよりひどかったんじゃないかと思う――エミリーの父親の商売は不安定で、家族はいつも彼のかんしゃくに怯《おび》えていた。母親も言いなりだった。エミリーは多くを語らなかったが、父親が暴君であることは察しがついた。家を訪ねるおとなも、彼がいると気が休まらなかった。誕生会などでつかのま家にあがる子どもたちだけが、予測のつかない彼の行動を面白がった。ちょっと顔を出しておかしなことを言っては、僕たちをプールに突き落としたりした。エミリーは父親がいるとびくびくしていた。愛おしげに肩を抱かれ、素足を父の靴にのせてバランスを取って一緒に踊らされる、そんなときでさえ固くなっていた。

彼女の父親はたいてい仕事に出ているか、あるいはただ姿を消していた。エミリーには頼りにできる道しるべがなかった。だから自分で自分をつくっていったのだと思う。自由奔放で、型におさまらないところが、僕は大好きだった。まあそれでいろいろ危ない目にもあっていたけど。やがて、運良く祖母がお金を出してくれて、南インドの寄宿学校行きが決まり、父親のもとを離れることができたのだった。僕は寂しくて仕方がなかった。夏休みに帰ってきても、あんまり会えなかった。彼女がセイロン電話会社で、夏だけのアルバイトを始めたからだ。毎朝、会社の車が迎えにきて、夕方には上司のウィジェバフさんが送ってきた。ウィジェバフさんは睾丸が三つあるという噂だと、エミリーがこっそり教えてくれた。

　僕たちふたりを何よりも強く結びつけたのは、エミリーの集めたレコードだった。そこでは人の生涯や願いが煎じ詰められて詩となり、二分か三分の歌になっていた。鉱山の英雄、質屋の上に住む肺病の娘たち、金の採掘者、有名なクリケット選手、さらにはもうバナナがないという事実まで。エミリーは僕のことをちょっと夢見がちだと考え、ダンスを教えてくれた。腰に手を回させ、自分は両腕を上げてゆらゆらさせる。ソファーに飛び乗ったり飛び越えたり、ついにはふたりの重みでソファーが傾いて後ろに倒れてしまった。そうこうするうちに、彼女はふいにまた去ってしまう。はるか遠いインドの学校へ。音信は途絶え、母親あてに、ベルギー領事館を通じてお菓子をもっと送ってほしいとねだる手紙が届くだけになる。その手紙を父親が鼻高々で、近所じゅうの人たちに読んで聞かせた。

　オロンセイ号に乗るまで、僕はなんと二年もエミリーに会っていなかった。驚いたことに、顔がほっそりして個性が際立ち、以前はわからなかった気品が感じられた。一七歳になり、学校生活のせいだと思うが、奔放さがいくらか薄らいだように見えた。でも、少し甘ったるいしゃべり方は僕の好きなままだった。プロムナードデッキで、走りすぎようとした僕の肩をエミリーがつかんで話しかけてきたことは、船上の新しい友人ふたりに対するちょっとした自慢の種になった。でも、たいていは、つきまとわれたくないという気持ちを見せつけられた。エミリーには自分なりの旅の思惑があったのだ……学校での残り二年間をすごすイギリスに着くまで、最後の二週間の自由を味わうために。

物静かなラマディンと活発なカシウス、そして僕の友情は、たちまち深まっていったが、お互いにたくさん隠しごとをしていた。少なくとも、僕に関してはそうだ。右手に何を握っているか、決して左手には明かさない。すでに用心深さをたたき込まれていたのだ。僕たちのいた寄宿学校では、罰を恐れるあまり嘘が上手になり、僕は必要に応じてちょっとした真実を隠せるようになった。結局のところ、いくら罰を与えても、みんながみんなしつけられたり手なずけられたりして、とことん正直になるわけではなかった。どうも僕たちは、成績が悪いとか、さまざまな悪さをしたとかで、年中たたかれていた気がする（おたふく風邪のふりをして診療室で三日もぶらぶらしたり、高校で使うインクを大量につくろうと、学校の浴場のバスタブに濃縮インクを溶かして染みをつけたり）。一番恐ろしい仕置き人は、小学校の教師のバーナバス先生だった。お気に入りの武器を手にした姿で、いまだに僕の記憶につきまとう。先を裂いた長い竹のむちだ。先生は何も言わず、説明もしない。ただ、生徒のあいだを険悪な顔で歩きまわるのだった。

けれど、オロンセイ号では、あらゆる秩序から逃れるチャンスがあった。そして僕は、まるで架空の世界のようなこの船上で、新たに生まれ変わった。ここには船の解体業者もいれば、仕立て屋もいる。夜な夜なパーティーで、ばかでかい動物のお面をかぶって千鳥足でうろつくおとなたちや、スカートを派手にひるがえして踊る女性たち。ステージではマザッパさんの参加する船上オーケストラが、おそろいのプラム色の衣裳を着て音楽を奏でていた。

第3章

夜も更けて、特別に招待された一等船室の乗客たちが、船長のテーブルから引き上げていく。仮面をはずして抱きあったまま、動きを止めたカップルたちのダンスが終わる。旅客係たちが残されたグラスや灰皿を片付けたあと、一メートルあまりも幅のあるモップを押して、色とりどりの紙テープの渦を掃いていく。そこへ、囚人が連れてこられる。

たいていは夜中の一二時前だ。甲板は雲一つない月明かりに輝いている。囚人は看守たちとともに現れる。ひとりは鎖で囚人と自分をつなぎ、もうひとりは警棒を持って後ろから歩いていく。どんな罪を犯したのか、僕たちは知らなかった。殺人に違いないと決めつけていた。痴情ざたや政治的な裏切りなどという複雑な犯罪は、当時の僕たちの頭になかったのだ。彼は見るからに強そうで、落ち着き払い、そして裸足だった。

こうやって夜遅く囚人が散歩することをカシウスが突きとめ、それで僕たち三人はその頃を狙って集まるようになった。囚人が鎖でつながっている看守もろとも、手すりを乗り越えて暗い海へ飛びこむかもしれないと僕たちは考えた。彼が駆けだして身を投げ、死ぬところを想像した。それもこれもたぶん、幼さのせいだろう。鎖でつながれ、拘束されるなんて、まさに首をしめられるようなものだったから。あの年頃では、考えただけでも耐えがたかった。食事に行くときにサンダルを履くことさえわずらわしかったのだ。そして毎晩、食堂のいつものテーブルで食事をしながら、独房にいる裸足の囚人が、金属の皿から残り物を食べる姿を思い浮かべた。

第4章

フラビア・プリンスに会うため、絨毯《じゅうたん》が敷かれた一等船室のラウンジに入るにあたっては、ちゃんと身なりを整えるようにと言われていた。彼女は旅のあいだ僕に目を光らせていると約束したが、結局この先、顔を合わせるのはほんの数回だ。今日のお招きはアフタヌーンティーで、彼女からのメモには、アイロンのかかった清潔なシャツを着て、ソックスと靴も履いてくるようにと書いてあった。僕は四時きっかりに、〈ヴェランダ・バー〉に上がっていった。

おばさんはまるで望遠鏡のはるか向こうをのぞくみたいに僕を見つめた。表情を読みとられるとは思いもしないらしい。小さなテーブルについている。そのあとあちらは、会話をしようと骨を折ったが、緊張した僕のそっけない返事では話がはずむわけもなかった。旅は楽しい？　友だちはできたの？

ふたりできました、と僕は答えた。カシウスという男の子と、もうひとりはラマディンです。

「ラマディンって……イスラム教徒の子かしら、クリケット選手の一家の？」

知らないけど、聞いてみます、と僕は答えた。僕の友だちのラマディンは、身体能力が飛び抜けているようには見えなかった。甘いものとコンデンスミルクが大好きだ。そう思ったから、ミセス・プリンスがウエイターを呼びとめようとしているすきに、ビスケットを何枚かポケットにつっこんだ。

「あなたのお父さんがずいぶん若い頃に会ったのよ……」彼女の声が尻すぼみになった。僕はうなずいたが、相手は父についてそれ以上話さなかった。

「おばさん……」僕は切りだした。どう呼びかければいいか、やっと確信が持てた気がしていた。

「囚人のこと、知ってますか?」

どうやら彼女も僕と同様、世間話はさっさと切り上げたかったらしく、予定よりもう少しばかりゆっくり話そうという姿勢になった。「もっとお茶をどうぞ」と小声で勧められ、美味《おい》しいとは思えないが仰せに従った。囚人の話は聞いている、と彼女は打ち明けた。ただし、秘密ということになっているけれど、と。「とても厳重に監視されているわ。でも心配しないで。イギリスの偉い陸軍将校も乗船しているから」

僕は思わず身を乗り出した。「見たことあるんです」鼻高々だった。「夜遅く、散歩してました。厳重に監視されながら」

「そうなの……」彼女はゆっくりと言った。僕がいともあっけなく切り札を出したので、拍子抜けしたようだ。

「大変なことをしたって」僕は続けた。

「ええ。判事を殺したそうよ」

なんと、切り札をはるかにしのぐ情報だ。僕は座ったまま口をあんぐり開けていた。

「イギリス人の判事ですって。これ以上は言わないほうがよさそうだけど」

僕の母方の伯父で、コロンボで世話になってきた人は、判事だった。イギリス人ではなく、セイロン人だが。イギリス人の判事は島で裁判を執りおこなえないはずだから、きっと観光客に違いない、いや、相談役か助言者として呼ばれたのかもしれない……。フラビア・プリンスに聞いた話と、あとから冷静で論理的なラマディンの助けを借りて推測したところでは、そういうことのようだった。


もしかすると四人は、判事が起訴を手伝うのを止めるために殺したのかもしれない。できることなら今すぐコロンボの伯父に話をしたかった。伯父の命も危ないのではないかと気が気でない。判事を殺したそうよ！　その言葉が頭のなかに響きわたっていた。

伯父は大柄で、愛想のいい人だった。数年前に母がイギリスへ行ってしまって以来、僕はボラレスガムワ〔コロンボ近郊の町〕の伯父夫婦のもとで暮らしていた。伯父とは、じっくり、というか、つかの間も、立ち入った話をしたことはなかったし、公人としての役割でいつも忙しそうだったが、思いやりがあって一緒にいると心強かった。帰宅すると、自分でジンを注ぎ、そこへ僕に苦味酒《ビターズ》を入れさせてくれた。一度だけ、伯父ともめたことがある。クリケット選手の関わる殺人事件が世間を騒がせていて、伯父がその裁判を担当していた。僕は友人たちに、被告人は無罪だと断言した。どうして知っているのかと聞かれ、伯父さんがそう言ったのだと答えた。嘘をつく気はなく、クリケットの英雄を信じたいと思うあまりだった。それを知った伯父は、軽く笑いとばしたけれど、二度とそんな話をするなときびしく命じた。

Dデッキで待つ仲間のところへ戻って一〇分後、僕はカシウスとラマディンに、例の囚人の犯した罪に関する情報を聞かせてやっていた。〈リド・プール〉でも語り、卓球台の近くでも語った。でも、夕方になって、その話を小耳にはさんだミス・ラスケティに詰め寄られると、フラビア・プリンスの説が少しあやしく思えてきた。「あの人がそういうことをしたかどうかは、わからないわ」ミス・ラスケティは釘を刺した。「ただの噂にすぎないような話、決して信じちゃだめよ」そう言われると、フラビア・プリンスが囚人の罪を大げさに仕立てあげたのだという気がしてきた。僕が実際にこの目で囚人を見たと知り、話のレベルを引き上げたのだろう。僕にとって身近に感じられる罪を選び——判事殺しということにしたのだ。もし、僕の母の兄が薬屋だったら、薬屋殺しにしたのだろう。

その晩、学校の試験問題集にはじめて取りかかった。その前に、〈デリラ・ラウンジ〉で、トランプ遊びの最中に乗客が自分の妻に襲いかかるという、ちょっとした騒動が持ちあがった。「ハーツ」のゲーム中、妻のあざけりが度を超したのだ。夫は妻の首を絞めようとしたあと、耳にフォークを突き刺した。パーサーが奥さんを連れ、狭い廊下を抜けて医務室へ向かうあとから、僕はこっそりついていった。ナプキンで血を止めていた。一方、夫のほうは猛烈な勢いで自分の船室へ戻っていった。

そのせいで船室から出ないように言い渡されたが、ラマディンとカシウスと僕はひそかに抜け出して、明かりが半分消えた階段を危なっかしい足取りで進み、囚人が現れるのを待った。真夜中近く、僕たち三人は籐椅子からちぎった小枝に火をつけて吸い、ぷかぷか吹かしていた。ラマディンは喘息《ぜんそく》があるので、そんなに乗り気ではなかったが、カシウスは旅が終わるまでに椅子をまるごと吸わなきゃと張り切っていた。一時間後、囚人の夜の散歩は中止になったことがはっきりした。あたりは真っ暗闇だったが、僕たちはどこをどう歩けばいいか知っていた。そっとプールにもぐりこみ、また小枝に火をつけて、仰向けに体を浮かべた。死体のように押し黙ったまま、僕たちは星を見上げていた。海の真ん中で壁に囲まれたプールにいるのではなく、海そのものをただよっているような気がした。

第5章

旅客係からは相部屋だと聞いていたが、今のところ、もう一つの寝台を使う人物は現れていなかった。そして三日目の晩、まだインド洋を航海中に、船室の明かりが突然パッと灯り、ヘイスティと名乗る男が、折りたたんだトランプ用テーブルを小脇に抱えて入ってきた。僕を起こして、上の寝台にかつぎあげた。「友だちがゲームをしに来るんだ」と彼は言った。「いいから寝てな」。僕は誰が来るのか見ようと思って待っていた。三〇分もしないうちに、四人の男たちが黙々とブリッジを始めていた。テーブルのまわりにはやっと座れるくらいのスペースしかなかった。彼らは僕のために声を低くしていたので、ひそひそと競りあう声を聞きながらすぐに眠りに落ちた。

翌朝、目覚めるとまたひとりになっていた。トランプ用テーブルはたたまれて、壁に立てかけてあった。ヘイスティさんは寝たのだろうか？　普通の乗客なのか、それとも乗組員なのか？　結局、オロンセイ号の犬舎を任されているのだとわかった。そんなに重労働ではないに違いない。たいていは甲板の狭い一角で、本を読むか、気もそぞろな様子で犬の訓練をしているのだから。そのため、一日の終わりには、燃やし足りないエネルギーが有り余っていた。それで真夜中をすぎるとすぐ、仲間たちが集まってくるのだった。そのうちのひとり、インバニオさんは、犬舎でヘイスティさんの助手をつとめていた。あとのふたりは、船の無線通信士として働いていた。彼らは毎晩、二時間ほどトランプをしてから、静かに出て行った。

ヘイスティさんとふたりきりになることはほとんどなかった。夜中に戻ってくると、僕がもう寝ていると思うらしく、めったに話しかけてこなかった。それに、何分もしないうちに、ほかのみんながやって来た。ヘイスティさんは東洋を旅しているうちに、いつしかサロン〔インドネシアやマレー半島の男女の伝統衣裳で、ロングスカート状の腰布〕を愛用するようになったらしい。たいていはそれを腰に巻いただけの格好で、仲間が来るときもそのままだ。ショットグラスを四つと、アラック〔ヤシの樹液を発酵させて造る蒸留酒〕を用意する。ボトルとグラスは床の上に置き、テーブルはきれいに片づけてカードだけをのせる。僕は上の寝台のささやかな高みから見下ろし、広げられたダミーの手札を見つめる。カードが配られる様子を眺め、カードを切る音やビッド〔プレイに先立って切り札の種類と勝つべき回数を決めるための競り〕の声に耳を傾ける。パス……ワン・スペード……パス……ツー・クラブ……パス……ツー・ノートランプ……パス……スリー・ダイヤ……パス……スリー・スペード……パス……フォー・ダイヤ……パス……ファイブ・ダイヤ……ダブル……リダブル……パス……パス……パス……。話らしい話はほとんどしない。そういえば互いに名字で呼びあっていたっけ――「トルロイさん」「インバニオさん」「ヘイスティさん」「バブストックさん」――まるで一九世紀の海軍士官学校の候補生みたいだった。

旅が続いて、僕と友人たちにばったり会うようなとき、ヘイスティさんの態度はまったく違っていた。船室の外では、頑固でおしゃべりだった。波瀾に富んだ商船時代や、乗馬の達人だった元妻との事件の数々、そして、どんな種類の犬よりも猟犬をこよなく愛していることなどを語ってくれた。でも、深夜の船室で薄明かりに照らされるヘイスティさんは、小声でささやくだけだった。カードを三晩つづけたあと、彼はちゃんと断ったうえで、船室をぎらぎら照らしていた黄色いライトをやわらかな青色のものに換えた。それで、僕が眠りに落ちかかり、酒が注がれ、カードの勝負がつき、金がやりとりされるころには、青いライトに照らされた男たちが、まるで水槽のなかにいるみたいに見えた。ゲームが終わると、四人はたばこを吸いにデッキへ出ていく。三〇分ほどするとヘイスティさんはひっそりと戻ってきて、少し本を読んでから、寝台の明かりを消すのだった。

第6章

　会いたい友だちがいる少年にとって、睡眠は牢獄だ。僕たちはじりじりと夜を過ごし、朝焼けが船を包むまえに起き出した。世界をもっと探検したくて待ちきれなかった。寝台に横になっていると、ラマディンがそっとドアをたたいて合図を送ってくる。実は合図なんて意味がない——こんな時間にほかの誰が来るだろう。トン、トン、長く間を置いてから、もう一度、トン。僕が降りていってドアを開けないと、芝居がかった咳が聞こえる。それでも応じないと、「マイナ」と小さく呼ぶ声がする。これが僕の呼び名になっていたのだ。

　階段のそばでカシウスと落ちあい、そのまま上等船室のエリアに行って裸足でデッキをぶらつく。朝の六時、このエリアは無防備な宮殿だ。僕たちは水平線に光がちらとも射さないうちにそこへ行く。デッキを守る常夜灯が、夜明けを迎えてまたたき、自動で消えるよりも先に。シャツを脱ぎ捨て、金色に塗られた上等客用のプールに、しぶきもあげずにするりと飛びこむ。生まれたての薄明かりのなかで泳ぐときには、何よりも静けさが大事だ。

そのまま見つからずに一時間いられたら、サンデッキに並んだ朝食を失敬するチャンスがあった。皿に料理を山盛りにし、コンデンスミルクの入った銀のボウルをかっさらう。ミルクは濃厚で、真ん中にスプーンが突っ立っている。それを持って、高いところにある救命ボートによじのぼり、テントのような雰囲気のなかで戦利品をむさぼった。ある朝には、カシウスがラウンジで見つけた〈ゴールドリーフ〉のたばこを取り出して、正しい吸い方を指南してくれた。

ラマディンはやんわりと断った。彼に喘息があることは、僕たちにも、〈キャッツ・テーブル〉のほかの人たちにも、すでに明らかになっていた。（数年後、ロンドンで会ったときにもやはり傍目にわかるほどだった。僕たちは一三歳か一四歳になり、それまでお互い異国の地になじむことに追われて音信不通だったが、ばったり再会したのだ。その後は彼の両親や妹のマスメも一緒にときどき会ったが、そのたびに彼はまわりで流行《はや》る風邪やインフルエンザにかかっていた。僕たちはイギリスで再び友情を育みはじめたが、以前とは勝手が違った。もはやこの世の現実から自由ではなくなっていたからだ。それに、そのころ僕は、ある意味、彼の妹とのほうが親しかった。僕たちがロンドン南部のあっちこっちへ行くたび、マッシはかならずくっついてきた――ハーンヒルのサイクリング道路、ブリクストンのリッツィ映画館。ボンマルシェでは、食品や衣料品の並ぶ通路を、なぜか狂ったように三人で駆けまわった。昼下がりにはミル・ヒルにある彼らの両親の家で、マッシと僕は小さなソファーに並んで座り、毛布の下でお互いにそっと手を伸ばしてふれあいながら、テレビの長たらしいゴルフ中継を見ているふりをした。ある朝早く、ラマディンと僕が寝ている二階の部屋にマッシが入ってきて、僕のそばに座り、指を自分の唇にあててシッと合図した。ラマデインはすぐそこのベッドで眠っている。僕は起き上がろうとしたが、彼女は片手でそれを押し戻すと、パジャマのボタンをはずし、ふくらみかけた胸が僕に見えるようにした。その胸は窓の外の木々を映して、ほとんど淡い緑色に見えた。そのあと僕は、ラマディンの咳を意識していた。眠ったまま咳払いをするたびに、耳障りな音が響いてくる。一方マッシは半裸のまま、恐れながらも大胆に、こうした場面で一三歳の胸に湧くあらゆる感情を僕に味わわせていた。）

僕たちは盗み食いに使った陶器やナイフやスプーンを救命ボートに残したまま、こっそり自分たちの船室に戻った。そのうちとうとう、たび重なる朝食の形跡を、旅客係に発見されてしまった。防災訓練があり、救命ボートに人が乗って海上に降ろされたからだ。それでしばらくの間、船長は密航者が乗っているはずだと探しまわった。

上等から下等船室への境界を越えて戻ってくるのは、まだ八時にもならないうちだ。僕たちは船の揺れに合わせてよろめくふりをした。今や僕は、この船が左右にゆったりと揺れて踊るワルツが大好きになっていた。それに、遠い存在のフラビア・プリンスと、エミリーを別にすれば、自分ひとりだということ自体が冒険だった。家族への責任もない。どこにでも行けるし、何だってできる。そしてラマディンとカシウスと僕は、すでにある取り決めをしていた。毎日一つ以上、禁じられていることをすべし。今日という日はようやく始まったばかり。僕たちがこの任務を果たすための時間は、まだいくらでもある。

第7章

うちの両親が結婚生活に見切りをつけたとき、報告も説明も一切なかったが、かといって隠されもしなかった。まあ、ちょっとつまずいただけで、車をぶつけたほどではないというような扱いだった。だから、両親の離婚の呪いがわが身にどれくらいふりかかったのか、よくわからない。どんな影響があったかも覚えていない。少年は朝になれば外へ出かけ、広がりゆく自分の世界の地図を舞台に、忙しく飛びまわるだけだ。だが、それは危なっかしい青春時代だった。

セント・トーマス・カレッジのマウント・ラヴィニア校で、幼くして寄宿生になった僕は、水泳が大好きだった。水にかかわることなら何でもやりたかった。校庭にコンクリートの水路があり、モンスーンの時期には水かさが増して激しく流れた。ここが一部の寄宿生たちの集まる遊び場になっていた。僕たちは水に飛びこみ、もんどり打って右に左にはじかれながら、ぐいぐい流されていった。五〇メートルほど先に灰色のロープがあり、それをつかんで水から上がる。そこから二〇メートル足らずで、激流の水路が排水溝となって地下に消え、暗闇のなかをさらに流れていく。行き先がどこなのかは見当もつかなかった。

　何度も何度も水路を流されていくのは、僕を含めてたしか四人だった。一度にひとりずつ、頭はほとんど水面から出ない。取りつかれたような遊び方だ。ロープをつかんで水から這い出ると、土砂降りの雨のなかを再び走って戻り、また同じことをする。そのうち僕は、ちょうどロープに近づいたときに頭が水中に沈んで、ロープをつかみそこねてしまった。片手を宙に突き出すことしかできないまま、水路が地下にもぐる地点へ、どんどん押し流されていった。僕は死ぬ運命なんだ。マウント・ラヴィニアのある午後、三月のモンスーンの季節に死ぬと、占星術師に予言されていたとおり。九歳の僕に、暗黒の地下への、何も見えない旅が間近に迫っていた。そのとき、誰かの手が、突き出していた僕の腕をつかんだ。ひとりの上級生が、僕を水から引き上げてくれた。彼は僕たち四人に、戻れとさりげなく言うと、雨のなかを急いで去っていった。僕たちが従うか、見届けようともしなかった。あれは誰だったんだろう？　ありがとうと礼を言うべきだった。でも、僕はずぶ濡れであえぎながら、草の上に横たわっていた。

　あの頃の僕は何だったのか？　どんな外見だったか覚えていないし、だから、自分というものがよくわからない。子ども時代の僕の写真を一枚作りあげなければならないとしたら、半ズボンに綿シャツ、裸足の少年だろう。ボラレスガムワ〔コロンボ郊外の町〕で、家と庭をハイレベル・ロードの往来から隔てるカビの生えた塀にそって、村の友だち数人と走っているところ。あるいは、家から埃っぽい通りに目をこらし、ひとりで友だちを待っているところ。

　野生のままの子どもたちが、どれだけ満たされているか、一体誰にわかるだろう？　家族というものに対する認識なんて、家から一歩出たとたんに吹き飛んでしまった。僕たちは僕たちなりに、おとなの世界を理解しよう、すべてを知ろうと努め、何が起こっているのか、どうしてなのかと考えていたに違いない。しかし、オロンセイ号のタラップをのぼったとたん、僕たちは初めておとなとどっぷり関わらざるを得なくなったのだ。

第8章　マザッパさん

僕がお年寄りの乗客に、デッキチェアをたった二つの動作で折りたたむ技を教えていると、マザッパさんがこっそりとそばにやって来る。腕をからませ、僕をひっぱっていく。「ナチェズからモビールへ」と説教調で。「メンフィスからセントジョーへ……」僕の戸惑いを見て、ちょっと口をつぐむ。

こんなふうに唐突な現れ方をするから、いつも不意をつかれてしまう。プールの端まで泳いだところで、いきなり腕をつかまれる。濡れた腕が滑るのをものともせず、僕を壁ぎわに立たせ、自分はその場にしゃがみこむ。「いいか、不思議くん。女どもは甘い言葉で誘い、色目を使ってくる〔傍点部分はジャズの名曲「ブルース・イン・ザ・ナイト」の歌詞〕……俺はいろいろ知ってるから、おまえを守ってやってるんだ」でも、一一歳の僕には、守られているなんて思えない。何も起こらないうちから、傷つけられたような気がする。もっとどぎつくて黙示録めいているのは、僕たち三人がそろっているときに話す内容だ。

「こないだツアーから帰ったら、俺の馬小屋でどこぞのラバがはねてやがった……この意味わかるだろ？」三人ともさっぱりわからない。説明してもらってやっと納得する。でも、たいていは、彼が話しかけるのは僕だけだ。まるで僕が本当に〝不思議くん〟で、たやすく心を動かせる相手みたいに。まあ、その点では当たっているのかもしれない。

マックス・マザッパはいつも正午に起きて、〈デリラ・バー〉で遅い朝食をとる。「ワン・アイド・ファラオ〔食パンをくりぬいたところに卵を落として焼いた料理〕とナッシュソーダをくれ」と注文し、カクテルのチェリーをかみながら料理が出てくるのを待つ。食事を終えると、コーヒーのカップを持って舞踏場へ移動し、ピアノの高音部にそれを置く。そして、和音を弾いて気分を盛り上げながら、そばにいる人間をつかまえて、この世の重大事や複雑なあれこれについて語り、教訓をたれる。日によっては、いつ帽子をかぶるべきかだったり、単語のつづりについてだったりする。「まったく無茶な言葉だよ、英語ってやつは。あり得ない！　たとえば、〝EGYPT《エジプト》〟。こいつが厄介だ。絶対に間違えずにつづる方法を教えてやろう。このフレーズをこっそり繰り返せばいい。『Ever Grasping Your Precious《大事なオッパイをいつもつかむ》 Tits《べし》』ってな」確かに、僕はそのフレーズを決して忘れなかった。こうしてこれを書いていても、心のなかで単語の頭を大文字にしながら、いまだになんとなく気恥ずかしい。

だが、一番多いのは、音楽の知識を披露することだった。四分の三拍子がいかに精緻なものであるか説明したり、色っぽいソプラノ歌手から舞台裏の階段で教わったという歌を思い返したり。だから僕たちは、彼が情熱的な半生を送ってきたのだと思いこんだ。「汽車に乗って旅に出て、君のことを考えた」〔ジャズ曲「アイ・ソート・アバウト・ユー」の歌詞〕と彼がつぶやくと、悲しみにやつれた心の声を聞いている気がした。でも、今になって思えば、マックス・マザッパが好きだったのは、音楽の構造とメロディーの一つ一つだったのだ。だって、彼の十字架の道行き〔キリストの受難の道のりを場面ごとにたどって捧げる祈り〕が、すべて実らぬ恋と関わっていたわけではないのだから。

マザッパさんはどこのものともわからぬ訛《なま》りで、自分の半分はシチリアの血、もう半分は別の血だと語った。ヨーロッパで働き、アメリカ大陸を少し旅したのち、いつしか熱帯地方にたどりつき、港の酒場の上で暮らすようになったそうだ。彼は僕たちに、「香港ブルース」のコーラスを教えてくれた。あまりにたくさんの歌と暮らしが身についているので、真実と作り事が混ざりあって、とても見分けがつかなかった。無知まる出しの僕たち三人をかつぐのなんて、ちょろいものだった。さらに、海の陽光が舞踏室の床にちらちらと射すある午後、マザッパさんがピアノの鍵盤をたたきながら口ずさんだ歌のなかには、僕たちの知らない言葉があった。

悪女。子宮。

相手は思春期にさしかかっている少年たちだから、自分がどれだけの影響を与えるか、彼にはわかっていたのだろう。その一方で、彼はこの若き聴衆に対して、音楽における名誉についても語って聞かせた。もっとも称賛する人物はシドニー・ベシエ。パリのステージで演奏していたとき、音をはずしたと責められて、相手に決闘をいどみ、けんか騒ぎを起こして通行人を傷つけ、投獄されて国外追放になった。「偉大《ル・グラン》なるベシエ――バッシュ――そんなふうに呼ばれていたよ」マザッパさんは語った。「おまえら、この先ずっとずっと長く生きなきゃ、そんなふうに信念をつらぬく場面に出くわすことはないだろうな」

マザッパさんの歌とため息と語りが描きだす、国境を越えた壮大な愛のドラマに、僕たちは目を丸くし、強い衝撃を受けた。彼の仕事がどん詰まりになったのは、誰かにだまされたか、あるいは女性を愛しすぎたせいではないかという気がした。

　　月がめぐり、空の月は形を変える
　　そう、月がめぐり、空の月は形を変える
　　そして悪女の子宮からは血が流れる

　あの午後、マザッパさんが歌った詩には、浮世離れした、決して忘れられない何かがあった。言葉の意味は問題ではない。一度聞いただけなのに、揺らがぬ真実のように心のなかに潜《ひそ》みつづけ、それ以来ずっと逃れられなくなるほど率直だった。その歌詞（ジェリー・ロール・モートンのものだと後に知った）は正真正銘、水も漏らさない完璧さだった。でも、当時の僕たちは、あまりの露骨さに戸惑って気づかなかったのだ――あの最終行の言葉の、思いがけなくも運命的な韻が、冒頭の繰り返しに続いて実に効率よく現れていることに。やがて僕たちは、舞踏室にいる彼のところから散っていった。ふと、はしごの上で晩の舞踏会の準備をしている旅客係たちを意識したからだ。色つき電球にクレープ紙のアーチをかけて、部屋を十字に飾っている。大きな白いテーブルクロスをパッと広げ、木のテーブルにかぶせる。各テーブルの真ん中に花瓶を置き、がらんとした部屋をロマンチックであか抜けた場所に変えている。マザッパさんは僕たちと一緒に出てこなかった。ピアノの前に座ったまま、まわりで行われている小細工にかまわず、鍵盤を見つめていた。その夜、オーケストラとともに何を演奏するにしても、たった今弾いてくれたものとは別物になると、僕たちにはわかっていた。

＊＊＊

マックス・マザッパの芸名――本人いわく〝リングネーム〟――は、サニー・メドウズだった。フランスで演奏したときの宣伝ポスターで間違われ、以来その名を使うようになった。おそらくプロモーターが、彼の名前のアラブ色を避けたがったのではないか。オロンセイ号で、ピアノ教室の告知をする掲示にも、「ピアノの名手、サニー・メドウズ」と記されていた。だが、〈キャッツ・テーブル〉の僕たちにとって、彼はあくまでもマザッパだった。〝太陽《サニー》さんさん〟とか〝牧草地《メドウ》〟といった言葉は、およそ彼の性質にそぐわなかったからだ。楽天的なところや、よく刈りこまれたところなどはなかった。それでも、音楽に対する彼の情熱は、僕たちのテーブルに活気をもたらしてくれた。昼食のあいだ中、〝ル・グラン・ベシェ〟の決闘の話で楽しませてくれたこともある。一九二八年、パリの朝早く、その決闘はしまいには銃撃戦めいたものになった――ベシェがマッケンドリックに向かってピストルを撃つと、銃弾は相手のボルサリーノ帽をかすってから、出勤途中のフランス女性の太ももにおさまった。マザッパさんはその様子をすべて身ぶり手ぶりで語った。塩入れと胡椒入れとチーズを一切れ使って、銃弾のたどった道筋を表してみせた。

ある午後には、僕を船室に招いて、レコードを聞かせてくれた。マザッパさんによると、ベシェはアルバート式のクラリネットを使っていたそうだ。どっしりして豪華な音が出る楽器だという。「どっしりして豪華」と彼は何度も繰り返した。SP盤のレコードをかけ、曲に合わせて小声で歌いながら、あり得ないような高音や、かっこいいフレーズを指摘してみせた。「ほら、彼は音を絞り出すんだ」僕はわけがわからないながらも、畏敬の念を抱いていた。ベシェがメロディーを繰り返すたび、マザッパさんは僕に合図した。「太陽が森の地面に射すみたいだ」と言っていたのを覚えている。つやつやしたスーツケースの中を手探りして、ノートを一冊取り出し、ベシェが教え子に言った言葉を読みあげた。「今日は音を一つ指定する」ベシェは告げた。「その音を吹くのにいくつやり方があるか見てみよう――うなってもよし、かすれてもよし、半音下げてもよし、上げてもよし。何でも好きなようにやってみろ。話をするみたいなもんさ」

マザッパさんは犬の話もしてくれた。「ベシェと一緒によくステージに上がって、ご主人の演奏中にうなり声を出していた……ベシェがデューク・エリントンと縁を切ったのは、それが原因だったんだ。デュークは犬のグーラがステージ上でライトを浴びて、自分の白いスーツより目立つのが許せなかったのさ」。そして、グーラのせいで、ベシェはエリントンのバンドを去り、〈サザン・テイラー・ショップ〉を開いた。そこは楽器の修理やクリーニングをするほかに、ミュージシャンのたまり場にもなった。「彼が最高の録音を残したのはその時期だ――『ブラック・スティック』とか『スウィーティー・ディア』とかな。いつかおまえもそういったレコードを片っ端から買わずにはいられなくなるよ」

それから、女性関係について。「まあ、ベシェは懲りないやつだった。結局いつも同じ女のところへ戻るんだ……いろんな女たちが彼を手なずけようとした。でもな、一六のときから巡業に出て、あらゆる土地のあらゆるタイプの女をもう知り尽くしていたんだ」あらゆる土地のあらゆるタイプ！　ナチエズからモビールまで……。

　僕は耳をかたむけ、わからないままにうなずいていた。一方マザッパさんは、まるでそこに生き方と演奏技術の手本が隠されているとでもいうふうに、聖人の楕円形の肖像画を胸に抱きしめた。

第9章　Cデッキ

僕は自分の寝台に座り、ドアと、鉄の壁を眺めていた。夕方の船室は暑かった。ひとりになれるのは、この時間にここへ来たときだけだ。日中はたいていラマディンやカシウスとあれこれやっているし、マザッパさんやほかの〈キャッツ・テーブル〉の誰かと一緒のこともある。夜はしょっちゅうカード師たちのひそひそ声に囲まれている。どうしても少しの間、振り返って考えてみる必要があった。振り返ってみると、ひとりでいて、いろんなことに興味を持つ楽しさが、あらためて感じられた。しばらくしてから横になって、頭上数十センチの天井を見上げた。たとえ海のど真ん中にいても、安心な気がした。

ときおり、日が暮れる直前に、誰もいないCデッキにたたずむこともあった。ちょうど胸の高さにあたる手すりまで歩いていき、船の下でうねる海を見つめた。ときには波が背丈まで迫ってきて、僕を引きずりこもうとしているふうに見えた。胸のなかでは恐怖と孤独がざわめいていたが、そこから動こうとはしなかった。ペター地区の市場の細道に迷いこんだときや、学校で初めて知った新たな規則にしたがったときと同じ気持ちだった。海が見えなければ怖くも何ともないのに、今こうして海は薄暗がりのなかで立ち上がり、船を取り囲み、僕のまわりでとぐろを巻いている。どんなに恐れおののこうと、迫り来る暗闇のなか、後ずさりたい気持ち半分、飛びこんでしまいたい気持ち半分で、その場にとどまっていた。

以前、まだセイロンにいた頃だが、コロンボ港のはずれのほうで、遠洋定期船が燃やされるのを見た。午後じゅう、アセチレンの青い炎が、船のわき腹をぶった切るのを眺めていた。考えてみれば、今乗っている船だって、壊れるかもしれないんだ。ある日、その手のことにくわしいネヴィルさんを見つけたので、袖を引っ張って、この船は安全なのかと訊ねてみた。オロンセイ号は健康で、まだ中堅どころだと、ネヴィルさんは請けあった。第二次世界大戦では軍隊輸送船として働き、船倉の壁のどこかに、ある兵士による巨大な壁画があって、砲台や戦車にまたがる裸の女たちがピンクと白で描かれているという。船のお偉いさんたちは決して船倉に行かないので、その絵は今もこっそり残されているらしい。

「でも、僕たちは大丈夫なの？」

ネヴィルさんは僕を座らせて、いつも持ち歩いている設計図の裏に、ギリシャの軍艦、三段オールのガレー船とやらを描いてみせた。「こいつは七つの海で最高の船だった。それでさえ、もはや存在しない。アテネの敵たちと戦って、珍しい果実や穀物、新しい科学、建築術、さらには民主主義まで持ち帰った。すべてその船のおかげさ。飾り気は一切なし。その船はまさに――武器だった。

乗っていたのは、漕ぎ手と射手だけ。だが、今じゃ、かけらさえ残っていない。いまだに川岸の沈泥のなかを探したりしているが、破片の一つも見つかったことがないんだ。あの船の材料は火山灰土と固いニレ材、竜骨にはオークを使い、マツを曲げて肋骨にしてあった。船体の平板は麻ひもでとじてあった。骨組みに金属は使っていなかった。だから、船は浜で燃えたか、沈んだとしたら海中でバラバラになったんだろう。それに比べりゃこの船は安全だよ」

ネヴィルさんが古い軍艦について語るのを聞いたら、どういうわけか、気が楽になった。自分は今、豪華なオロンセイ号ではなく、もっとたくましく何の飾りもない船に乗っているのだと想像した。僕は射手か漕ぎ手として、三段オールのガレー船に乗っているのだ。これからアラビア海を渡り、さらには地中海に入っていく。われらの海軍司令官、ネヴィルさんとともに。

その晩ふと、島々を通り過ぎている気がして目が覚めた。暗闇のなか、すぐそばに島の存在を感じる。船をたたく波の音がいつもと違い、まるで陸に応えてこだましているみたいだ。寝台わきの黄色いライトをつけ、自分で本をなぞって描いた地図を眺めた。地名を入れるのを忘れていた。僕にわかるのは、船が北西の方角へ向かっていること、コロンボから離れていくことだけだった。

第10章　オーストラリアの少女

　夜明け前、僕たちが起きて、打ち捨てられたような船のなかをうろつく頃、がらんとしたホールには昨夜のたばこの匂いがたちこめている。ラマディンとカシウスと僕は、さっそく、静かな図書室でワゴンを押して暴れまわる。ある朝、ふと気づくと、ローラースケートをはいた女の子が上の甲板にいて、外周の木の床を疾走していた。どうやら僕たち以上に早くから起きているらしい。彼女のほうはこっちの存在に気づきもせず、どんどんスピードを上げ、バランスを取りながら流れるように大きく足を踏み出す。途中の角を曲がるとき、錨をつないだロープを跳び越えるタイミングをしくじり、船尾の手すりに激突した。起きあがって、血のにじむ膝の切り傷を見てから、腕時計にちらっと目をやってまた滑りだした。オーストラリア人の彼女に、僕たちは心を奪われてしまった。これほど決然とした姿を目の当たりにするのは初めてだった。自分たちの家族には、こんなふうに振る舞う女性なんていない。あとで彼女がプールにいるのを見たが、ものすごいスピードで泳いでいた。たとえ彼女がオロンセイ号から海に飛びこみ、船と並んで二〇分間泳いだとしても、僕たちは驚かなかっただろう。

　こうして僕たちは、彼女がローラースケートで五〇周か六〇周するのを見るため、さらに早く起きるようになった。彼女は滑り終えるとスケート靴の紐をほどき、疲れ切った様子で歩きだす。汗まみれの服を着たまま、外のシャワーに向かっていく。勢いよくほとばしる水の中に立ち、髪をあちらへ、こちらへと振り払う姿は、まるで服をまとった動物のようだ。それは新しいタイプの美しさだった。彼女が立ち去ると、僕たちはその足跡をたどっていった。足跡は朝日に照らされて、近づいたときにはもう蒸発しはじめていた。

第11章　カシウス

わが子によくもまあカシウスなんて名前をと、今になれば思う。たいていの親なら、初めての子にそんな名前をつけようとはしない。でも、スリランカでは昔から、シンハラ系の姓に古代の名前を合わせることが好まれてきた――ソロモンやセネカは一般的ではないにしろ、確かにいる。ちなみに、うちのかかりつけの小児科医は、ソクラテス・グネワルデナという名だった。古代ローマのカシウスは評判が悪いが〔シーザー暗殺の首謀者のひとり〕、名前としては優しくささやくような響きを持つ。とはいえ、僕が旅で知りあったカシウス少年は、まさに反体制そのものだった。権力を持つ側につくところなんて見たことがない。こちらはそうした物の見方に引きこまれ、船に乗っているお偉方を彼の目を通して見るようになった。たとえば彼は、〈キャッツ・テーブル〉の名もない人々の一員であることを楽しんでいた。

カシウスがセント・トーマス・カレッジのマウント・ラヴィニア校について話すとき、その口調にはレジスタンス運動を振り返るような熱がこもっていた。向こうは一学年上だから、まるで別世界の人に感じられたが、彼は下級生にとっての道しるべだった。悪さをしてもめったに捕まらなかったからだ。そして、いざ捕まっても、困ったり悪びれたりした様子をまったく見せなかった。彼が特にもてはやされたのは、うちの寮長先生、人呼んで〝竹ざお〟のバーナバスを、小学校のトイレの個室に何時間も閉じこめたときだ。学校のトイレのひどさに抗議するためだった。（地獄の穴をまたいでしゃがみ、用が済んだら、さびた缶に入れてある水で洗う。テイト&ライルのシロップの空き缶だった。「強さから甘さが生まれる」といううたい文句が頭にこびりついてしまった。）

カシウスは、バーナバスがいつもどおり朝六時に一階の生徒用トイレに腰を落ち着けるのを待ってから、鉄の棒でドアをふさぎ、さらには速乾性のセメントで鍵を固めた。バーナバスがドアに体当たりする音が聞こえてきた。そして、信頼を置いている生徒から順に名前を叫んだ。僕たちは、助けを呼んできますと答えては、ひとりまたひとりと、校庭に出て行った。仕方なく茂みの陰で用を足したあと、泳ぎに行く者もいれば、律儀に朝七時の自習教室に行く者もいた。学期の始めにバーナバス先生自身が設けた教室だった。鍵は校庭の管理人がクリケットの柱を使ってようやくたたき壊したが、それも午後遅くなってからのことだった。その頃にはさすがのバーナバスも臭いにやられ、気絶寸前で口もきけなくなっているのではないかと僕たちは思った。だが、復讐はすみやかに行われた。カシウスは鞭で打たれ、一週間の停学になり、おかげでますます小学生たちの崇拝を集めた。特に、チャペルでの朝礼で校長が刺激的な演説をぶち、まる二分間、カシウスが堕天使であるかのようにののしりつづけたあとは、なおさらだった。当然ながら、この事件は何の教訓にもならなかった――誰にとっても。数年後、ある卒業生が、新しいクリケット場建設のためセント・

トーマスに寄付をしたとき、友人のセネカはこうぼやいた。「その前に、まともな便所をつくるべきだよ」

僕と同じく、イギリスの学校に入るために、カシウスも校長の監督のもとで試験を受けた。ポンドとシリングを使った数学の問題に答えさせられたが、僕たちが知っているのはルピーとセントだけだった。また、オックスフォードのボートチームは何人かとか、ダヴ・コテージという家に住んでいたのは誰か、といった一般知識も問われた。さらには、上院議員の名前を三人あげろ、なんて問題まであった。あの土曜の午後、校長室にいたのはふたりだけで、「メスの犬を何と呼ぶか」という質問に、カシウスは間違った答えを僕に教えた。「ネコだ」と言うから、その通りに書いてしまった。じかに口をきいたのはあれが初めてで、しかも嘘をつかれたわけだ。それまでは、噂に聞いていただけだった。学校じゅうの誰もが、彼をセント・トーマス・カレッジの問題児と見なしていた。たぶん先生たちは、この子が学校の名を背負って外国へ行くのかと、苦々しく思っていたに違いない。

カシウスのなかには頑固さと優しさが同居していた。そういう性質がどこから来るのか見当もつかなかった。彼は決して親の話をしなかったし、たとえ話したとしても、自分が親とはかけ離れているというストーリーを作りあげただろう。実際のところ、旅のあいだ、僕たち三人はお互いの生い立ちにまったく興味を持たなかった。ただ、ラマディンはときどき、体に関する両親からのこまやかな注意を口にした。僕についてほかのふたりが知っているのは、一等船室に〝おばさん〟がいることだけだった。身の上を明かさずにいようと持ちかけたのはカシウスだ。自立した気分でいたかったのだと思う。船上でできた僕たちの小さなグループを、そんなふうに見ていたのだ。ラマディンが家庭の話をするのは、体が弱いからと大目に見ていた。カシウスはおだやかな民主主義者だった。今にして思えば、彼はシーザーの権力に刃向かっていたにすぎない。

あの二一日間のうちに、僕は彼の影響を受けて変わったのだと思う。まわりで起こることを片っ端からカシウス流に疑ってかかったり、逆さまに眺めたりするようになった。二一日間なんて、人生においてはつかの間にすぎないが、カシウスのささやきは決して忘れることがない。歳月が流れるうちに、彼の噂を聞いたり、活躍ぶりを目にしたりするようになったが、二度と会うことはなかった。一方ラマディンとは連絡を取りあい、彼の家族が暮らすミル・ヒルを訪ねたり、彼の妹も連れて映画のマチネやアールズ・コートのボートショーに行ったりした。そんなとき僕たちは、もしカシウスが一緒だったらどんなことをやらかすだろうと、想像をふくらませるのだった。

試験問題集――小耳にはさんだ会話メモ　第一日から第二日

「あの人を見るんじゃありません。聞いてるの、シーリア？　あのブタ野郎を見るんじゃないったら」

「妹は変わった名前でね。マスメっていうんだ。〝清らか〟とか〝罪から守られている〟って意味だよ。でも、〝無防備〟っていう意味もあるんだ」

「申し訳ありませんが、わたくし、どうしても苦手なんです、シーリハム・テリアが」

「インテリ女かと思ったよ、最初はな」

「果実を魚毒として用いることもあります」

「スリは決まって嵐の最中に出てくるもんだよ」

「この人、ナツメヤシの実とタマネギを一日に一個ずつ食べるだけで砂漠を横断できるって言ったのよ」

「彼女がイギリス政府に拾われたのは、語学力のおかげじゃないかと思うね」

「あの独身男のせいでわたしは破滅よ！」

「君のご亭主に三日前の牡蠣をすすめられたとき、こう言ってやったんだ。一七でセックスしたときより身の危険を感じるってね」

第12章　船倉

ラリー・ダニエルズは〈キャッツ・テーブル〉で食事をともにするひとりだった。筋肉質のがっしりした体に、必ずネクタイをしめ、いつも袖をまくり上げていた。キャンディで中産階級の家庭に生まれ、植物学者になり、おとなになってからはずっと、スマトラ島とボルネオ島で森林と植物栽培の研究に打ちこんできた。ヨーロッパを訪れるのは今回が初めてだ。当初、彼についてわかっていたのは、僕の従姉《いとこ》のエミリーに猛烈に熱をあげていることだけだった。彼女のほうはまるで相手にしていなかったが。見向きもされないので、彼はわざわざ僕に取り入ろうとした。おおかた、僕がプールのそばで彼女や友人たちと笑いあっているところでも見たのだろう。エミリーはたいていプールのあたりにいたのだ。ダニエルズさんは僕に、船内にある彼の〝庭〟を見たくないかと声をかけてきた。仲間ふたりも連れていきたいと言うと、承知してくれたが、本当は僕とだけ話したがっているのが見え見えだった。従姉の好き嫌いをあれこれ聞き出すためだ。

カシウスとラマディンと僕は、ダニエルズさんが一緒のときはいつも、暇さえあればプールサイドのバーでジュースをねだっていた。あるいは、デッキで行われるゲームに四人で加わろうと、彼を引っぱり出した。頭がよくて一風変わった人だったが、僕たちの興味はもっぱら、彼と組みあって力試しをすることだった。三人で同時に襲いかかっては、麻のマットの上で息を切らす彼をほったらかして、汗だくで走り去り、プールに飛びこむのだった。

食事のときばかりは、ダニエルズさんからエミリーについてあれこれ訊かれるのを避けられなかった。席が隣に決められていたからだ。話題は彼女のことに限られ、ほかの話はちっともできなかった。僕がちゃんと教えてあげられる情報はただ一つ、彼女は〈プレイヤーズ・ネイビー・カット〉のたばこが好きだということだけ。三年以上も前からその銘柄を吸っている。そのほかの好みについては、適当にでっち上げた。

「エミリーは〈エレファント・ハウス〉のアイスクリームが好きなんだよ」僕は言った。「劇団に入りたがってるんだ。女優になりたいんだって」ダニエルズさんは偽物のわらにすがりついた。「この船には劇団が乗りこんでいるよ。ひょっとしたら紹介できるかも……」

僕はそれがいいとばかりにうなずいた。翌日、彼がジャンクラ一座の座員三人と話しているのを見かけた。一座はお得意の大道芸と軽業を演じるためヨーロッパに渡るところだったが、航海中も乗客に向けてときおり芸を見せていた。午後のお茶の終わりに、皿やカップを使ってさりげなく曲芸を演じるようなこともあったが、たいていは衣裳に身を包み、こってりと化粧をして、あらたまって舞台に登場した。圧巻は、即席のステージに客を上がらせ、その人の私的な事情を明らかにする芸で、どぎまぎするような場面もあった。たいていは、なくした財布や指輪のありかを教えたり、その乗客が病気の身内に会うためにヨーロッパへ渡ることを当てたりした。こうしたことを告げ知らせるのは、その名もハイデラバード・マインド。顔は紫色の縞模様《しまもよう》で、白く縁取った目はまるで巨人のものみたいだ。本当に、怖いくらいだった。観客のあいだにずんずん入ってきて、子どもが何人いるとか、奥さんがどこの生まれだとか、ずばりと当ててみせるのだから。

ある日の夕方、ひとりでCデッキをぶらついていたとき、ハイデラバード・マインドが救命ボートの下にしゃがみ、出番に向けて化粧をしている姿を見かけた。片手に小さな鏡を持ち、もう一方の手で紫色の縞目をすばやくつけていく。ハイデラバード・マインドはやせ形なので、きゃしゃな体には化粧をした顔が大きすぎる気がした。鏡をのぞきこみ、すぐそばに僕がいることなど気づきもせず、つり柱につるされた救命ボートの下の薄暗がりで顔をつくっている。やがて立ち上がり、日差しのなかに出てくると、いきなり鮮やかな色があらわれ、残忍な目がすべてを見通すように黄色くぎらついた。こっちをちらっと見たが、まるっきり無視して歩き去った。芸術をひと皮むいたらどういう仕掛けになっているか、僕は生まれて初めて目の当たりにし、おかげで次に彼が衣裳に身を包んで舞台に立つのを見たときには、いくらか用心深くなっていた。骨格が透けて見えそうな気がしたし、少なくともその存在を意識できるようになったと感じた。

ジャンクラ一座を誰よりも好きだったのはカシウスだ。しきりと座員になりたがっていた。熱がさらに高まったのは、ある日、ラマディンが興奮した様子で僕たちを呼び寄せ、一座のひとりが乗客に道順を教えながら、相手の手首から時計をはずすのを見たと報告してからだった。実に巧みだったので、相手はまったく気づかなかったらしい。それから二日たった午後、ハイデラバード・マインドが客席のなかへぶらぶら歩いていき、例の客に向かって、もし腕時計をなくしたのなら、そのありかはどこどこであろう、と告げた。お見事だった。イヤリングやカバン、特別室のタイプライターが盗まれては、ハイデラバード・マインドの手に渡り、やがてそのありかが持ち主に示されるのだった。この発見についてダニエルズさんに話したら、笑っただけで、フライフィッシングの技と似たようなものさと言った。

だが、一座のそうした面を知る前に、ダニエルズさんはさっさと座員たちに渡りをつけていた。わが親友ミス・エミリー・ド・サラムは、才能あふれる若きご婦人で、演劇をこよなく愛している。連れてきたら稽古を見せてもらえるだろうか、と。そして、どうやら一日か二日のうちに、それを実行に移したらしい。当のエミリーがどれだけ演劇に関心を持っていたかは知らないが。とにかく、こうして彼女はハイデラバード・マインドと出会い、用意されていたものとは違う人生を歩みはじめたのだった。

僕たちはダニエルズさんについて、エミリーに夢中なのが見え見えだということのほかは、あまり興味がなかった。でも今なら、一緒にすごせたら楽しいだろう。彼の植物園を案内してもらい、シダやヤシや低木が腕をかすめるなか、あたりの植物の変わった性質を教えてもらいたいと思う。

ある午後、ダニエルズさんは僕たち三人を集めて、約束していた場所へ連れていってくれた——船の深部だ。機関室とつながっている二つのタービンファンから風が吹きこむ前室を通り抜けた。ダニエルズさんは鍵を持っていて、それを使って僕たちは船倉へ入っていった——真っ暗な洞穴が、何層分も下へ向かって口を開けている。はるか下方に明かりがいくつかぼんやり見えた。壁に取りつけられた鉄のはしごを降りていくと、途中の階には木箱や袋が山と積まれ、生ゴムの巨大な厚板が悪酔いしそうな匂いを発していた。養鶏場から鳴き声がガーガーと騒々しく聞こえていたが、鶏たちがこっちに気づくと急に静まったので大笑いした。壁の内部で水の流れる音がすると思ったら、海から水を引いて塩分を除いているのだとダニエルズさんが説明してくれた。

船倉の一番下に着くと、ダニエルズさんは暗がりの中を歩きだした。僕たちは頭のすぐ上にほのかな明かりがつるされた道を進んでいった。四、五〇メートル先で右に曲がると、前にネヴィルさんから聞いていた、砲台にまたがる女たちの壁画に出くわした。その大きさに仰天した。絵の女たちは僕たちの二倍の大きさで、微笑《ほほえ》んで手を振っているが、服を着ておらず、背景は砂漠だ。「おじさん……」カシウスは質問ばかりしていた。「あれは何？」けれどもダニエルズさんは、僕たちを立ち止まらせず、どんどん先へ連れていった。

やがて、金色の光が見えた。それだけではない。さらに近づくと、そこには一面に色が広がっていた。これこそ、ダニエルズさんがヨーロッパへ運ぼうとしている〝庭〟だった。僕たちはその前で立ちつくした。それから、カシウスと僕、そしてラマディンまでが、しゃがみこんで植物の様子を見ているダニエルズさんを残して、細い通路をだっと駆けだした。この庭はどれくらいの大きさなんだろう？　僕たちにはさっぱりわからなかった。というのも、日光を模した育成ランプが自動でついたり消えたりするため、庭全体が同時に照らしだされることがなかったからだ。それに、僕たちがあの旅のあいだに見ることのなかった区域もあるに違いない。なにしろ庭の形さえ覚えていないのだ。今思うと、夢だったような気がする。船倉の暗がりを一〇分も歩いた先に、あんな庭なんて存在しなかったんじゃないか、と。ときおり霧が立ちこめてくるので、僕たちは顔を上げて細かい雨粒を浴びた。背丈を超える草もあれば、足首ほどしかないものもあった。僕たちは腕を突き出し、通りすぎざまにシダの葉を軽くたたいた。

「さわるな！」ダニエルズさんがたしなめ、伸ばしていた僕の手を下ろさせた。「それはマチンだ。気をつけろ——うっとりするような香りなんだ、特に夜になるとね。あの緑色の殻をこじ開けたい気分になるだろう？　コロンボにあるベルノキの実に似ているけど、そうじゃない。猛毒のストリキニーネが含まれているんだよ。花が下を向いているのがキダチチョウセンアサガオ。上を向いていて、あやしいほど美しいのが、シロバナヨウシュチョウセンアサガオだ。こっちはゴマノハグサ科のキンギョソウ、これも見た目は魅力的だね。こいつらは匂いをかぐだけでもフラフラになる」

カシウスが深々と息を吸いこみ、大げさに後ろへよろめいて〝失神〟してみせ、細い草を数本、ひじで押しつぶした。ダニエルズさんが飛んでいき、無害そうに見えるシダからその腕をどかした。

「植物にはものすごいパワーがあるんだよ、カシウス。この草の汁を使えば髪が黒くなるし、爪も健《すこ》やかに伸びるんだ。向こうの青いのは——」

「船のなかの庭か！」ダニエルズさんの秘密に、カシウスさえも心を打たれていた。

「ノアの箱舟……」ラマディンが静かに言った。

「そうさ。それに覚えておくといい、海もまた庭なんだ。ある詩人によるとね。さあ、こっちへおいで。このまえ、君たち三人が籐椅子の小枝を吸うのを見かけた気がするんだが……これのほうがましだよ」

ダニエルズさんが身をかがめて、ハート型の葉を何枚か摘むあいだ、僕たちもそばにしゃがんでいた。「これはキンマの葉だよ」彼はそう言って、葉っぱを僕の手のひらにのせた。さらに先へ行き、隠し場所から消石灰を取り出すと、麻袋に入れていたビンロウの実の細切りと一緒にして、カシウスに差し出した。

まもなく、僕たちはキンマの葉でくるんだビンロウを噛みながら、ほのかに照らされた小道を進んでいった。路上で親しまれているこの軽い興奮剤にはなじみがあった。ダニエルズさんの指摘どおり、籐椅子を吸うよりはラマディンの体にさわらないだろう。「結婚式では、カルダモンと練り石灰に、金箔を加えることもあるんだよ」。彼は秘蔵の材料を少しと、乾燥したたばこの葉も分けてくれたので、夜明け前の散歩用にとっておくことにした。それなら手すり越しに荒海へ、あるいは霧笛の響く暗闇へ、赤いつばを吐き出すことができる。僕たちはダニエルズさんにくっついて、いろんな通路を歩いた。海に出て何日もたち、目に映る色といえば、何度かの夕焼けを別にして、白、グレー、青ばかりだった。でも今は、人工的に照らされたこの庭で、植物たちの緑や青や過激な黄色を派手に見せつけられ、目がくらみそうだった。カシウスは毒についてダニエルズさんからもっとくわしく聞き出そうとした。僕たちは気に入らないおとなをやっつける草や実について教えてもらえるかと期待したが、ダニエルズさんはその手のことは何も語ろうとしなかった。

僕たちは庭をあとにし、船倉の暗がりを引き返した。裸の女たちの壁画まで来ると、カシウスがまた訊ねた。「あれ一体何なんだよ、おじさん?」それから鉄のはしごをのぼってデッキへ戻っていった。のぼりはさらに大変だった。ダニエルズさんは一階分くらい先へ行き、僕たちが上に着いたときには、もう外で巻きたばこをふかしていた。茶色い葉っぱではなく白い紙で巻いたものだった。それを左手で包むようにして立っていたが、どうやら突然、世界じゅうのヤシの木について講義したくなったらしい。遺伝や血筋によってどんなふうに生え、どんなふうにかしぐか、いかに風に逆らわずに曲がるか、まねしてみせた。さまざまなヤシのポーズをとり続け、しまいに僕たちを大笑いさせた。それからたばこをすすめ、どう吸えばいいかやってみせた。カシウスはたばこをじっと見つめていたが、ダニエルズさんはまず僕に差し出してくれた。それから僕たちはたばこを回して吸った。

「変わったビーディ〔乾燥させて伸ばした葉で巻いた安たばこ〕だね」カシウスがしみじみ言った。

ラマディンは二服目を吸うと声をあげた。「またヤシの木やってよ、おじさん！」そこでダニエルズさんは、さらにいろいろなヤシの木を演じ分けてみせた。「これは言うまでもなくタリポットヤシだ。アンブレラパームともいう」彼は説明した。「樹液や砂糖が採れる。揺れ方はこんな具合だ」。それから、カメルーンの淡水の湿地に生えるダイオウヤシをまねた。そしてアゾレス諸島の何か。お次はニューギニアの幹の細いヤシで、細長い葉を腕で再現した。風が吹いたらどう体勢を変えるかも比べてみせた。細かく動くものもあれば、幹をちょいと横にひねるだけのものもある。そうやって、強風に当たる面をできるだけ小さくするのだ。

「空気力学……これが実に重要だ。木は人間より頭がいい。ユリだって人間より利口なんだ。木ってのはホイッペット犬みたいなもので……」

彼がとるさまざまなポーズに、僕たちはゲラゲラ大笑いした。でも、不意に三人そろってそこから走り去った。ご婦人がたのバドミントン大会の準決勝試合を駆け抜け、服を着たまま、弾丸のようにプールに飛びこんだ。わざわざいったん上がると、デッキチェアをいくつか引きずって水中に戻った。混んでいる時間帯で、小さい子を連れたお母さんたちは巻きこまれないようにしている。僕たちは体内から息をすべて吐き出してプールの底まで沈むと、立ったままダニエルズさんのヤシの木みたいにゆっくりと腕を振った。彼が見ていることを願いながら。

第13章　タービン室

夜中に船で起こることを見届けるためには、夜更かししなければならないのに、夜明け前に起きるからもうくたくただった。ラマディンが、小さい頃のように午後に睡眠をとろうと言い出した。寄宿学校では昼寝なんてバカにしていたが、こうなると役立ちそうに思えてくる。しかし、問題があった。ラマディンによると、隣の船室のカップルが、午後じゅう笑ったりうめいたり金切り声をあげたりするらしい。僕のほうも、隣の女性がバイオリンを練習していて、その音が鉄の壁を通してこっちに漏れてくる。ギコギコやってるだけなんだ、笑い事じゃないよ、と僕はこぼした。とても無視できないギーギーガーガーの合間には、激しく自問自答している声まで聞こえてくるのだ。しかも、僕らがいる下のほうの船室は小窓もなくて、とんでもない温度になる。バイオリン弾きの女性もきっと汗だくで、自分に許せるぎりぎりまで薄着しているのだろうと思うと、怒りが和《やわ》らいだ。姿を見たことはなく、どんな人なのかまったく知らないし、あの楽器で何を究めようとしているのかもわからない。シドニー・ベシェ先生の〝どっしりして豪華な音〟を目指しているわけではなさそうだ。メロディーや装飾音をひたすら繰り返しては、考えこみ、それからまた弾きはじめる。僕の隣の船室で、肩や腕にうっすらと汗をかきながら、彼女はひとり忙しく午後を過ごすのだった。

　僕たち三人はまた、一緒にいないと物足りなくなっていた。どっちみち決まった本拠地が必要だというカシウスの考えもあり、ダニエルズさんと一緒に船倉へ降りたときに通った小さなタービン室を使おうとみんなで決めた。そして、薄暗くひんやりするこの場所に、毛布や拝借した救命胴衣を持ちこみ、午後のひとときを過ごす自分たちだけの隠れ家に仕立てた。僕たちは少しおしゃべりしてから、ファンがやかましくうなるなかでぐっすり眠り、長い夜に備えた。

　しかし、夜の調査はなかなかうまくいかなかった。目撃しているものが何なのかよくわからず、僕たちの心はおとなへの足がかりを半分つかみかけているだけだった。ある日の〝夜警〟で、僕たちはプロムナード・デッキの暗がりに隠れ、たまたま来た男のあとをつけてみた。どこに行くか突き止めようとしただけだ。僕はその人が、ハイデラバード・マインドを演じている役者だと気づいた。名前はスニルと聞いていた。思いがけないことに、行き先にいたのはエミリーだった。手すりにもたれかかり、白いワンピースを着ていて、彼が近づくと、その服が光り輝いて見えた。エミリーはハイデラバード・マインドに半分隠れていたが、両手で彼の指を包みこんだ。ふたりが話をしているかどうかはわからなかった。

　僕たちは後ずさり、もっと暗いところに身を潜《ひそ》めた。男がエミリーのドレスの肩ひもをずらし、肩に顔を近づけた。彼女は頭をうしろにそらして、星を見上げていた。星が出ていたかどうかはわからないけれど。

第14章

　三週間の海の旅は穏やかなものだった、当初はそんなふうに記憶していた。歳月を経た今になって、航海の話をしろと子どもたちにせっつかれ、彼らの目を通して見てはじめて、あれは冒険だったと気づき、人生の一大事だったとさえ思うようになった。通過儀礼といってもいい。だが実のところ、船旅で僕の人生が雄大になったわけではなく、むしろその逆だった。夜が迫ると、虫の大合唱や庭の鳥たちのさえずり、ヤモリのおしゃべりが恋しくなった。そして夜明けには、木々に降り注ぐ雨、ブラー通りの濡れたタール、そして一日の始めに決まって鼻をくすぐる、通りで燃える麻縄の匂いをなつかしんだ。

　ボラレスガムワでは、朝、よく早起きして、暗く広々としたバンガローのなかを歩き、ナラヤンの部屋に行った。まだ六時にもならないうちから待っていると、彼は腰のサロンを締め直しながら出てくる。こちらを見てうなずき、それから数分のうちに、僕たちは湿った草の上を黙って足早に歩いている。彼はとても背が高く、一方の僕は八つか九つの少年だ。ふたりとも裸足だった。庭の隅にある木造の掘っ建て小屋に向かう。中へ入ると、ナラヤンは短くなったロウソクに火をつけ、黄色い光を手にしゃがんで、コードを引っぱり発電機をたちまち生き返らせた。

　こうして僕の一日は、カタカタ、バンバンというくぐもった音とともに始まる。音の主からは、ガソリンと煙のかぐわしい匂いがただよってくる。一九四四年頃、その発電機のクセや弱点をつかんでいるのはナラヤンだけだった。彼は発電機を少しずつ落ち着かせ、それから一緒に外へ出た。宵闇の名残りのなか、伯父の家じゅうに、ぽつりぽつりと明かりが灯っていくのが見えた。

　僕たちふたりはハイレベル通りへの門を抜けていく。数軒がすでに店を開けており、それぞれに電球一つで照らされている。ジナダサの店でエッグホッパー〔米粉とココナッツミルクの生地に卵をのせた、クレープのようなスリランカ料理〕を買い、ほとんど人気《ひとけ》のない道の真ん中で、お茶のカップを足元に置いて食べた。牛車がきしみながら行き交うが、馭者も牛車そのものも、半分まだ夢のなかだ。ハイレベル通りでナラヤンと朝食をとる機会は、絶対にはずせなかった。一、二時間もすれば、再び家族と食卓につき、ちゃんとした朝食を食べなければならないのだが。それでも、あたりがしだいにほの白むなか、ナラヤンと連れだって歩くのは、まるで英雄の気分だった。起きてきた商人たちと挨拶を交わしたり、ナラヤンがたばこ屋の横で身をかがめ、麻縄からビーディに火をつける様子をながめたりした。

　ナラヤンと料理人のグネパラは、僕が子どもの頃いつもそばにいた仲間で、たぶん家族より長く一緒に過ごし、たくさんのことを教わった。ナラヤンが芝刈り機の刃をはずして研いだり、広げた手のひらで自転車のチェーンに優しく油を塗ったりするのを、僕はじっと見ていた。ゴール〔スリランカ南西部の城塞都市〕に行くといつも、ナラヤンとグネパラと僕は城壁をつたって海へ降り、泳いでいって、ふたりは砂州で夕飯のおかずにする魚を釣った。夜遅くなって、僕は乳母のベッドの足元で寝ているのを見つかり、自分の部屋まで伯父に運んでもらわなければならなかった。グネパラは、時に皮肉っぽくて気が短く、完璧主義だった。タコのできた指で、煮立った鍋から食べられなさそうな具材をつまみだし、三メートル先の花壇に投げこむのをよく見かけた――鶏の骨でも熟れすぎたトマトでも、犬どもがたちまち片づけてしまう。彼のそうした癖をよく知っていて、あたりをうろついているのだ。グネパラは誰とでも――どこかの店主でも宝くじ売りでも、しつこい警官でも――相手かまわず口論したが、ほかの人には見えない世界を知っていた。料理をしながら、口笛でさまざまな鳥の鳴きまねをした。街なかではめったに聞けないが、彼にとっては幼い頃からなじんでいる鳥たちの声だ。耳に聞こえる音、聞こえそうな音に、あれほど際立った集中力を持つ人はほかにいない。ある午後、彼は僕を深い眠りから起こし、手を引いて私道まで連れていって、数時間前から置いてあった牛糞の堆肥のそばに横たわらせた。すぐわきに並ぶように寝かせると、糞の中の虫たちの音を聞かせた。虫たちがごちそうを平らげながら、糞の端から端までトンネルを掘っている音だった。暇なときには、バイラ〔スリランカのポルトガル系のポピュラー音楽〕の替え歌を教えてくれたが、卑猥な言葉だらけで、有名な紳士をネタにしているからよそで歌わないように約束させられた。

　ナラヤンとグネパラは僕にとって、まだ形をなさない人生のあの時期になくてはならない、愛情あふれる案内人だった。ある意味、彼らの影響で、僕は自分が属しているとされる世界に対して疑いを持つようになった。彼らは別の世界へのとびらを開いてくれたのだ。一一歳で国を出るとき、何より悲しいのはあのふたりと離れることだった。はるか後年になって、ロンドンの書店で、R・

K・ナラヤンというインド人作家の小説を見つけた。著書をすべて買い求め、決して忘れることのないわが友ナラヤンの作品だと思った。文章の向こうに彼の顔が見える。長身の彼が、寝室の小窓のそばに置かれた質素な机に向かい、僕の伯母にあれこれ用事を頼まれないうちに、マルグディ〔R・K・ナラヤンが小説の舞台にした架空の村の名〕についての章を急いで書きあげる様子が目に浮かんだ。

「沐浴のため川に出かけるとき、町はまだ暗闇に包まれ、街灯が通りのあちこちでまたたいているだけだ（ただし、油が切れていなければだが）……道すがら、よく知った顔といくつも出会う。牛乳屋がちっぽけな白い牛を追いながら、うやうやしく挨拶して訊ねる。『いま何時ですかね、だんな？』――私は時計を持っていないので、返事をせずにやり過ごす……徴税事務所の警備員は、毛布の下から声をかけてくる。『あんたかい？』――この問いだけは返事をするのにふさわしい。『ああ、私だよ』いつもそう答えて通りすぎる」

ハイレベル通りの朝の散歩で、わが友がこうした出来事を見聞きしたことを僕は知っていた。牛車の馭者も知っていたし、喘息《ぜんそく》のあるたばこ屋の店主も知っていた。

＊＊＊

そしてある日、僕は船の上で、麻の燃える匂いをかいだ。しばらくじっと足を止め、それから匂いがより強い階段のほうへ向かい、上に行くか下に行くか迷ってから、階段をのぼっていった。匂いはD層の廊下からただよってくる。いちばん匂いがきつく感じられる場所で足を止め、膝をついて、金属ドアの下のわずかな隙間から匂いをかいだ。そしてそっとドアをノックした。

「何ですか?」

僕はなかへ入った。

机の前に座っていたのは、優しそうな男の人だった。部屋には小窓があった。窓は開いていて、燃えている麻縄の端から立ちのぼる煙が、おじさんの肩の上をたどるようにして、小窓から流れだしていた。「何ですか?」彼はふたたび訊ねた。

「その匂いが好きなんです。なつかしくて」

彼はにっこりすると、ベッドの上を指し示して、僕を座らせてくれた。引き出しを開け、一メートル弱の長さの巻いた麻縄を取り出した。同じような麻縄が、バンバラピティヤやペターの市場、町のそこらじゅうで、たばこ屋の軒先に吊されてじんわりと燃えている。そこで、店で買ったばかりのたばこの一本目に火をつける。あるいは、逃走中で騒ぎを起こしたいなら、燃えている麻縄の先を使って爆竹の導火線に点火する。

「私もきっとなつかしくなると思う」おじさんは言った。「ほかにもいろいろとね。コリアンダーやバルサム。そういったものをスーツケースに入れてきたんだ。もう帰らないからね」彼は一瞬、目をそらした。初めてそのことを声に出して自分に言い聞かせたみたいだった。

「名前は?」

「マイケルです」僕は答えた。

「寂しくなったら、いつでもいらっしゃい、マイケル」

僕はうなずくと、そっと部屋を出てドアを閉めた。

その人の名はフォンセカさんといい、教師になるためにイギリスへ渡るところだった。僕は数日おきに訪ねていった。彼はさまざまな本の文章を暗記していて、一日じゅう机の前でそれらについて思いを巡らせ、そこから何が導き出せるかを考えていた。僕は文学の世界のことはほとんど知らなかったけれど、彼は珍しい話や面白い話でもてなしてくれた。途中でふいに話をやめ、その後どうなったかは、いつか自分で確かめなさいと言うのだった。「きっと気に入ると思うよ。彼は鷲を見つけるかもしれないね」とか「もうじき出会う誰かさんの力を借りて、迷路から逃げるんじゃないかな……」とか。夜になって、ラマディンやカシウスと一緒におとなの世界をのぞき見るとき、僕はよくフォンセカさんが途中で切り上げた冒険譚のあらましに、もっと肉づけをしようと考えてみた。

彼は礼儀正しく控えめだった。話すときはためらいがちで物憂げな感じがした。当時の僕にも、身のこなしを見れば類いまれな人だとわかった。まるで病気の猫のように、どうしても仕方がないときしか立ち上がらなかった。人づきあいには不慣れなのに、これからイギリスで文学と歴史の教師として世間に加わろうとしていた。

何度かデッキまで連れだそうとしたが、船室の小窓とそこから見えるものだけで、彼にとっての自然は十分のようだった。本と、燃える麻縄と、瓶に詰めたケラニ川の水、それに家族の写真が数枚そろったタイムカプセルから、離れる必要などなかったのだ。僕は退屈なとき、煙のたちこめるあの部屋に遊びにいった。すると彼が何かしら語って聞かせてくれた。何よりも僕の心に響いたのは、物語や詩の素姓がわからないことだった。韻のうねりも新鮮に感じた。何世紀も前にはるかな異国で丹念に書かれた言葉を、彼が本当にそらんじているなんて、とても信じられなかった。彼は生まれてこのかたコロンボで暮らし、物腰も話し方も島育ちそのものなのに、一方で本に関して実に幅広い知識を持っていた。アゾレス諸島の歌をうたったり、アイルランドの戯曲のせりふを暗唱したりもした。

僕はカシウスとラマディンを連れていって彼に会わせた。彼は僕の友人たちに興味を持ちはじめ、船上でのさまざまな冒険について僕から聞き出していたのだ。ふたりのことも楽しませ、特にラマディンを夢中にさせた。フォンセカさんは読んだ本から、安心させてくれるもの、心を静めてくれるものを引き出してくるようだった。はるか彼方に目をこらし（歳月がカレンダーをさかのぼっていくのが見えそうだった）、石やパピルスに書かれた言葉を引用してみせた。彼がそんなあれこれを覚えているのは、自分の考えをはっきりさせるためだったのではないかと思う。カーディガンのボタンをきちんと留めて、自力で暖まろうとする人のように。フォンセカさんが金持ちになることはないだろう。都会のどこかで教師として送る生活は、質素なものになるに違いない。だが、彼には、自分の求める生き方を選んだことによる穏やかさがあった。そして、そんな穏やかさと確信は、本という鎧で身を守る人にだけ見られるものだった。

こうした人物像につきものの哀愁と皮肉には、僕も気づいている。オーウェルやギッシングの紙焼けしたペンギン・ブックスや、紫の縁飾りがついたルクレティウスの翻訳版を、彼はたずさえていた。イギリスで暮らすアジア人にとって、つつましいながらもよい人生が待っていると、きっと信じていたのだろう。そこでは、彼の身につけているラテン語の文法のようなものが、優れた武器になるのだから。

　彼はその後どうなったのだろう。数年ごとに思い出しては、図書館でフォンセカという名を探してみる。ラマディンがイギリスでしばらく彼と連絡を取りあっていたことは知っている。でも、僕はそうしなかった。困難なとき、フォンセカさんのような人こそが、一途な騎士のように駆けつけてくれることも、僕たちが今やまったく同じ道を歩んでいることも、よくわかっていたけれど。そして何かにつけて同じように、詩ではなく教訓を、容赦なく頭にたたきこまなければならなかったはずだということも。僕と同じく、ルイシャム区で安くておいしいインド料理屋を見つけたりもしただろう。セイロン、のちにはスリランカと、青い航空書簡のやりとりもしただろう。vの発音や焦り気味の話しかたのせいで、冷たくされ、侮辱され、気まずい思いもしただろう。そして何より、社会に入っていく難しさを痛感しただろう。それでもやがては船室めいたどこかのアパートに、質素だが落ち着ける場所を見つけたかもしれない。

　イギリスの学校でカーディガンのボタンをきちんと留め、土地の気候から身を守るフォンセカさんに思いを馳せる。そして、かの地にどれくらいとどまったのだろうか、本当に、「もう帰らない」という言葉どおりになったのだろうかと考える。あるいは、ついに耐えきれなくなったのではないか。いくらそこが彼にとっての〝文化の中心〟だったとしても。かわりにエア・ランカ〔現在のスリランカ航空〕でひとつ飛び、わずか一日の三分の二の時間で故郷に舞い戻って、一からやり直し、ヌゲゴダ

〔コロンボ郊外の町〕のような場所で教職についたのではないか。ロンドン帰りのふれこみで。頭に入っていたヨーロッパ文学の一節や詩は、巻いた麻縄や瓶詰めの川の水と一緒に持ち帰ったのだろうか。黒板に日射しが照りつけ、近くの森から鳥たちのけたたましい鳴き声が響く村の学校で、それらを脚色するなり翻訳するなりして教えることにこだわり抜いたのか。ヌゲゴダでの秩序の観念というところか〔米国の詩人ウォレス・スティーヴンスによる「キイ・ウェストでの秩序の観念」のパロディ〕。

第15章

僕たちはそろそろ船内の地理をほぼ知り尽くしていた――タービンの羽根で生じた気流がどんな経路で外へ出されるかとか、どうすれば魚の処理室に忍びこめるかとか。（腹ばいで台車の出入り口から入ればいい。）僕は魚をさばく作業を見るのが好きだった。あるときは、カシウスと舞踏室のつり天井にのぼり、細い筋交いの上でバランスを取りながら、踊る人々を見下ろした。真夜中だった。僕たちの時間表によると、あと六時間もすれば、死んだ鶏が冷蔵室から厨房へ運ばれてくるはずだった。

武器庫のドアの掛け金がいかれていることも発見した。誰もいないときはなかに入ってぶらつき、ピストルや手錠にさわったりした。それから、救命ボートにはそれぞれ、羅針盤、帆、ゴムのいかだが備えつけてあることもわかった。非常用のチョコバーもあったが、とっくに食べてしまった。ダニエルズさんがついに口を割り、庭のなかの塀で囲った区域のどこに有毒な植物があるかわかった。「感覚をとぎすます」というカヴァの木も教えてくれた。彼によると、太平洋の島々の長老たちは、重要な平和協定について話しあう前に、かならずこれを摂取するそうだ。それから、黄色くぎらつく光の下で、身を潜めるように生えているクラーレ。これが血管に入ったら気絶して、長時間、昏睡状態におちいるという。

また、もっと非公式な時間割りも知っていた。オーストラリアの少女がローラースケートを始める夜明け前から、囚人が現れるのを救命ボートで待つ夜更けまで。僕たちは囚人をじっくりと観察した。両手首に鉄の手錠がはめられているのが見えた。手錠は四、五〇センチほどの長さの鎖で互いにつながっていて、多少は手を動かすことができた。そして、南京錠が掛けてあった。

僕たちは無言で見つめていた。彼と僕たち三人のあいだにはいっさい関わりがなかった。例外はただ一度、ある晩、歩いていた彼がふと足を止め、暗闇のなか、こちらをにらみつけたのだ。見えるはずはなかった。けれど、僕たちがそこにいることを感じ、匂いをかぎつけたかのようだった。看守たちは気づかず、彼だけが気づいたのだ。彼は大きなうなり声をあげ、顔をそむけた。一五メートル近くも離れていたし、手かせ足かせをされていたのに、彼は僕たちの背筋を凍らせた。

第16章　呪い

僕たちのイギリスへの航海が、もし何らかの理由で当時の新聞の記事になっていたとしたら、それはオロンセイ号に慈善家のヘクター・ド・シルヴァ卿が乗っていたからだ。彼は医師ふたりとアーユルヴェーダ医、弁護士、妻と娘をはじめとする、お付きの人々を従えて乗船し、旅をしていた。彼らはたいてい船の上層階にいて、めったに見かけることはなかった。グループの誰も、船長のテーブルへの招きに応じなかった。もっと格が上だからだと思われていた。だが、本当の理由は違った。ヘクター卿はモラトゥワ〔スリランカ南西部の都市〕の企業家で、宝石やゴムや土地でがっぽり儲けたが、今は命を落とすかもしれない病にかかり、救ってくれる医者を捜しにヨーロッパへ向かっているのだった。

イギリスの専門医は誰ひとり、いくら報酬をはずまれても、わざわざコロンボに来てヘクター卿の治療にあたろうという者はいなかった。ハーレー・ストリート〔ロンドン中心部、開業医や歯科医が多い高級住宅街〕はあくまでもハーレー・ストリートのままだった。コロンボでヘクター卿の邸宅に招かれて食事をしたイギリス総督が医者を推薦したことも、ヘクター卿がさまざまな慈善団体に寄付をしてイギリスでナイトに叙せられていたことも、功を奏さなかった。それで今は、オロンセイ号の豪華なダブルスイートにこもり、恐水病と闘っているのだ。初めのうち僕たちは、ヘクター卿の病気に何の関心もなかった。彼が船に乗っていることが、〈キャッツ・テーブル〉の話題にのぼることなどめったになかった。大金持ちだから有名というだけで、そんなことは僕たちにはどうでもいい。だが、がぜん興味を持つようになったのは、運命を賭けた旅の背景を知ったからだった。

ことの起こりはこうだ。ある朝、ヘクター・ド・シルヴァは、自宅のバルコニーで友人たちと朝食をとっていた。いかにもお気楽な暮らしを送る人々の楽しみ方で、互いに冗談を飛ばしあっていた。ちょうどそのとき、ひとりの高僧〝バッタラミュール〟――聖なる僧侶――が屋敷の前を通りかかった。ヘクター卿は坊さんを見ると、その称号をもじって「ほら、〝ムッタラバーラ〟が来たぞ」と言った。〝ムッタラ〟は〝排尿する〟、〝バーラ〟は〝犬〟という意味で、つまり「小便たれの犬が来たぞ」と言ったのだ。

うまいしゃれとはいえ、あるまじき発言だった。坊さんは侮辱されたのを聞きつけて立ち止まると、ヘクター卿を指さして告げた。「そちらにこそ〝ムッタラバーラ〟をよこしてやろう……」そして、魔術の使い手と噂されるその坊さんは、まっすぐに寺院へ向かうと、マントラを何度か唱えることでヘクター卿の運命を決定し、豊かな生活から閉め出したのだった。

この話の序章を誰から聞いたのかは思い出せないが、とにかく、カシウスとラマディンと僕は好奇心をかき立てられ、貴賓室にいる大富豪のことでたちまち頭がいっぱいになってしまった。それからはできる限り情報を得るため、せっせと動いた。僕の保護者とされているフラビア・プリンスに手紙まで書き、一等船室の入口でちらっと会ってもらったが、何も知らないとあしらわれた。緊急事態を匂わせて、ブリッジの大事なゲームを中断させたから、ご立腹だったのだ。残念ながら〈キャッツ・テーブル〉の人たちは、あまりその件について話そうとしなかった。とにかく僕たちには物足りない。しまいにアシスタント・パーサー（ラマディンによると片目が義眼らしい）に水を向けると、もっとくわしく教えてくれた。

坊さんが通りかかった出来事から少しして、ヘクター卿は屋敷の階段を下りてきた。（アシスタント・パーサーは「きざはしを下降された」という言い方をした。）飼い犬のテリアが、ご主人を出迎えようと階段の下で待っていた。おなじみの光景だ。この犬は家じゅうのみんなから愛されていた。ヘクター卿が身をかがめると、愛犬は彼の首めがけて飛びかかった。ヘクター卿が犬を振り払ったそのとき、犬が手に咬《か》みついた。

使用人が二人がかりでようやく犬をつかまえ、小屋に閉じこめた。その一方で家族のひとりが、咬まれた傷の手当をした。どうやらテリアは、その日の朝からすでに様子が変だったらしい。台所で使用人たちの足元を駆けまわり、ほうきで外へ追い出されたあと、事件の直前におとなしく戻ってきて、階段の下でご主人を待っていた。その前の騒ぎのあいだは、人を咬むことなどなかった。

その日のうちに、ヘクター卿は犬小屋の前を通り、包帯を巻いた指を犬に向かって振ってみせた。それから二四時間後、犬は狂犬病の兆候を見せて死んだ。だが、そのときすでに〝小便たれの犬〟

はメッセージを伝えていたのだった。

ひとり、またひとり。コロンボ七区で働く高名な医師たちが片っ端から呼び寄せられ、治療法の検討にあたった。ヘクター卿は、（闇の世界で銃や宝石を商う、資産額が永遠に不明の数人を除けば）町一番の大金持ちだ。医師たちは屋敷の長い廊下を歩きながら、ひそひそと相談し、すでに上階の裕福な人物の体を冒しはじめている狂犬病にどう対処するか、激しく論じあい、作戦を練った。ウイルスは時速五〜一〇ミリメートルでほかの細胞に感染する。兆候はもうあらわれていて、咬まれたところに焼けつくようなかゆみとしびれがあるが、水を恐れるひどい症状はまだ見られない。患者は支持療法を受けているので、病気が致命的なものになるまで二五日ほどと考えられた。テリアは掘り起こされ、狂犬病であることがあらためて確認された。ブリュッセル、パリ、ロンドンに電報が打たれた。そしてヨーロッパに向かう次の船として、オロンセイ号の特別室を三つ、念のため予約した。船はアデン〔アラビア半島南端、イエメンの港湾都市〕、ポートサイド〔エジプト北東部、スエズ運河の北端にあたる都市〕、ジブラルタルに寄港するので、そのどこかで専門医に迎えてもらえるのではないかと期待された。

しかし、ヘクター卿は自宅にとどまるべきだという意見もあった。過酷な旅になるかもしれず、医療設備も限られるなか、病状が悪化しかねない。その上、乗船するのはたいてい二流の医者だ。親がオリエント・ラインの本社に顔が利く、二八歳かそこらの研修医と相場が決まっている。それに、まもなくアーユルヴェーダの専門医たちが、モラトゥワからやってくる。ド・シルヴァ一族のワラウワ〔植民地時代の荘園領主の邸宅〕が一世紀以上にわたって置かれていた土地だ。この専門医たちは、狂犬病の患者を何人も治したことがあると豪語していた。いわく、ヘクター卿は島に残ったほうが、この国でもっとも効果の高い生薬を入手しやすいということだった。彼らはヘクター卿が若い頃からなじんでいる古い方言でわめきちらし、旅に出たらそうした有効な治療法から遠ざかってしまうと主張した。病気の原因は地元にあるのだから、対策も必ず同じ土地のどこかで見つかるはずだ、と。

結局、ヘクター卿はイギリス行きの船に乗ることに決めた。彼は富を手にするとともに、ヨーロッパは進んでいると心から信じるようになっていた。もしかすると、それが命取りになるかもしれないのだが。船旅は二一日間だ。ロンドンのティルベリー港に着いたら、ただちにハーレー・ストリートきっての名医のもとへ連れていってもらえるのではないか。おそらく、それなりの人たちが集まっていて、中にはこちらの経済状態をよく知るセイロン人もいるだろう、と考えた。ロシアのある小説を読んだことから、いろいろ想像をふくらませていたが、一方でコロンボの医療は、村に伝わる魔術や占星術、細い線で描かれた植物図ばかりを頼みにしているように見えた。子どもの頃から地元の治療法はいくらか知っていて、たとえばウミエラの棘《とげ》を踏んだ痛みを和らげるには、すぐさま足に小便をかければよい。今受けているのは、狂犬に咬まれたら、チョウセンアサガオの種を牛の尿につけ、すりつぶしてペースト状にして内用すべし、という指示だ。そして二四時間後に、水風呂に入って、バターミルクを飲まなければならない。田舎にはこうした療法があふれている。効き目があるのは一〇のうち四つだ。それではお話にならない。

とはいえヘクター卿は、モラトゥワのアーユルヴェーダ医を無理やり航海に同行させることにし、地元で集めた薬草とネパール産のチョウセンアサガオの種と根を、たんまり持ってこさせた。ヘクター卿の寝室を真ん中にはさんで、片側の特別室に医師のチーム、もう一方に妻と二三歳の娘が入った。
　そんなわけでモラトゥワのアーユルヴェーダ医は、海の真ん中で軟膏やら液体やらの入ったトランクを開くと、前もって牛の尿につけておいたチョウセンアサガオの種を取り出し、匂いをごまかすためにジャッガリー〔ヤシの樹液から作る粗糖〕のペーストを混ぜてから、大急ぎで百万長者のもとへ運んでいった。鼻水のような代物をカップ一杯飲ませたあとは、慈善家本人のたっての希望で、フランス産の高級ブランデーを与えた。これが日に二回行われるのだが、アーユルヴェーダ医の務めはそれだけだった。あとの時間は専門医ふたりが患者の治療にあたっているので、そのあいだモラトゥワの男は船内を自由に行き来できたが、散歩するのは下等のエリアばかりだった。彼もまた、あちこち歩きまわるうちに、船があまりに清潔すぎて、まったく匂いがないと感じたに違いない。そしてある日、麻縄の燃えるなつかしい香りに気づき、もとをたどってD層の船室に行き着いた。鉄のドアの前で足を止め、ノックをする。返事を聞いて中に入ると、迎えたのはフォンセカ氏とひとりの少年だった。

　この出会いがあったのは、航海に出て数日がすぎたころだ。そして、このアーユルヴェーダ医が、ヘクター卿の物語の細かなことまで残らず教えてくれたのだった。初めのうちこそためらっていたが、結局は興味深い経緯《いきさつ》のほとんどが、彼の口から明かされた。のちに彼は、僕たちを通じてダニエルズさんと知りあって親しくなった。ダニエルズさんの招きで船倉に降りて庭を見学し、ふたりは法医植物学について何時間も論じあった。カシウスもアーユルヴェーダ医と友だちになり、宝の山を持参していたこの南の医師に、さっそくキンマの葉をねだった。

自業自得で呪いをかけられた男について、驚くべき事実を知らされ、僕たちの胸は高鳴った。ヘクター卿の物語の断片を手当たりしだいにかき集めたが、それでも満たされなかった。コロンボの港で乗船した夜を振り返り、担架に乗った百万長者の体がわずかに傾きながらタラップを運ばれていった様子を、思いだそう、せめて想像しようとつとめた。実際に見たのかどうかはさておき、今ではその光景が心から消えなくなっていた。僕たちは生まれて初めて、上流の人々の運命に関心を持ったのだ。そしてしだいにはっきりわかってきたことがある。マザッパさんと音楽の巨匠たちや、アゾレス諸島の歌を知るフォンセカさん、植物にくわしいダニエルズさんは、それまで僕たちにとって神様みたいだったが、実はただの端役にすぎない。真の力を持つ人々が、果たしてどんなふうに成功したり落ちぶれたりするか、見応えがあるのはそこなのだ。

第17章　午後のひととき

ダニエルズさんが僕たち三人にキンマ噛みを勧めたとき、カシウスにはとっくにおなじみだとすぐわかった。イギリスの学校へ行けと言われるまでに、彼は歯の隙間から赤い液体を飛ばして、狙いどおり命中させることができるようになっていた――看板に描かれた顔でも教師のズボンの尻でも思いのまま、走っている車の窓から犬の頭に当てることもできた。旅立ちの準備中、両親はそんな下品な癖をやめてほしいと、キンマの葉を持っていくことを禁じたが、カシウスはお気に入りの枕カバーに葉っぱや実をぎっしり詰めこんだ。コロンボの港で感動的に別れた際、桟橋から手を振る両親に向かって、カシウスは緑の葉を一枚取りだして振ってみせた。両親が気づいたかどうかはわからないが、とにかく息子の抜け目のなさを見届けてもらえたならいいと思っていた。

僕たちは三日間、リド・プールに出入り禁止となった。あの日の午後、ダニエルズさんの〝白ビーディ〟を吸ったノリで、デッキチェアを抱えてプールを襲撃してからは、こっそりプールべりに忍んでいって飛びこむまねをするぐらいしかできなくなった。僕たちはタービン室の基地で、〈キャッツ・テーブル〉の乗客たちについて自分のつかんだネタをすべて分かちあい、できるだけ正体を突き止めることにした。カシウスの報告によると、いつも食事のとき隣に座る、青白い顔をしたミス・ラスケティが、うっかりなのかわざとなのか、肘で〝俺のあそこをぐいっと押した〟という。僕からは、マザッパさんがサニー・メドウズとして演奏するとき黒縁メガネをかけるのは、思慮深く頼りがいがありそうに見せるためなのだと教えた。胸ポケットからメガネを引っぱり出して僕に手渡し、ただの透明ガラスだと明かしてくれたのだ。マザッパさんの過去は人目を忍ぶものだったに違いないと、僕たちはそろって感じていた。「愛読書にあるとおり、俺もこれまで何度かドブから這い上がってきたのさ」というのが、エピソードを締めくくるときのお気に入りのフレーズだった。

タービン室でいつものようにしゃべっていたとき、カシウスが言いだした。「セント・トーマス・カレッジの便所、覚えてるか?」彼は救命具の上に寝そべって、缶入りのコンデンスミルクをなめていた。「この船を降りるまえに、俺が何をするつもりだと思う? 何が何でも船長のほうろうの便器でクソしてやるんだ」

僕はまたネヴィルさんと一緒にいることが多くなった。肌身離さず持ち運んでいる船の設計図を使って、機関士たちがどこで寝起きするか、船長の居室がどこにあるかなどを示してくれた。電気系統がどのように各所へ通じているか、さらに、目には見えないけれど、オロンセイ号の下層じゅうに機械がどう配置されているかまで教わった。それは僕も察しがついていた。船室の化粧板を張った壁の向こうに、エンジンの駆動を伝える長い軸が伸びていて、絶えず回転しているのだ。いつでも暖かい壁に、よく手のひらを押し当てていた。

特に興味深いのは、船の解体屋をしていた頃の話だった。遠洋定期船が〝船の墓場〟で見る影もなくバラバラにされる様子を話してくれた。以前、コロンボ港のはずれのほうで船が燃えているのを見たが、あれがそうだったに違いない。使える金属だけを残し、船体は運河のはしけに転用され、煙突はハンマーでたたかれてタンクの防水用に使われる。ネヴィルさんによれば、どこの港でもずっとはずれのほうでは、こうした破壊が行われているそうだ。合金は分解され、木材は焼かれ、ゴムやプラスチックは溶かして板状にして埋められる。だが、磁器や蛇口や電線は、取りはずして再利用される。だから僕の想像では、彼の同僚には、重い木槌で壁を壊すたくましい男たちもいれば、金属コイルや電気設備やドアの錠前をはずして集めるのが専門というカラスのような人たちもいるのだろう。一カ月もすれば船の姿は消え、あとはただ残骸だけがどこかの入り江の泥にまみれて、犬があさりにくるだけだ。ネヴィルさんはバンコクからバーキング〔ロンドン北東部の地名〕まで、世界じゅうでそうやって働いてきた。その彼が今は僕のそばに座り、青いチョークを手の中で転がしながら、かつて住んでいたあちこちの港を思い出し、ふいに考えこんだ。

危険な仕事だよ、もちろん、と彼がつぶやいた。そして、永久に変わらないものなんてない、遠洋定期船も例外ではないと悟るのは辛かったな、と。「三段オールのガレー船だってそうさ！」そう言ってひじでそっと僕を小突いた。彼は〝史上最高に美しい船〟と呼ばれるノルマンディー号の解体にも立ち会ったことがあった。アメリカのハドソン川で、黒こげになり半分沈んでいたそうだ。

「だが、そんな状態でも、なんだか美しかった……船の墓場では、どんなものにも新たな人生があると気づくからだよ。車や客車の一部や、シャベルの刃に生まれ変わることができる。これまでの人生を、見知らぬところへつなげるんだ」

第18章　ミス・ラスケティ

ミス・ラスケティのことを、〈キャッツ・テーブル〉の面々は行き遅れだろうと見なし、そして僕たち三人は、きっと欲求不満なんだと考えていた（カシウスのタマを肘で突ついた件があったから）。彼女はしなやかな体つきで、鳩のように色白だった。太陽があまり好きではない。日の当たらない場所で、よくデッキチェアに座って犯罪小説を読んでいる。お気に入りの暗がりで、明るいブロンドの髪がきらっと光る。たばこを吸う。彼女とマザッパさんは、食事の一品目のあと決まって同時に席を立ち、近くの出口からデッキに出て行く。そこで何を話しているのか、僕たちには見当もつかない。ふたりは意外な組み合わせに思えた。とはいえ、彼女の笑い声には、一度ならず泥まみれになったことのある気配がただよっていた。あのつつましさとほっそりした体から、あんな笑い声が出るとは驚きだ。それがたいてい、マザッパさんの猥談に対して飛び出す。どこか風変わりな人だ。「だまし絵《トロンプ・ルイユ》って言葉を聞くと、牡蠣《オイスター》を思い出しちゃうの、なぜかしらね？」そんなふうに言うのを耳にしたことがある。

だが、ミス・ラスケティの素姓や経歴については、釣り針で引っかけるぐらいにしかつかめなかった。僕たちはいつも船内を見回っているから、手がかりを拾い集めるのは得意なつもりだったが、発見したことが正しいと確信するには時間がかかった。昼食のときには聞き耳を立て、視線を投げたり首を振ったりするのを見逃さないようにした。「スペイン語は愛の言葉――そうじゃなくて、マザッパさん？」ミス・ラスケティが言うと、マザッパさんがテーブル越しにウインクを返した。僕たちはおとなのなかにいるだけで、おとなというものについて学びつつあった。行動のパターンが見えてきたと感じ、しばらくはすべてマザッパさんのあのウインクを踏まえて解釈した。

ミス・ラスケティの奇妙な癖は、すぐに眠ってしまうことだった。日中のある時間帯、どうにも起きていられないのだ。睡魔と戦う姿をよく見かけた。必死にあらがう様子が、いわれのない罰を永遠にかわしつづけているようで、なんだかかわいらしかった。デッキチェアのそばを通りかかると、彼女の頭がだんだん下がり、読みかけの本に近づいていく。彼女はいろいろな意味で、わがテーブルの幽霊だった。夢中歩行までするとわかった。船上にあっては危険な行動だ。今も彼女を思い出すたび、白く細い姿が、暗くうねる海を背景に浮かびあがる。

彼女はこの先どうなるのだろう。どんな過去を送ってきたのだろう。〈キャッツ・テーブル〉でただひとり、彼女だけが僕たちの想像をかきたて、他者の人生に思いを馳せる気にさせた。正直なところ、カシウスと僕がそんなふうに感情移入したのは、主にラマディンの影響だった。ラマディンはいつも三人のなかでいちばん思いやりがあった。一方で、僕たちは生まれて初めて、誰かの人生が不当な扱いを受けていることを感じはじめていた。思い出すのは、ミス・ラスケティが〝ガンパウダー・ティー〟〔中国産の高級緑茶で、茶葉が丸く固められている〕を持っていたことだ。昼食を終えると、それをカップに入れてお湯を注いでから、魔法瓶に移して席を立つのだった。そのお茶を飲むとパッと目が覚め、顔に赤みがさすのがはっきりと見てとれた。

彼女を「鳩のように色白」と表現したのは、たぶん、あとからこんな事実を知ったせいだろう。ミス・ラスケティは鳩を二、三〇羽、かごに入れて船内のどこかに乗せていたのだ。イギリスまで「鳩のお供をしている」というのだが、なぜ一緒に旅をしているのか、その目的については胸に秘めたままだった。さらに、フラビア・プリンスから得た情報によると、一等船室のある乗客の話では、〈ホワイトホール〉〔ロンドンの通りの名前で政治の中心地。イギリス政府そのものも指す〕のあたりでよくミス・ラスケティを見かけたという。

とにかく、うちのテーブルのほぼ全員、キャンディに店をかまえる寡黙な仕立て屋のグネセケラさんにしろ、愉快なマザッパさんにしろ、ミス・ラスケティにしろ、それぞれの旅には興味深い事情がありそうに見えた。たとえ口には出さなくても、また、今のところ知られていないとしても。そんなことにはおかまいなく、オロンセイ号におけるうちのテーブルの位置づけは相変わらず最低で、一方、船長のテーブルの連中は、いつも互いにちやほやしあっていた。それは僕がこの旅で学んだ、ちょっとした教訓だった。面白いこと、有意義なことは、たいてい、何の権力もない場所でひっそりと起こるものなのだ。陳腐なお世辞で結びついた主賓席では、永遠の価値を持つようなことはたいして起こらない。すでに力を持つ人々は、自分でつくったお決まりのわだちに沿って歩みつづけるだけなのだ。

第19章　少女

この船でもっとも無力に見える者がいるとしたら、それはアスンタという名の少女で、すぐにはその存在にも気づかないほどだった。褪せた緑色の服しか持っていないらしい。嵐のときもそれしか着ていなかった。耳が不自由で、そのためよけいに弱々しく、孤独そうに見えた。うちのテーブルの誰かが、どうやって船賃をまかなったのかと訝《いぶか》っていた。一度、トランポリンをしているのを見たことがある。音のない空間に包まれて宙に浮く姿は、まるで別人のように思われた。けれども、跳ぶのをやめてその場を離れたとたん、そんな敏捷さも力強さも影を潜めてしまった。色が白くて、いくらシンハラ人の娘にしても白すぎた。そしてやせていた。

アスンタは水を恐れていた。プールのそばを通りかかると、僕たちは彼女をからかって、水をかけるぞと脅したが、そのうちカシウスの気が変わり、やめろと言いだした。僕たちはカシウスにも少しは情けがあるのだと感じ、そして気づけば、それからというもの彼はこっそりアスンタを見守るようになった。ジャンクラ一座のハイデラバード・マインドことスニルが、彼女の面倒を見ているようだった。食事のときも隣に座っている。エミリーも同じテーブルだ。そしてスニルは、うちのグループの大騒ぎにびくっとしては、〈キャッツ・テーブル〉をちらりと見るのだった。

アスンタは特殊なやり方で音を聞いた。聞こえるのは右耳だけで、それも耳元ではっきり話してもらったときだけだ。そうやって空気の震えを感じ、音としてとらえ、そして言葉に置き換える。ごく近くに寄らなければ話が通じない。救命ボートの訓練では、旅客係が彼女をわきに連れだして、決まりごとや手順を説明してやった。ほかのみんなは同じ情報が拡声器から流れるのを聞かされていた。彼女のまわりには柵がはりめぐらされているような感じがした。

エミリーがその少女と一緒のテーブルに座るというのは、まさに偶然の巡りあわせだった。エミリーが表舞台で輝く美女だとすると、その少女はひそやかに咲く花だ。ふたりはしだいに親しくなり、熱心に会話する姿が見られるようになった――ささやきあい、手を握りあう。エミリーは耳の不自由なその少女といるとき、まるで別人だった。

第20章

朝方の雨で甲板がうっすらと濡れているのが理想的だ。B出口とC出口のあいだに、デッキチェアでふさがれていない、二〇メートル弱のスペースがある。僕たちは裸足でそこを目がけて走っていき、思い切り体を投げ出した。ツルツルする木の上を滑って、手すりに突っこんだり、天気を見にきた乗客がいきなり開けたドアにぶつかったりした。カシウスは滑った距離の新記録を打ち立てようというときに、お年寄りのラーサグーラ・チョーダリボイ教授を転ばせてしまった。甲板掃除のときは、距離がよく伸びた。床に洗剤をまいて、モップをかける前には、いつもの倍も長く滑れて、バケツをひっくり返したり船員に衝突したりした。なんとラマディンまで加わった。彼は顔に当たる海風が何よりも好きだということに気づきはじめていた。船首に何時間もたたずんでは、はるか遠くに目をこらしていた。そこにある何かに魅了されていたのか、あるいは何かの思いにとらわれていたのかもしれない。

この船で繰り広げられる日常を把握したいなら、もっとも間違いのない方法は、時間の流れに従って行き来する人の動線を描いてみることだ。人によって色を変え、日々の動きを表せばいい。マザッパさんがお昼に起きてからたどる道や、モラトゥワのアーユルヴェーダ医がヘクター卿の世話を離れてぶらぶら歩く道。犬を散歩させるヘイスティさんとインバニオさん。フラビア・プリンスとブリッジ仲間は、〈デリラ・ラウンジ〉へのんびり出入りする。明け方にはオーストラリアの少女がスケートでくるくる滑る。ジャンクラ一座の大きな舞台やちょっとした余興。それに僕たち三人は、はじけた水銀みたいにそこらじゅうを飛びまわる。プールに寄ったら次は卓球台、そのあと舞踏室でマザッパさんのピアノのレッスンを眺めて、ちょっと昼寝をしてから、片目のアシスタント・パーサーとおしゃべりし——去り際にはガラスの目玉の観察を怠りなく——そしてフォンセカさんの船室に一時間以上おじゃまする。こうしたでたらめな行動パターンがすべて、カドリール〔四組の男女のカップルが方形に組んで踊る社交ダンス〕のステップのように予想のつくものになった。

当時は写真などという便利なものがなかったから、あの旅の確かな記録は残っていない。オロンセイ号でのぼやけたスナップ写真の一枚すらないので、航海中のラマディンが実際どんなふうだったかもわからない。プールに飛びこむぼんやりした人影、白い布にくるまれた遺体が海に投げこまれる様子、鏡をのぞいて自分探しをする少年、デッキチェアで居眠りするミス・ラスケティ——すべては記憶のなかだけの光景だ。上階の特等船室にはボックスカメラを持っている乗客が何人かいて、夜会服を着こんだ姿でよく写真におさまっていた。〈キャッツ・テーブル〉では、ときどきミス・ラスケティが黄ばんだノートにスケッチをしていた。僕たちのことも描いていたかもしれないが、わざわざ訊いてみるほどの興味はなかった。芸術的な関心なんて、自分たちにはとんと縁のないものと思っていた。彼女がさまざまな色の毛糸を使って、みんなの似顔絵を編んでいたって同じだったろう。僕たちがもっと興味をそそられたのは、鳩用のジャケットを見せてもらい、どうやってパッド付きのポケットに生きた鳩を入れて甲板を歩きまわるのか教わったときだった。

僕たちが何をしようと、永遠に残りそうなことなどなかった。ただ、プールの底を競いあって泳ぐとき、肺がどれくらい空気を保てるかだけは体得していった。僕たちの何よりのお楽しみは、旅客係がスプーンを百本、プールに投げこむゲームだったからだ。カシウスと僕はライバルたちとともに水に飛びこみ、小さな手にいっぱいのスプーンを拾った。水中により長く潜《もぐ》るためには、肺が頼みの綱だった。観客から声援を送られ、スプーンをしっかりと胸に押し当てて両生類のように水から這い出すとき、何かの拍子にパンツがするっと脱げては大笑いされた。「わたしは潜る者すべてを愛す」と、偉大な船乗りのメルヴィルが記している。そして、当時の僕が、あの二一日間に、どんな仕事に就きたいかと訊かれたなら、ダイバーになって生涯ずっとこうした競技に出続けたいと答えただろう。あの頃はまさかそんな職業があるなんて思いもしなかったが。とにかく僕たちのやせた体はまるで水の一部のようになり、宝物を積みあげては次の収穫を求めて戻っていき、最後のスプーンを拾うまで水中を探しまわるのだった。ラマディンだけは、弱い心臓をかばって参加できなかった。それでも彼は、ちょっと退屈しながらも、僕たちを応援していてくれた。

第21章　泥棒

　ある朝、C男爵として知られる男の人から、ちょっと手伝ってほしいと頼まれた。小柄で運動神経のいい男の子を捜していて、僕がスプーンを拾うためプールに飛びこむところを見ていたそうだ。

　まずは、一等船室のラウンジでアイスクリームをごちそうしてもらった。つづいて彼の船室で、僕の力量を見せるため、サンダルを脱いで家具の上に乗り、できるだけ素早く、床に足をつけずに部屋中を動きまわってみろと言われた。変だと思ったが、肘掛け椅子から机へ、そしてベッドに飛び移り、バスルームのドアにぶら下がった。僕の船室と比べたらずっと広くて、数分後、裸足で分厚いじゅうたんの上に立ったときには、犬みたいにハアハアいっていた。すると彼はお茶を出してくれた。

「コロンボの紅茶だ。この船のじゃないぞ」そう言いながらカップにコンデンスミルクを入れた。この人はいいお茶の何たるかを知っていた。今まで船で出されたお茶は、汚れた水みたいな味で、僕はもう飲むのをやめていた。そればかりか、その後、長いことお茶を飲まなくなった。けれども男爵は、僕にとって飲みおさめとなる美味《おい》しいお茶をいれてくれたのだった。カップがとても小ぶりだったから、何度もおかわりしてしまった。

男爵は、君は実に運動神経がいいね、と言った。僕をドアまで連れていくと、その上にある窓を指さした。窓は長方形で、きっちり閉まるように小さな掛け金がついていた。今は窓ガラスがお盆みたいに水平にされ、空気が部屋を出入りできるようにしてある。

「あそこを通り抜けられそうかね？」彼は返事を待たずに両手を組み、それを足がかりに僕を肩へのぼらせた。地上一八〇センチの高さだ。開いた窓のほうへ這っていき、ガラスとその木枠の上を危なっかしく進んだが、突き破って落ちるのではないかと怖かった。窓の空間は二本の横木ではさまれている。その間に体を通してみろと言われたが、通り抜けることはできなかった。

「仕方がない。降りなさい」僕はふたたび男爵の肩に膝をつき、ポマード頭につかまって降りたが、なんとなく彼を裏切ってしまったような気がした。アイスクリームと美味しい紅茶のあとだから、なおさらだった。

「誰かほかを当たらないと」彼はつぶやいたが、まるで僕などもうそこにいないみたいだった。それからふと、僕の落胆に気づいてこう言った。「済まなかったね」

翌日、男爵がプールで別の少年と話しているのを見かけた。その子はまもなく上階に連れていかれた。僕より小柄だが、運動神経はそれほどでもなかったらしい。というのも、一時間足らずで戻ってきて、お茶とビスケットを出された話しかしなかったからだ。すると、一日かそこらして、男爵からまた部屋に来てあの窓を通り抜けてみてほしいと頼まれた。ほかのアイデアを思いついたのだという。一等船室の入口を見張る旅客係のところを通るとき、男爵は「甥っ子だよ——お茶に招いたんだ」と説明した。まもなく僕は、大手をふって絨毯《じゆうたん》敷きのラウンジに入っていったが、ここはフラビア・プリンスの縄張りでもあるので、気を抜かないようにしていた。

僕は水着をつけてくるように指示されていた。すっかり服を脱いで水着一枚になると、男爵は機関室からくすねてきた小さいバケツ入りの潤滑油を取り出し、黒いどろどろした液体を首から下全体に塗らせた。そして僕はふたたび開いた窓まで持ち上げられた。その上には二本の横木がある。今回は油にまみれているおかげで、ウナギのようにその間をするりと抜け、ドアの向こう側に出て廊下の床に落ちた。ノックして中へ入れてもらう。彼はにんまりしていた。

すぐにバスローブを渡されて着ると、人気《ひとけ》のない廊下をふたりで歩いていった。男爵はドアをノックし、返事がないのを確認すると、両手を差し出して僕を持ち上げた。今回は開いた窓を反対方向にすり抜け、特別室に着地した。内側から鍵を開けてあげると、男爵は室内に入ってきて僕の頭をなでた。ちょっと肘掛け椅子に座り、こちらにウインクしてから、立ち上がって室内を見回し、戸棚の引き出しを開けはじめた。数分後、僕たちは部屋をあとにした。

その後も不法侵入を続けたが、今思えば男爵は僕に、これは友人たちとの内輪のゲームだと信じこませたのだと思う。というのも、彼のふるまいはいかにものんびりして、悪気がなさそうだったからだ。ズボンのポケットにさりげなく両手を入れたまま、特別室をゆったりと歩きまわって、棚や机の上にある物を見つめたり、奥の部屋をちらっとのぞいたりする。あるとき、分厚い書類の束を見つけて、スポーツバッグに放りこんだことがあった。それに、銀のナイフをポケットにしまうのも見たことがある。

男爵がそうしているあいだ、僕はたいてい舷窓から海をながめていた。窓が開いていると、下の甲板で輪投げに興じる人たちの歓声が聞こえてきた。胸が高鳴った。しかも、こんなに広い船室にいるのだ。ヘイスティさんと使っている船室なんて、せいぜいこの特別室の大きなベッドぐらいだ。全面に鏡を張ったバスルームに入ると、ふいに、だんだん小さくなっていく自分の像が目に飛びこんできた。半裸で黒い油にまみれ、褐色の顔に突っ立った髪。そこにいるのは野生児だった。まるで『ジャングル・ブック』の登場人物だ。ランプの灯のように澄んだ白目で、こちらを見つめている。これが、記憶にある最初の自分の肖像ではないかと思う。このときの少年の姿を、僕はその後もずっと心に抱きつづけた——ぎょっとした顔。未完成で、まだ誰でもない、何者にもなっていない少年。ふと気づくと、鏡の端で男爵がこちらを見ていた。何かを察したような表情だった。まるで、僕が鏡のなかに見ているものを、理解しているみたいに。自分もかつて同じことをしたとでもいうふうに。彼はタオルを投げてよこし、体を拭いて服を着なさいと言った。スポーツバッグに入れて持ってきていたのだ。

わが身に起こったことを、次のタービン室の集まりでみんなに話すのが待ち遠しかった。偉くなったような気がしていた。だが、思い返せば、男爵が与えてくれたのは、たとえば鉛筆削りのようにちっぽけな、もうひとりの自分だったのだ。それはほかの誰かになるというささやかな逃げ道だったが、その後しばらく、少なくとも十代が終わるまで、その扉を開くことはなかった。半ばぼやけたいくつかの午後の記憶は、今も僕の心にとどまっている。そういえばこんなこともあった。男爵がドアをノックしても返事がなかったので、僕は窓枠の隙間を通り抜け、彼を室内に招き入れた。すると、大きなベッドに誰かが寝ていたので、ふたりともびっくりした。そばのテーブルには薬の瓶がずらっと並んでいる。男爵は片手を上げて静かにするよう合図してから、近づいていき、昏睡状態の人物をじっと見つめた。あとでわかったのだが、それはヘクター・ド・シルヴァ卿だった。男爵は僕の肩にふれ、化粧台の上に置いてある、金属でできた大富豪の胸像を指し示した。男爵が部屋を見回って金目のものを探すあいだ――たぶん宝石類だろう、何といっても泥棒が狙うのは宝石と相場が決まっているようだから――僕はきょろきょろして、金属の頭と本物を見比べていた。胸像は眠っている男を獅子のように高貴に描いていたが、枕の上にのっている実物とは大違いだった。胸像を抱え上げようとしたが、重すぎた。

男爵は書類をパラパラとめくっていたが、奪いはしなかった。かわりに、暖炉の上にあった小さな緑色のカエルの置物をつかんだ。「翡翠《ひすい》だ」身をかがめて僕にささやいた。それから、ずいぶん立ち入りすぎだと思うが、ベッドのわきにあった銀の額縁から若い女性の写真を抜きとった。数分後、彼は廊下を歩きながら、すごくいい女だと思ったのだと打ち明けた。「ことによると」と彼は言った。「この旅のあいだに、会えるかもしれないな」

男爵は、ポートサイドで早くも下船することになる。その頃には、船に泥棒がいるのではないかという疑惑が広まりはじめていたからだ。とはいえ、もちろん一等船室の人間があやしまれることはなかった。彼がアデンから荷物をいくつか送ったことは知っている。とにかく、突然ぷっつりとお声がかからなくなった。〈ベッドフォード・ラウンジ〉で最後のお茶をご馳走してもらったきり、ほとんど姿も見なくなった。彼が盗みを働いたのは、単に一等の船賃をまかなうためだったのか、それとも病気の弟だか昔の悪友だかに仕送りするためだったのかはわからない。ただ、僕には太っ腹な人物に見えた。容貌も服装もいまだに覚えているが、イギリス人なのか、貴族の風格を身につけたどこぞの馬の骨なのか、はっきりしない。いずれにしても、郵便局にお尋ね者の顔写真が貼ってある土地へ行くたび、僕はかならず彼を探す。

第22章

船は北西に向かって進みつづけ、緯度がいくらか高くなって、乗客たちはしだいに夜気が涼しくなるのを感じていた。ある日、拡声器でおふれがあり、夕食の時間のあと、〈ケルティック・ルーム〉の外の甲板で、映画を上映すると知らされた。夕暮れまでに旅客係が、ごわつくシーツを船尾に張り、いわくありげに覆いをかぶせた映写機を運んできた。上映の三〇分前になると、一〇〇人ほどの観客がそわそわと集まった。おとなたちは椅子に腰かけ、子どもたちは甲板にじかに座った。ラマディンとカシウスと僕は、かぶりつきに陣取った。僕たちにとって生まれて初めての映画だ。スピーカーがパチパチとやかましい音をたて、スクリーンにいきなり映像が浮かびあがった。そのまわりを、暮れなずむ紫色の空が取り巻いていた。

あと数日でアデンの港に着くというときだったから、『四枚の羽根』を上映するというのは、今思えばちょっと無神経だったのではないか。アラビアの野蛮さと、文明的だが愚かなイギリスとを対比して描こうとした作品なのだから。イギリス人が架空の砂漠の国でアラブ人になりすますため、自分の顔に焼き印を押させるシーンがあった（肉が焦げる音を聞かされた）。年老いた将軍が登場し、アラブ人のことを「ガザーラ族――でまかせで凶暴なやつらめ」と言う。さらに、別のイギリス人は、砂漠の太陽を見て目をやられ、あとは映画の終わりまでのろのろとさまよい歩く。戦時中の愛国主義や臆病さといった微妙な問題は、強い風によってまわりの海に吹き飛ばされてしまった。音響がよくなかったうえ、僕たちにとっては耳慣れない英語の発音だった。ひたすら動きを追いかけていた。しかも、一方で別のストーリーも展開しそうだった。船が暴風雨圏に近づいていたのだ。スクリーン上のドラマから目を離せば、遠くに稲妻が走るのが見えた。

星がしだいに消えゆくなか、ゆっくりと進む船の上で、映画は二カ所で上映されていた。一等船室の〈パイプ・アンド・ドラムス・バー〉では三〇分早く始められ、四〇人ほどのきちんとした身なりの乗客たちが静かに鑑賞していた。一巻目が終わると、フィルムを巻き戻して金属の容器に入れ、屋外上映のために甲板の映写機まで運んだ。そのあいだ一等船室の観客は、二巻目を見るのだった。おかげで二カ所の音声が混ざりあって、予想外の混乱が生じた。海風がとどろくので、どちらのスピーカーも音量を最大にしていたから、場面にそぐわない音に攻められつづけた。緊迫したシーンを見ているのに、将校たちの浮かれ騒ぐノリのいい音楽が聞こえてきたりする。それでも、僕たち屋外上映組には、夜のピクニックの雰囲気があった。全員にアイスクリームが配られ、一等船室のフィルムが終わってこっちの映写機にセットされるのを待つあいだ、ジャンクラ一座が余興を演じた。巨大な肉切り包丁を使って曲芸をしているまさにそのとき、一等船室のスピーカーから、襲いかかるアラブ人たちのすさまじい雄叫びが聞こえてきた。ジャンクラ一座はそんな叫びをこっけいな身ぶりでまねしてみせた。続いてハイデラバード・マインドが進み出て、前の日に誰かさんのなくしたブローチが、映写機のレンズの上にのっていると告げた。こうして、一等船室ではイギリス軍が容赦なく虐殺されるシーンを見ているとき、こちらの観客からは大喝采が湧きあがったのだった。

まるで生命を持ったカンバスのようにはためくスクリーンの上で、映画は進んでいった。物語は壮大さと混乱に満ち、僕たちにも理解できる残忍な行為と、よくわからない名誉を重んじる行動がたっぷり描かれていた。カシウスはそれからしばらく、自分は「オロンセイ族――でまかせでキョウボウなやつら」の一員だと名乗ってまわった。

残念ながら、予期されていた嵐がいきなり船に襲いかかり、映写機に雨が当たって、熱くなっていた金属がシューシューと音を立てはじめた。旅客係がその上に傘をさしかけようとした。スクリーンが突風に引き裂かれ、幽霊のように海面をかすめて翻った。映像はそのまま あてもなく海に映しだされていた。結局この旅のあいだ、映画の結末はわからずじまいだった。僕が結末を知ったのは、数年後、ダリッチ・カレッジの図書館でA・E・W・メイソンの小説を読んだときだ。彼はその学校の卒業生だった。とにかく、あの夜、猛烈な嵐がオロンセイ号を飲みこもうとしていた。それが過ぎてから、ようやく僕たちは不穏な海を逃れ、現実のアラビア半島に上陸したのである。

第23章

僕は夏のあいだカナダ楯状地《カナディアン・シールド》〔北米大陸中央からカナダ北部に広がる、先カンブリア期の岩石で覆われた地域〕で暮らしているが、その風景も嵐に見舞われることがある。そんなとき、自分が空中に浮かんでいると思いこんで目を覚ます。川の上流にそびえるマツの樹上から、稲光が迫るのを見つめ、向こうでとどろく雷鳴を聞いているような気がする。それぐらいの高みからでなければ、嵐の壮大な踊りと危険さを目にすることはできない。家のなかでは、眠る人間たちのかたわらで、雌の猟犬が耳をつんざかれ、身を震わせている。今にも心臓が止まるか飛び出しそうなほどに。こうした嵐の夜に、宇宙旅行の実験さながらのスピードに巻きこまれながら、薄明かりのなかで犬の顔を見たことがあるが、いつもの美しい面差しが影を潜《ひそ》めていた。そして、ほかの誰もがこの大いなる自然の揺りかごで眠るなか、川だけは不変に見える。光が闇を引き裂くあいだ、たくさんの木々がなぎ倒され、何もかもが神の手のなかで傾くのを目にする。夏ごとに何度か、そんなことがある。僕は雷の襲来を待ち受け、心の準備をする。優しき狩人である、この犬とともに。

もちろん、これにはちゃんと理由がある。僕はかつて、途方もなく深い水の上で、危なっかしく漂ったのだ。こんなに時が流れた今になって、ふいに記憶がよみがえる——あの夜、僕とカシウスは、心ときめく冒険をするつもりで、船の甲板に体をしばりつけたのだった。

もしかしたら、映画に満足しきれなかったせいだろうか。あのときなぜあんなことをしたのか、いまだに説明がつかない。海で嵐にあうのが初めてだったからというだけかもしれない。映写機が片づけられ、椅子が積み上げられたあと、海も頭上の空も、とつぜん静かになった。レーダーによれば次の嵐が近づいているという話だったが、そんなわけで風は静まり、おかげで僕たちには支度をする時間ができた。

最高の席で大嵐を見ようと僕をそそのかしたのは、言うまでもなくカシウスだ。僕たちは救命ボートのそばでその相談をした。ラマディンは加わりたがらなかったが、準備を手伝うと申し出てくれた。たまたまその前日、救命ボートの訓練のとき開けっぱなしになっていた倉庫で、ロープとテークル〔滑車とロープを組み合わせた装置〕を見つけたところだった。そこであの夜、凪《なぎ》のあいだ、乗客のほとんどが船室に戻るなか、僕たちは船首に向かい、むき出しのプロムナード・デッキに行き、ロープで体をくくりつけるのにちょうどいい、がっしりした場所をそれぞれに見つけた。船長の声が聞こえ、五〇ノット〔秒速二五メートル〕の強風が予測されるので最悪の事態に備えるようにと告げていた。

カシウスと僕が並んで仰向けに横たわると、ラマディンはロープを使って、V字型の鋲や杭に僕たちを結わえつけた。大あわてだった。嵐が迫ってくるのが見えたからだ。暗がりでロープの結び目を確認すると、手足を広げてがっちりしばられた僕たちを残して去っていった。甲板は無人になり、しばらくは小雨ぐらいで何ごともなかった。もしかすると嵐の方角からそれたのかもしれないと思った。だが、それから激しい風が吹きつけてきて、僕たちは息が詰まった。呼吸するには突風から顔をそむけなければならない。風がまるで金属みたいに体を締めつけてくる。予想では、寝そべって話でもしながら、はるか上空ではじける稲光に目を見張るぐらいのつもりだったのに、今、僕たちは、降り注ぐ水のせいで溺れそうになっていた——雨が打ちつけ、海は手すりを乗り越えて甲板で渦を巻く。頭上で稲妻がぎらりと雨を照らし、そしてふたたび真っ暗になった。ゆるんだロープが喉をたたいている。雑然とした音が響くばかりだ。自分たちが叫んでいるのか、それとも叫ぼうとしているだけなのかもわからなかった。

ひと波ごとに、船が砕け散るのではないかという音がした。ひと波ごとに、僕たちは水をかぶり、やがてまた船の傾きとともに直立の状態になった。船が水のなかへ突っこむたび、僕たちは息もできずに波のなかを引きずられ、一方、船尾は宙に飛び出し、水から出たスクリューは悲鳴をあげた。それがまた海のなかへ戻ると、今度はふたたび船首が不自然にはね上がった。

オロンセイ号のプロムナード・デッキに横たわり、もう絶体絶命だと思ったあの数時間、すべては渾然一体となっていた。瓶のなかにめちゃくちゃに投げこまれたように、現状から脱することもできず、身に降りかかるものから逃れることもできなかった。僕の心の支えは、ひとりではないということだけだった。カシウスが一緒にいた。ときおり、雷光のなかで目が合い、相手の疲れきってぶすっとした顔が見えた。この場所でとらわれの身になった気がした。もし船がそそり立つ波に打たれ、鼻先を下へ向けて潜《もぐ》っていったとしても、カシウスと僕は相変わらずポンプ式の発電機か何かに結わえつけられたままなのだ。ほかには人っ子ひとりいない。船上に出ているのは僕たちだけ。まるで生け贄《にえ》として捧げられたみたいに。

波は砕け、僕たちをもみくちゃにしては、悪夢のようにすばやく船から引いていった。水から出たかと思うと、次の谷間に落とされた。僕たちの体を安全につなぎとめているものといえば、ロープの結び方に関する、ラマディンのわずかばかりの知識だけだった。とはいえ何を知っているのか。まるっきり安全なんかじゃない。時間の感覚も消えてしまった。一体どれだけそうしていたのか。僕たちが死の間際に考えたのは、あいつは結び方なんて何も知らないだろうということだった。やがてブリッジからサーチライトに照らされて目がくらんだ。ぼろぼろの僕たちでさえ、光の向こうに煮えたぎる怒りを感じた。そして明かりは消えた。

あとになって、嵐のさまざまな名前を知った。チュバスコ。スコール。サイクロン。タイフーン。そして、これもあとになって、甲板の下ではどんな様子だったのか聞かされた。〈カレドニア・ルーム〉の窓のステンドグラスが砕け散り、ほぼ同時に電気回路が切れた。それで懐中電灯が通路を行ったり来たりし、バーやラウンジをゆらゆらと照らして、行方のわからない乗客を捜した。救命ボートは一部がダビットからはずれ、斜めに宙づりになった。船のコンパスはぐるぐる回りつづけた。ヘイスティさんとインバニオさんは、明かりの消えた犬舎で、雷の音におびえる犬たちをなだめようとした。波がアシスタント・パーサーを襲い、その威力で義眼が流されてしまった。こうした騒ぎのあいだじゅう、僕たちは頭をのけぞらせ、次の降下では船首がどこまで深く潜るかと、目をこらしていた。いくら叫んでも、お互いの声も、自分の声すらも聞こえなかった。なだれこむ海に向かって叫びすぎて、翌日は喉が痛いほどだったのに。

何時間も過ぎたかと思ったとき、誰かにつつかれた。嵐はまだ去っていなかったが、だいぶ静まってきたので、三人の船員が僕たちの救助に送りだされたのだった。彼らはロープを切り、ふくれた結び目をほどいて、階段を下りたところにある食堂へ僕たちを運んでいった。そこが医務室を兼ねていたのだ。この一、二時間のあいだに、頭を打ったり指を折ったりした人たちがいた。僕たちは服を脱がされ、毛布を渡された。そこで寝ていいと言われた。記憶にあるのは、船員に抱え上げられたとき、彼の体がとても温かかったことだ。そして、誰かが僕のシャツを脱がすとき、ボタンがすべて取れていると言ったことも覚えている。

カシウスの顔を見ると、込み入ったことなど何もかも洗い流されたかのようだった。それから、眠りに落ちる直前、彼はこちらに身を寄せて小声で言った。「忘れるなよ。誰かにやられたんだからな」

数時間後、目の前に三人の航海士が座っていた。眠りから起こされて、僕は最悪の事態を予想していた。コロンボに送り返されるか、はたまた叩かれるか。ところが、航海士たちが腰を下ろしたとたん、カシウスが切りだした。「誰かにやられたんです。誰かはわかりません……顔を隠してたから」そうつけ加えた。

この驚くべき告白のせいで、航海士による取り調べが長引くことになった。真実だと証明するためだったが、ロープでこすれた跡を見れば、自力でこんなまねはできないと、多少は信じてもらえた。お茶をすすめられたので、うまく切り抜けられたと思ったとき、旅客係が入ってきて、船長が会いたがっていると告げた。カシウスは僕に向かってウインクした。彼は船長の部屋を見てみたいとしょっちゅう言っていたからだ。

あとで聞いたのだが、すでに航海士のひとりがラマディンの船室を訪れていたらしい。僕たちとの関係を知られていたからだ。ラマディンはたぬき寝入りをしたが、起こされて、僕たちが海に流されずちゃんと生きていると聞くと、何も知らないふりをした。午前零時ごろのことだろう。そして今は午前二時になっていた。僕たちはバスローブをあてがわれ、船長のもとへ出向いていった。カシウスが室内を見回して、備えつけの家具をじろじろ眺めていると、船長がデスクを片手でバンと叩いた。

これまでに見た船長の顔といえば、うんざりしているか、みんなに何かを知らせるときの作り笑いか、そのいずれかだった。でも今は、まるで檻から放たれたばかりのように、血気にはやっていた。お説教はまず、数字をきっちり並べるところから始まった。おまえらの救出には八人の船員が関わった――三〇分以上だ。その結果、どんなに少なく見積もっても、四時間が無駄になった。船員の平均的な賃金は時給Xポンドだから、オリエント・ラインにとってXの四倍の金がかかったことになる。それとは別に、司厨長《しちゅうちょう》は時給Yポンドだ。さらに、緊急時には必ず倍額の賃金が支払われる。それに加えて船長の時間も使っていて、これはもっと高い。「したがって、わが船はおまえらの親に九〇〇ポンドを請求する！」船長はそう言いながら、何やら正式な書類らしきものにサインをした。おそらく、僕たちを入国させるべからずという、イギリス税関あての文書だと思われた。彼はまたテーブルを叩いて、船が陸に着いたら降りてもらうと脅し、そして僕たちの祖先を口汚くののしりだした。カシウスが、自分なりに丁重にへりくだったつもりの言葉で、話の腰を折ろうとした。

「助けてくれてありがとうございました、おじさん」

「黙れ、この……この」――船長は言葉を探した――「まむしめ《バイパー》」

「ふきん《ワイパー》、ですか？」

船長はちょっと間を置いてカシウスを見つめ、からかわれているのかどうか見きわめようとした。そして自分のほうがうわてだと感じたに違いない。

「いや、おまえはイタチだ。アジアのイタチだ。胸くその悪い、アジアのイタチ野郎だ。うちでイタチを見つけたらどうすると思う？　金タマに火をつけてやるんだ」

「僕、イタチって好きです」

「汚らわしい、まぬけの、ハナタレ小僧……」

船長がそのまま黙りこんで、侮辱の言葉を考えつづけていると、バスルームのドアがバタンと開いて、ほうろうの便器が見えた。僕たちはもう船長なんてどうでもよかった。カシウスがうめき声をあげた。「おじさん、気分が悪くて……ここのトイレ使わせてもらっても――」

「出ていけ！　くそったれ！」

僕たちは船員ふたりに付き添われて船室に戻った。

フラビア・プリンスは、〈カレドニア・ルーム〉で、僕と話しながら自分の腕輪をしげしげと見つめていた。突然メモが届き、今すぐ会いにこいと命じられたのだ。すでに僕たちはいろんな人から尋問を受け、そのたびに、何があったか決して他言しないように言い含められていた。さもないともっと面倒なことになるぞ、と。でも、翌日の朝食のときに同席したふたりには話してしまった。食堂はガラガラで、一緒に食事したのはミス・ラスケティとダニエルズさんだけだった。話してみると、ふたりともそれほど大ごととは思わない様子だった。「あなたたちにはね。でも、あの人たちにとってはものすごい大ごとよ」とミス・ラスケティが言った。あとでわかるが、彼女は実にたいしたお方だったのだ。彼女はそれよりもラマディンのロープの結び方に感心し、おかげであなたたちは「命拾い」したのだと言った。けれども今、フラビア・プリンスのもとへ来てみると、非公式ながら保護者であるこの人物と、一悶着ありそうだと気づいた。彼女は腕輪をゆるめたり留めたりして、こちらを無視していたが、鳥がいきなり犬のおでこをつつくみたいに攻撃してきた。

「昨夜は何があったの?」

「嵐が来たんです」僕は答えた。

「嵐が来ていると思ったの?」

あれほどの事態だったのに、この人はぜんぜん知らないのだろうか。

「ひどい嵐だったんです、おばさん。みんな怖がって、ベッドで震えてました」

彼女が何も言わないので、先を続けた。

「僕、旅客係を呼ばなきゃなりませんでした。ベッドから何度も落ちちゃって。通路を歩いていったら、ピーターズさんて人がいたので、ベッドにくくりつけてくださいって頼んだんです。それと、カシウスのこともそうしてくださいって。船が揺れたとき何かが落ちてきて、カシウスはもう少しで腕の骨を折るところでした。今は包帯をしてるんです」

彼女はあまり恐れ入ったふうもなく、僕を見つめていた。

「昨夜、船長に会いました。カシウスを医務室に連れていったときに。船長はカシウスの背中をぽんと叩いて、『勇敢だな』って言いました。それからピーターズさんが一緒に来てくれて、僕たちをベッドにくくりつけました。ピーターズさんの話では、嵐が来たとき、救命ボートで男の人と女の人が遊んでいて、ボートが甲板に落ちて、ふたりとも怪我をしたんだって。命は助かったけど、男の人は〝アレ〟に怪我をして、手術しなきゃならなかったって」

「わたくしは、あなたの伯父さんをよく存じています……」フラビア・プリンスはやけに思わせぶりに間を置いた。そう言われて僕はぎくっとし、昨夜のできごとについて、相手は思った以上によく知っているようだという気がしてきた。

「そして、お母さんのことも少しは知っています。あなたの伯父さんは判事ですよ！　よくもわたくしに向かってそんな嘘をつけるわね――あなたの身の安全をこんなに気にかけているのに」

僕は思わず口走った。「何も話しちゃいけないって言われたんだもの。ピーターズさんの話をするなって。ピーターズさんは〝はみだし者〟なんだって、おばさん。陸に着いたら船から降ろすって言ってました。安全のため寝台に体をくくってほしいって頼んだら、あの人、かわりに僕たちを甲板に連れていって、ロープでしばりつけたんです。お仕置きのために……酔っぱらった仲間とカードをやってたのを邪魔したから。こんなふうに言ったんだよ。『人の邪魔ばかりする生意気なガキどもは、こうしてやる！』って」

彼女は僕をじっと見つめた。一瞬、勝ったと思った。

「まったく、もう、この子は……」そう言って去っていった。

翌日はとりたてて何もなかった。夕暮れに、東へ向かう蒸気船が、明かりを煌々と灯して通りすぎた。僕たち三人が空想したのは、ボートを漕いで行ってその船に乗りこみ、コロンボに戻ることだった。機関長の指令により、非常用の電気システムをテストするあいだエンジンが低回転になったため、僕たちはアラビア海でしばらく立ち往生のようになった。静けさに包まれていると、夢のなかを歩いている気がした。カシウスと僕は、風のやんだ甲板に出ていった。そうやって平穏のなかに身を置いたとき、初めて僕は嵐の全体像に思いを馳せた。頭上をおおうものもなく、踏みしめる地面もないとは、どういうことか。僕たちが目撃したのは、海の上で起こったことに過ぎなかった。今、何かが解き放たれて心に浮かんできた。危ういのは、目に見えるものだけではない。表には現れないものもあった。

＊＊＊

モラトゥワのアーユルヴェーダ医が、所持品にまぎれこませて隠し持ってきたのは、パキスタン産のチョウセンアサガオの葉と種子だった。ヘクター卿の体の不調を解消し、また、狂犬病の発症を遅らせるためにこれを仕入れたのだ。チョウセンアサガオは、船旅のあいだに大富豪が服用するうちで、もっとも効果的な薬になる見込みだった。この薬は万能だが確実とはいえないと噂されていた。白い花を摘むときに、もし笑っていたなら服用後に笑いだし、踊っていたなら踊りだす。（花そのものは夕刻にもっとも香りが強くなる。）熱や腫瘍に効果がある。だが、思いがけない作用で、これを飲んだ人は、何を訊かれても、迷わずとことん正直に答えてしまうという。そしてヘクター卿は、用心深く嘘を重ねる人物として知られていた。

　この大富豪の妻ディリアは、日頃から夫のことを、腹が立つほど秘密主義だと思っていた。オロンセイ号に乗ってコロンボを出てから何日も過ぎ、アーユルヴェーダ医の薬を投与されている今こそ、自分の結婚相手の正体をあばくチャンスだった。おかげで若き日の夫のあれこれが浮かび上がってきた。父親にむち打たれることを恐れるあまり、心が分裂し、ついには金の亡者になり果てたことが明らかになった。また、弟のチャップマンを内緒で訪ねた事実も語られた。弟は近所の娘と恋をして、駆け落ちしたのだ。その娘は指が一本よけいにあったが、チラウの地でそれを切り落とし、ふたりはカルタラ〔どちらもスリランカ西海岸の都市〕で静かに真っ当な暮らしを送っていた。

　さらにディリアは、夫がさまざまな地下組織に金を流用してきた手法も知った。こうした情報の多くが明かされたのは、サイクロンに見舞われて船が跳ねたり潜ったりするなか、ヘクター卿が巨大なベッドで右に左に転げまわっていたときだった。本人は意外にも楽しそうだったが、妻やお付きの者どもは大あわてでベッドのそばを離れ、隣接する自分の部屋に駆けこんで吐いてしまった。

チョウセンアサガオは、ヘクター卿の抱いていた不安をすべて消し去り、さらには病気の影響も、用心深い性質までも断ち切っていた。まるで媚薬のように、冷たく近寄りがたかった夫を優しい伴侶に変えてしまった。こうした性格の変化も、最初は気づかれずにいた。なにしろ船じゅうが嵐のまっただ中にいたのだから。ヘクター卿が成人してから初めて真実を語りだしたそのとき、機関室では小火《ぼや》が発生していた。さらに、危険な天候はスリを横行させた。何が起こるかわからない状況になり、互いに手を差しのべあう場面が増えるたび、連中はたんまり稼ぐのだ。その上、貯蔵室にあった穀物がすっかり水に浸かり、船倉じゅうになだれこんで、船のバランスを変えてしまった。そのため緊急班が船倉に降りてシャベルで元に戻す一方、営繕係が仕切りの修復にあたった。船の底の暗がりで、ランプの光だけを頼りに、腰まで穀物に埋まって、ジョゼフ・コンラッドに言わせれば〝墓掘り人の仕事〟にいそしんだわけだ。そのあいだヘクター卿は、子どもの頃にコロンボの遊園地でゴーカートに乗った楽しい思い出を、お付きの者たちに披露した。何度もその話を繰り返し、妻と娘、無関心な三人の医者たちを相手に、毎回まるで初めてのように語って聞かせた。

サイクロンのなかを棺のように進むわが艦の運命がどうであれ、ヘクター卿は自分の財産や秘めた喜び、妻に対する純粋な愛情について本心を打ち明け、心地よい数日をすごした。一方、船は海の深みまで潜っては、固い殻におおわれたシーラカンスのように浮かび上がり、その顔に海のしぶきが降り注いだ。おかげで修理工たちは灼熱のエンジンにぶつかって腕をやけどし、東洋の社交界の華とされる人々は長い通路でスリに出くわし、バンドのメンバーたちは「ブレイム・イット・オン・マイ・ユース」の演奏中にステージから落ち、そしてカシウスと僕は、プロムナード・デッキに手足を広げて横たわり、雨に打たれていた。

しだいに甲板や食堂に人々が戻ってきた。ミス・ラスケティが笑顔で僕たちのところに来て、司厨長が航海日誌に〝変わったできごとをすべて〟記入しなければならないから、もしかするとあなたたちも船の記録に登場するかもしれない、と教えてくれた。また、船上では何件もの〝置き違え〟も起こっていた。嵐のあいだにクロッケーの道具がなくなり、財布がいくつも消えた。船長が出てきて、ミス・クィン・カーディフの蓄音機が行方不明になり、どうしても見つからないので、その所在についてどんな情報でもいいから寄せていただきたいと、みんなに告げた。カシウスはついさっき船倉に降りて、機関士たちがビルジ管の接合部を直すのを見ていたが、そこで蓄音機がにぎやかに鳴りつづけていたそうだ。船の乗組員たちは、やたらに物がなくなる事態に対抗して、イヤリングが片方、どういうわけか救命ボートで見つかったので、お心当たりのかたはパーサーの事務室でご確認くださいとアナウンスした。アシスタント・パーサーの義眼はまったく話題にならなかったが、インターホンからは回収されたわずかな品のリストがしつこく流された。「ブローチ一個。婦人ものの茶色いフェルト帽。ベリッジ様ご所有の、珍しい写真の載った雑誌」

船が嵐から立ち直り、天候が回復すると、確かに一ついいことがあった。囚人がふたたび夜の散歩に出られるようになったのだ。僕たちが待っていると、手かせ足かせをはめられた囚人がようやく甲板に現れた。彼は深々と息を吸い——まわりの夜気からエネルギーを残らず取りこんで——そして息を吐くと、満面に神々しい笑みが広がった。

僕たちの船はアデンを目指して進んでいった。

第24章　最初の陸地

アデンは一番目の寄港地で、到着の前日ともなると、誰もがあわただしく手紙を書いた。アデンで郵便物に消印を押してもらうのがお約束になっていたのだ。あとにしてきたオーストラリアやセイロンにも、行き先のイギリスにも、ここから手紙を送れる。誰もが陸地の景色を待ち焦がれ、夜明けとともに船首に並んで、すすけた丘の尾根から蜃気楼のように近づいてくる古都を見つめた。アデンは紀元前七世紀にはすでに大きな港町として栄えており、旧約聖書にも登場する。カインとアベルが埋葬された土地だと、フォンセカさんが予備知識をくれたが、当の本人も行ったことはなかった。火山岩でできた貯水池がいくつもあり、ハヤブサの市場やオアシス地域、水族館もある。町の一角では帆の製造と修理を一手にあつかい、また、地球の隅々から集まってきた品物を商う店もある。ここは僕たちが東洋で最後に踏む地となる。アデンを出たら、わずか半日の旅で紅海に入るのだ。

オロンセイ号はエンジンを切った。僕たちが停泊したのは埠頭ではなく、外港の石炭補給地点

〈スチーマー・ポイント〉だった。陸に上がりたい乗客には、町まで渡し船が用意され、すでにはしけが何艘も近くで待ち受けていた。時刻は朝の九時で、海風になじんだ身には、空気が熱く重く感じられた。

その朝、船長は、町に入るにあたっての決まりごとを申し渡した。乗客が上陸を許されるのは六時間だけである。子どもは〝責任能力のあるおとなの男性〟が付き添う場合のみ行ってよろしい。そして女性は断じてまかりならない。これには当然ながら激しい怒りの声があがった。エミリーとプール仲間たちは、上陸して地元の女性たちと美しさを競いたいと考えていたからなおさらだった。またミス・ラスケティも腹を立てていた。この土地のハヤブサについて研究したかったのだ。目隠しして何羽か船に連れてきたいと望んでいた。カシウスとラマディンと僕がもっぱら考えていたのは、責任能力のない、すぐに気が散りそうなおとなを見つけて、一緒に連れていってもらうことだった。フォンセカさんは好奇心が強いくせに、船を離れるつもりはなかった。そのうち、ダニエルズさんが古いオアシスを訪ねて植物を調べたがっていることを聞きつけた。彼によると、草の葉の一枚一枚が水分でふくれて、指ぐらい太いらしい。また、〝カート〟〔ニシキギ科の常緑樹でカフェインを含み、若葉の樹液に覚醒作用がある〕と呼ばれるものにも興味があって、アーユルヴェーダ医にその話をしていた。植物を船に持ち帰るのを手伝うと申し出ると、同意してくれた。そこで彼にくっついて大急ぎで縄ばしごを降り、はしけに乗りこんだ。

たちまち耳慣れない言葉に取り囲まれた。ダニエルズさんは、巨大なヤシの木の生育地まで牛車に乗せてもらうため、せっせと料金の交渉を始めた。人混みのせいで目が届かなくなったようなので、僕たちは掛けあっているダニエルズさんを残してそっと逃げ出した。絨毯売りのおじさんが手招きし、お茶をすすめてくれたので、しばらく一緒に座って、おじさんが笑えばこっちも笑い、おじさんがうなずけばこっちもうなずいた。小さい犬がいて、おじさんはそれをもらってほしそうだったが、僕たちはそのまま立ち去った。

それから何を見に行くかで口論になった。ラマディンは二、三〇年前にできた水族館に行きたがった。フォンセカさんから話を聞いたに違いない。まずは市場を見ることになったので、ラマディンはむくれていた。とにかく僕たちは、種や針、できあいの棺桶、印刷した地図やパンフレットを売る、狭い店に入っていった。路上では、頭の形を読んで占ったり、歯を抜いたりもしていた。カシウスは床屋で髪を切ってもらったが、とがったハサミをさっと鼻の穴に突っこまれ、一二歳の鼻に似つかわしくない毛が長く伸びないよう、きれいにカットされた。

僕はコロンボのペター地区の市場の、きらびやかでごちゃごちゃした感じになじんでいた。サロンの布地を広げて切る匂い（胸が詰まるような香りがする）、マンゴスチン、露天の本屋には雨に濡れたペーパーバック。それと比べたらここは、ぜいたく品の少ない厳格な世界だ。側溝に転がる熟れすぎた果物もない。というより側溝そのものがない。あたり一面が埃っぽくて、水なんて発明されていないとでもいうふうだった。液体といえば、絨毯売りのおじさんにふるまわれた黒茶だけだ。お茶うけに出してくれたアーモンドの菓子のおいしさは、いつまでも忘れない。ここは港町なのに、空気には湿り気がまったくなかった。気をつけていないと、ポケットに何を突っこまれるかわからない――女性用のヘアオイルの小瓶を紙に包んだものや、空気中の埃から刃を守るために油紙でくるんだ彫刻刀なんかを入れられてしまう。

　僕たちは海辺にあるコンクリートの建物に入った。ラマディンが先頭を切って、迷路のような通路をたどり、主に地下にある水槽のあいだを抜けていった。この水族館はさびれていて、紅海のアナゴがうじゃうじゃいるのと、浅い海水のなかを地味な魚が少しばかり泳いでいる程度だった。カシウスと僕が上の階にのぼってみると、海洋生物の剥製があり、保管されているわずかな道具類——ホースや小型の発電機、手押しポンプ、ちりとりとブラシなど——と並んで埃をかぶっていた。ものの五分ですべて見終わり、それからさっき入った店を片っ端から訪れて、今度はさよならを告げた。床屋は相変わらずガラガラで、ヘッドマッサージをしてもらったら、得体の知れないオイルを髪にかけられた。

　僕たちは定刻より早く埠頭に着いた。今さらだがダニエルズさんの顔を立ててそこで待つことにして、ラマディンはジュラバ〔北アフリカなどで着用される、フード付きのゆったりした長い上着〕にくるまり、カシウスと僕は冷たい海風を受けて縮こまっていた。はしけは水に揺られ、僕たちはどの船が海賊のものか当てようとした。このあたりでは海賊行為が珍しくないと旅客係から聞いていたのだ。丸くした手のひらが真珠をすくいあげる。午後に水揚げされた魚が足元にまき散らされる。魚たちは水族館にいた祖先よりも色とりどりで、バケツの水をかけられるたびにキラキラ光る。この岬の人たちの仕事は、海と切っても切れない。まわりで笑いさざめき、物々交換をする商人たちは、世界を手中に収めている。僕たちはこの町のほんの一部を見ただけなのだと気づいた。鍵穴からアラビアをちらっとのぞいたにすぎない。貯水池も見そこねたし、カインとアベルが埋葬されているとかいう場所にも行かなかった。それでも今日は、耳をそばだて、目を見張り、身ぶり手ぶりだけで会話した、そんな一日だった。〈スチーマー・ポイント〉、はしけの船頭たちがタワヒと呼ぶ場所では、空が暗くなりはじめた。

ようやくダニエルズさんが大またで埠頭を歩いてくるのが見えた。かさばって重そうな植物を両腕に抱え、そばには白い服をまとった、か弱そうな男がふたり、それぞれに小さなヤシの木を持って従っている。ダニエルズさんは上機嫌でこちらに挨拶した――僕たちが姿を消してもたいして気にしなかったようだ。やせ形で口ひげを生やした手伝いの男たちは口を利かなかった。ひとりが僕に小型ヤシを手渡しながら、顔の汗をぬぐい、目くばせして微笑《ほほえ》んだ。男装したエミリーだった。隣にいるのは同じく変装したミス・ラスケティだった。カシウスが彼女からヤシを受け取り、僕たちはそれをはしけに運んだ。ラマディンも一緒に乗りこみ、船までの一〇分間ずっとマントにくるまり背中を丸めて座っていた。

船に戻ると、僕たち三人はラマディンの船室へ降りていった。彼がまとっていたジュラバを広げると、絨毯売りのおじさんの犬がふたたび現れた。

僕たちは一時間後に甲板に出た。すでに暗くなり、オロンセイ号の灯は陸地の光よりも明るかった。船はまだ出港していない。食堂ではみんながその日の冒険についてにぎやかに語りあっていた。ラマディンとカシウスと僕だけが黙っていた。犬をこっそり船に持ちこんだことで気持ちが高ぶり、ちょっとでも口をひらいたら、こらえきれずに何もかもしゃべってしまうとわかっていたからだ。さっきまでラマディンの狭いシャワー室で犬と格闘し、引っかかれないように大騒ぎして洗っていた。あいつは石炭酸せっけんなんて生まれて初めてだったに違いない。ラマディンのシーツで犬を拭き、船室に残して、僕たちは食事に上がってきた。

〈キャッツ・テーブル〉に座り、みんなが相手の話をさえぎりながらあれこれしゃべるのを聞いていた。女性たちは無言だった。そして僕たち三人もだんまりを決めこんでいた。エミリーがテーブルのそばを通りかかり、僕のほうへ身をかがめて、楽しい一日だったかと聞いた。こっちも礼儀正しく、みんなが陸に上がっているあいだ何をしていたのか訊ねると、一日じゅう「物を運んでいた」と答え、ウインクして笑いながら去っていった。僕たちがアデンの町を歩きまわっているあいだに見逃したのは、オロンセイ号まで船を漕いできて手品を披露した〝ガリー・ガリー・マン〟だった。彼のカヌーは部分的に板を打ちつけて舞台のようにしてあり、そこに立って服のなかから鶏を出してみせたそうだ。手品が終わるころには二〇羽以上の鶏がまわりを飛びまわっていたという。〝ガリー・ガリー・マン〟は何人もいるそうで、運がよければポートサイドで会えるだろうと言われた。

デザートの最中にがくんと揺れがきて、船のエンジンがかかった。誰もが席を立ち、甲板の手すりまで行って出発の光景を眺めた。僕たちの城は、細い光の帯を静かにゆっくりと離れ、広大な暗闇へ戻っていった。

第25章

その夜はみんなで犬の番をした。僕たちが急に動くと犬はびくっとしたが、そのうちラマディンがなんとか自分の寝台に入らせ、抱きかかえて眠った。翌朝、目を覚ますと、すでに紅海に入っていた。そしてこの海域を北へ向かいはじめた初日に、とんでもない事件が起こった。

一等船室との境界を突破するのは、いつだって容易ではなかった。丁重だが断固とした旅客係がふたりいて、通すか追い返すかを決めるのだ。ところがその彼らにも、ラマディンの小さな犬を止めることはできなかった。犬はカシウスの腕をさっとすり抜け、船室から飛び出していった。僕たちは誰もいない通路を走りまわって探した。まもなく犬は日の当たるBデッキにあらわれ、手すりのそばを駆け抜けて、おそらく階下の舞踏室に入り、金ピカの階段をのぼって、ふたりの旅客係を出し抜き一等船室に入りこんだのだ。旅客係はどうにか犬を取り押さえたが、すぐに振りほどかれてしまった。僕たちがズボンのポケットに隠して食堂から持ち帰った物を与えても、まったく食べなかったから、もしかすると食べ物を探していたのかもしれない。

誰も犬を捕まえられなかった。乗客たちが犬を目にしたのはほんのつかの間だった。人間にはまったく関心がないようだった。立派な身なりの女性たちがかがみこんで、甲高い作り声で呼びかけたが、犬は見向きもせずに走り過ぎ、サクラ材でできた暗い図書室に飛びこんで、その向こうのどこかへ消えてしまった。誰にもわかりはしない、彼が何を追っていたのか。心臓をドキドキさせながら、いったい何を感じていたのか。彼はただ腹を空かせて怯《おび》えた犬にすぎなかった。閉所恐怖症になりそうなこの船で、わずかな日射しからもどんどん遠ざかるうちに、とつぜん袋小路にはまってしまったのだ。結局この犬は、マホガニー材と絨毯敷きの廊下を突き進み、山盛りのトレイを運んでいた誰かが半開きにしたドアをすり抜けて、広い寝室に入りこんだ。犬は特大のベッドに飛び乗ると、そこに寝ていたヘクター・ド・シルヴァ卿の喉笛に咬《か》みついた。

第26章

オロンセイ号は一晩中、紅海の穏やかな海域のなかにいた。夜明け、ジザン〔サウジアラビア南西部の都市〕沖の小さな島々を通りすぎ、遠くにオアシスの町アブハがかすんで見えた。日光がガラスや白い壁をきらりと輝かせた。やがて町の姿は太陽の下で薄れていき、視界から消えた。

朝食までに、ヘクター卿の訃報は早くも船じゅうを駆けめぐっていた。続けてすぐに、水葬が行われるはずだという噂がひそかに広まった。だが、どうやら近海では葬儀ができないらしく、遺体は広々とした地中海に出るまで待たなければならなかった。次に届いたのは、彼がどのようにして亡くなったかという、もっと驚くべきニュースだった。さらに、僕たちが前にアーユルヴェーダ医から聞いた、仏教の僧侶によってかけられた呪いについても噂された。だからラマディンは、ヘクター卿が死んだのは運命であり、犬を船内に連れてきた僕たちのせいではないという結論を下した。それに、犬は二度と姿を見せなかったので、ひそかに持ちこんだあの犬は幽霊だったのだと僕たちは信じるようになった。

昼食のあいだ、さかんに不思議がられたのは、犬がどうやって乗船したのかということだった。そして、今はどこにいるのか？　ミス・ラスケティが、船長は窮地に立たされているに違いないと言った。職務怠慢で訴えられる可能性もあるらしい。それからエミリーがうちのテーブルに来て、あんたたちが犬を船に乗せたんでしょ、と問い詰めた。僕たちがギョッとした顔をしてみせると、エミリーは吹き出してしまった。ただひとり、周囲の騒ぎにまったく興味を示さないのがマザッパさんで、オックステールスープを前にして何やら考えこんでいた。いつも音楽を奏でている指が、このときだけはテーブルクロスの上でじっと止まっていた。ふいに孤立して、口がきけなくなってしまったようだった。食事のあいだじゅう、ヘクター卿についてさまざまな憶測が飛びかうなか、僕はマザッパさんのことばかり気になっていた。ふと気づくと、ミス・ラスケティも彼を見ていた。うつむいて、まつげ越しにじっと見つめている。途中でその動かない指に片手を重ねることまでしたが、彼は手を引っこめてしまった。そう、固く閉ざされた紅海にいると心安らかではいられない、わがテーブルにはそんな人たちもいたのだ。もしかしたら、これまでもっと広々とした海で解放感を味わってきたから、囲いこまれたような気分になるのかもしれない。そして、どのみち「死」はそこにある。または、「運命」というもっと厄介な観念と言い換えてもいい。冒険にあふれる僕たちの旅の、扉が閉まりつつあるように思えた。

第27章

翌朝は目覚めても、いつものように仲間たちに会いたいという気にならなかった。おなじみのラマディンのノックが聞こえたが、返事をしなかった。かわりに時間をかけて身支度をととのえてから、ひとりで甲板に上がっていった。砂漠の明かりが何時間も見えつづけ、八時半ごろジッダ〔サウジアラビア西部の大都市〕の沖を通過した。船の反対側では双眼鏡を持った乗客たちが、はるか内陸を流れるナイル川を一目でも見ようとしていた。甲板に出ているのはおとなだけで、知り合いはおらず、はぐれたような気持ちになった。決して早起きをしないエミリーの船室の番号を思い出し、訪ねていった。

僕はほかの人がまわりにいないときのエミリーが一番好きだった。そんなときはいつも、彼女から学んでいる気がした。二、三回ノックすると、エミリーはガウンをまとった姿でドアを開けた。もう九時近くになっていて、僕は何時間も前から起きていたけど、彼女はまだベッドにいたのだ。

「あら、マイケル」

「入っていい？」

「ええ」

彼女は悠然と戻っていくと、シーツの下にもぐりこみ、同時にガウンを脱いだ。その両方がまるで一つの動きのように見えた。

「まだ紅海だよ」

「知ってる」

「ジッダを通りすぎたよ。見たんだ」

「ここにいるんなら、コーヒーをいれてくれない……？」

「たばこは？」

「まだいい」

「吸うときは、僕につけさせてくれる？」


僕は午前中ずっとエミリーのところにいた。われながら何をそんなに混乱していたのか、今もわからない。僕は一一歳だった。そんな年齢ではたいしてものを知らない。僕は彼女に、犬をどうやって船に連れてきたか打ち明けた。並んでベッドに横たわり、火のついていないたばこを持って吸うまねをしていると、彼女が手を伸ばして僕の顔を自分のほうへ向かせた。

「だめよ」彼女はたしなめた。「ほかの誰にも言っちゃだめってこと――今の話をね」

「僕たちの考えでは幽霊じゃないかって」僕は言った。「呪いの幽霊」

「どうでもいいわ。二度とその話はしないで。約束よ」

もう話さないと答えた。

こんなふうにふたりの習わしが始まった。その後の人生のさまざまな時点で、僕はほかの人には話さないことをエミリーに話すようになる。そして、もっとずっと後になって、彼女も自分の体験してきたことを僕に語る日が来る。僕の生涯を通して、エミリーはほかの誰とも違う存在でありつづける。

彼女は僕の頭のてっぺんにさわった。「そのことは忘れましょう。心配しないで」というような仕草だった。それでも僕は顔をそむけず、彼女をじっと見つめていた。

「なあに？」彼女は片眉を上げた。

「わかんないけど、変な感じがするんだ。ここにいること。イギリスに行ったら、どうなるんだろう？　一緒にいてくれる？」

「無理だってわかってるでしょ」

「でも、向こうには知り合いがいないんだよ」

「お母さんは？」

「エミリーみたいには知らないもん」

「そんなことないわよ」

僕は彼女を見つめるのをやめ、頭を枕にもどして上を見た。

「マザッパさんは僕のこと変わり者っていうんだ」

エミリーは笑った。「変わり者なんかじゃないわよ、マイケル。それに、変わってたって悪いことじゃないわ」身を乗り出して僕にキスをした。「さあ、コーヒーをいれてちょうだい。そこにカップがあるから。お湯は蛇口から出るわ」僕は起きあがってあたりを見回した。

「コーヒーがない」

「じゃあ注文して」

インターホンのボタンを押して、返事を待つあいだ、壁からこちらを見ているイギリス女王の写真をしげしげと眺めた。

「はい」と答えた。「三六〇号室にコーヒーをお願いします。ミス・エミリー・ド・サラムです」

旅客係が来たので僕が応対し、それからトレイをエミリーのところへ運んだ。彼女は起きあがり、ガウンを着ていないことを思い出して手を伸ばした。だが、僕が目にしたものは心の奥底を揺さぶった。胸のなかにおののきが生じ、それはのちに僕にとって自然なものになるのだが、そのときは震えとめまいが混ざりあうようだった。ふいに、エミリーという存在と僕という存在のあいだに大きな溝が生じ、越えることができなくなった。

欲望のようなものが僕のなかにあったとしたら、それはどこから生まれたのか。別のどこかから？　あるいは自分の一部なのか？　まるでまわりを囲んでいる砂漠から手が伸びてきて、僕に触れたかのようだった。それはこの先もずっと繰り返されることになるが、エミリーの船室にいたあのときは、その後も長くさまざまな形で訪れるそれとの、初めての出会いだった。だが、それはどこから来たのか。そして、僕のなかに息づくそれは、喜びなのか、あるいは悲しみなのか。それがあると、水のようになくてはならないものが欠けているみたいだった。僕はトレイを置いて、エミリーのいる背の高いベッドに戻った。その瞬間、長いあいだひとりぼっちだった気がした。僕は家族のなかであまりにも用心深く過ごしてきた。まるでまわりにいつもガラスの破片がころがっているみたいに。

そして今、僕はイギリスに向かっていた。母が三年か四年、暮らしてきた土地だ。実際何年だったのか、覚えていない。長い歳月を経た今でも、離れていた期間がどれくらいだったのか、けっこう肝心なことなのに思い出せない。動物が失った時間の長さをよく理解できないのと同じように。三日でも三週間でも犬にとっては変わらないと聞く。でも、僕がしばらく留守にして帰ると、飼い犬はすぐに義理がたく飛びついてきて、僕たちは玄関ホールの絨毯の上で抱きあって転げまわる。けれども、ティルベリー港の埠頭でようやく母に会ったとき、彼女はすでに〝よその人〟、つまり他人になっていて、僕はその庇護の下におずおずと入っていった。犬みたいに飛びつきも転げまわりもしないし、なつかしい匂いもしなかった。そして、それはエミリーとのあいだに起こったことのせいではないかと思う――互いの本質がかすかにつながったから――あの朝、あの黄土色の船室で、紅海のまぶしい光からも、彼方に広がる砂漠からも隔てられて。

僕はベッドの上に両手と両膝をついて体を震わせた。エミリーは前かがみになり、静かな身のこなしで、さわっているかいないかわからないくらいそっと僕を抱きしめた。ふたりのあいだにゆるやかな空気の層が一枚あるみたいだった。僕の内なる暗闇からこみあげた熱い涙が、彼女の冷たい上腕を濡らした。
「どうしたの？」
「わからない」それまで僕は、自分にとって欠かせない、ささやかな防御の柵を張りめぐらせて、そのなかにこもって身を守ってきた。それが僕という人間を形作っていたのだが、もはやその柵は消えていた。

そのあとたぶん話をしたのだろう。覚えていない。この身が安らかな静けさに包まれるのを感じていた。やがて僕の呼吸が、彼女の呼吸と同じ落ち着いたペースになった。

一瞬、眠ってしまったらしい。エミリーは僕から離れず、片手を反対の肩のうしろに伸ばしてコーヒーのカップを取った。すぐにごくりと飲む音が、彼女の首から僕の耳に伝わってきた。彼女のもう一方の手は、まだ僕の手を握っていた。これまで誰もしたことのない握り方で、たぶん本当には存在しない安心を与えようとしていた。

おとなたちはいつも目の前の展開に向けて、少しずつにしろ、いきなりにしろ、方向を変える準備をしている。男爵と同じように、マザッパさんもポートサイドに着いたら船を降り、僕たちの人生から消えていく――アデンに着く数日前から、何かに打ちのめされた様子だった。またダニエルズさんは、エミリーが自分にも、自分の好きな植物の世界にも、まったく興味がないと悟ることになる。そして大富豪がふたたび犬に咬まれて死んだことは、大事件という以上に哀れだった。ツキに見放された船長も旅を続け、乗客たちがさらに波乱を起こすのを目の当たりにする。誰もがある意味、閉じこめられていたり、運命に支配されていたりするのだ。だが僕は、あの船室で、初めて遠くから自分を見つめた。ちょうど、若く気高いイギリス女王が、偏りのないまなざしで、あの朝ずっと僕を見つめていたように。

エミリーの船室を出たとき（あんな親密さはその後もう二度となかった）、僕はこの先いつまでも彼女と結ばれているだろうと思った。地下を脈々と流れる川みたいなものによって、あるいは石炭か銀の層によって——まあ、銀ということにしよう。今に至るまで常に彼女は僕にとって大事な存在だから。紅海で、僕は彼女に恋をしたのに違いない。けれど、そばから離れたとき、僕を引き寄せていた力は、その正体が何だったにせよ消え失せてしまった。

とてつもなく高く感じられたあのベッドで、いったいどのくらいエミリーと一緒にいたのだろうか。再会しても、その話は一切しない。彼女は思い出すことさえないのかもしれない。僕の悲しみをどれだけ取り除き、その身に引き受け、どれだけ長くそうしていてくれたか。それまで僕は、人からあんなふうに手を握られたことはなかったし、眠りから覚めたばかりの腕の匂いをかいだこともなかった。自分でもよくわからない胸の高ぶりを与える相手のそばで、泣いたこともなかった。でも、僕を見下ろし、さりげなく心のこもったしぐさで応じたとき、彼女は理解してくれていたに違いない。

こうして書いていると、こんなに時が流れた今でも、ちゃんと腑に落ちて気持ちが静まるまで、終わりにしたくないと思っている。たとえば僕たちの親密さは、どれほどのものだったのか。わからない。きっとエミリーにとってはたいしたことではなかったのだろう。彼女が与えてくれたのは、たぶん、偽りではないけれど気まぐれな優しさだった——だとしても、彼女のふるまいに傷がつくわけではない。「もう行きなさい」そう言うと彼女はベッドから起きあがり、バスルームに入ってドアを閉めた。

傷ついた心
永遠の謎よ
たどり着く先は
なんとささやかなものか

第28章

「こんな夢を見るの」エミリーはそう言って、テーブルの向こう側から身を乗り出す。「知りたくもないだろうけど、それはね……暗闇に取り囲まれていて、絶えず危険にさらされているの。雲がぶつかりあって大きな音を立てる。あなたもそういうことってある?」

数年が過ぎて、僕たちはロンドンにいた。

「いや」僕は答える。「めったに夢は見ないんだ。どうやらね。空想の形であらわれているのかな」

「毎晩その夢を見て、怯えて目を覚ますの」

そんな罪悪感にも似た恐怖を抱くなんて、昼間エミリーが人と気楽につきあう様子からしたら妙だった。僕から見れば、彼女のなかに暗闇など決して存在せず、それどころか人に慰めを与えたいと望んでいるように思えた。いったい誰が、あるいは何が、彼女のなかに暗闇をつくりあげたのだろう。ときどき殻にこもって、まわりの世界に見切りをつけたように感じられる。そんなときは近寄りがたい顔になる。こうしてしばし、彼女とのあいだに〝隔たり〟が生じてしまう。でも、元に戻れば、別になんということもない。

エミリーは早いうちに、危険に喜びを感じると打ち明けてくれた。確かにそのとおりだった。彼女の性質にあまりそぐわないものが、ジョーカーのように居座っていた。彼女については、いつも何かしらの発見があった。アデンの埠頭で僕に気づいてもらおうとしたときの、あの目くばせのようにささやかなものも含めて。しかし、オロンセイ号の旅からずっと後になって知るのだが、彼女が生きる世界の大部分は、本人の胸だけに秘められていた。そして、ようやくわかったのは、僕が語ったあの優しいふるまいも、偽りの人生から自然に生まれたものに違いないということだった。

第29章　犬舎

翌朝、目覚めると、ヘイスティさんはまだベッドにいて小説を読んでいた。「やあ、おはよう」僕が上の寝台から飛び降りる音を聞いて声をかけてきた。「仲間とお出かけか？」

昨夜はカードゲームの集まりがなくて、なぜだろうと気になっていた。とはいえ、大富豪が亡くなって以来、さまざまな予定や慣例が変更されたらしい。ヘイスティさんは言葉を続け、実は仕事をクビになったのだと言った。犬舎の担当からはずされたそうだ。船長は責任を負わせる相手を探すうちに、ヘイスティさんの犬舎の猟犬が檻から逃げ出し、貴賓室に入りこんで、ヘクター・ド・シルヴァを咬み殺したと考えるようになった。あの人が死んでから、不思議なことが起こっていた。「卿《サー》」という爵位は忘れ去られたのか、もはや誰も口にしなくなった。みんなが彼のことを〝死んだ人〟と呼びはじめた。爵位とは肉体と同じくはかないものだとわかってきた。

僕はヘイスティさんの前に立ち、とんだ濡れ衣の話を聞いて気の毒に思ったが、何も言わなかった。アデン港から乗った小さな雑種犬は見つかっていない。降格になったヘイスティさんは、今や真昼の日射しの下でペンキやニスを塗る仕事をしなければならない。かわりに、犬舎の助手でブリッジ仲間のインバニオさんが、犬たちを管理するようになった。「あいつ、ワイマラナー犬とどれだけうまくつきあえるんだろう」ヘイスティさんはぼやいた。

その日のうちに、僕たち三人はラマディンの犬をあてもなく探したあと、ぶらぶらと犬舎に行ってみた。Bデッキに出ると、二〇メートル近い長さの囲い場に犬が数頭いて、日射病にかかったみたいにうつろな顔でのそのそ歩いていた。僕たちが柵を乗り越えて犬舎に入ると、どの犬も外に出してくれと吠えたてていた。そんな大騒ぎのまっただ中で、インバニオさんはヘイスティさんの残した本の一冊を読もうとしていた。近づいていくと僕に気づいた。上の寝台からのぞく顔を見たことがあったからだ。僕は彼をカシウスとラマディンに紹介した。彼は『バガヴァッド・ギーター』を置くと、僕たちを連れて犬舎のなかを歩き、お気に入りの犬たちに肉切れを投げてやった。それから、ワイマラナーを連れてきた。首輪をはずして、すべすべしたグレーの頭をなでると、埃の舞う部屋の向こうの端まで行けと命じた。犬はインバニオさんのそばから離れたくなさそうだったが、「行け！　行け！　行け！　行け！」という命令に従い、長い足を左右に投げ出すようにして、静かに歩いていった。犬舎の突き当たりまで行くと、こちらを向いて待ちかまえた。「よし！」インバニオさんが叫ぶと、犬は全速力で突進してきて、残り二メートルを切ったところから彼の頭を目がけて飛びかかった。四本の足が同時に肩と胸を思い切り直撃したので、犬舎の管理人はひっくり返った。犬は爪でひっかき、やかましく吠えて、相手を圧倒した。

インバニオさんは犬の上に乗ろうとしてもがき、犬の耳元でうなり声をあげた。それからキスを浴びせだした。犬の反応は、相手を好きなくせにキスから逃げようとしている女性みたいだった。彼らは抱きあったまま何度か転げまわった。一瞬にして、愛情がありありと感じられた。お互いに夢中なのがよくわかった。どちらも歯をむき出して、笑い、そして吠えている。インバニオさんが犬の鼻に息を吹きこむ。檻のなかの犬たちは静まりかえり、埃のなかでバカ騒ぎするふたりをうらやましそうに見つめた。

僕たちは取っ組みあいの途中で引き上げた。それから僕はひとりでCデッキに行き、午後じゅうそこにいた。インバニオさんと犬を見ていたら、うちのコックのグネパラがやけに思い出されて、寂しくなってしまった。食事どきにはいつも、ハウンド犬たちが狂ったように大合唱して彼につきまとう。声をそろえて吠えたてるなか、彼は肉切れを左右に振ってみせ、やがてそれを犬たちの輪に投げ入れる。午後にはよく、彼が犬を抱いて寝ている姿を見かけたものだった。グネパラだけは眠っていたが、犬たちはおとなしくそばに横たわって、互いに見つめあい、まぶたをピクッとさせたり目を見開いたりしていた。

第30章

囚人の夜の散歩が再開された。アデンに着く前夜から、出港する晩までのあいだは、彼の姿を見なかった。きっと何か理由があって、独房に閉じこめられていたのだろう。紅海をさらに北へ向かう今、鎖が追加されて、鉄の首輪と、甲板の一〇メートル先に取りつけてある支柱とをつないであった。僕たちは彼が足を引きずりながら、行きつ戻りつする姿を眺めた。以前は機敏に動いていたのに、今ではおずおずと慎重そうに見えた。もしかすると、すぐそこに別の世界があるのを感じていたのかもしれない。船の両側に、夜の砂漠の岸が見えるほどだったから――右がアラビア半島、左がエジプトだ。

エミリーがこっそり教えてくれたのだが、囚人の名前はニーマイヤーとかなんとかいうらしい。どう見てもアジア系なのに、やけにヨーロッパ的な響きだ。シンハラ人にほかの血が混じっているように見える。看守と話す声が聞こえた。太く落ち着いた声で、ゆっくりした話しぶりだった。ラマディンに言わせると、もし部屋でふたりきりになったら、催眠術にかけられてしまう声だそうだ。

わが友はあらゆる危険を想定する。でも、彼の声が特別だということは、エミリーも言っていた。〝説得力がある〟けれど〝恐ろしい〟と、誰かに聞いたらしい。でも、それが誰なのか訊ねたら、口をつぐんでしまった。意外だった。信頼して何でも打ち明けてもらえる仲だと思っていたのに。すると彼女がこう言い足した。「ほかの人の秘密なのよ。わたしのじゃない。それを教えるわけにはいかないでしょう?」

とにかく、ニーマイヤーが夜の散歩をしに甲板へ戻ってきたおかげで、なんらかの秩序が回復したと思えてきた。そこで僕たちは上から彼の姿を見るため、救命ボートに隠れて待つようになった。地獄の鎖が甲板をこする音が聞こえる。彼は鎖が許すところまで行って立ち止まると、夜の闇をじっと見つめる。そこに何があるか、はっきりとわかっているかのように。砂漠の暗黒のかなたに、自分の一挙一動を見守る人がいるかのように。それから振り向くと、同じ道のりを引き返す。やがて、首から鉄の輪がはずされる。看守とのあいだで静かな言葉のやりとりがあり、そして彼は船倉へ、僕たちには想像するしかない場所へ、連れて行かれる。

第31章

「救護隊、救護隊に告ぐ――Aデッキのバドミントン・コートに急行せよ」

僕たちは緊急事態の現場に向かって走った。これまで拡声器から聞こえたなかでは、飛び抜けて興味をそそられる連絡だ。たいていのお知らせは、〈クライド・ルーム〉で「アデンとボンベイ間の海底ケーブルの敷設」について午後の講座があるとか、ブラックラー氏が「近年行われたモーツァルトのピアノの復元」について語るといったものだった。『四枚の羽根』を上映する前には、牧師が「聖戦への賛否――イギリスはやり過ぎたのか」と題する講演をした。ラマディンとフォンセカさんが聴きにいったが、戻ってきて言うには、どうやら講師は、イギリス人はやり過ぎてなどいないという考えだったらしい。

第32章

　新たな噂がしだいに広がってきた。亡くなって数日たったヘクター・ド・シルヴァの遺体が、まもなく海に葬られるという。船長は地中海に入るまで待ちたいと望んでいたが、全権を握るド・シルヴァの奥方が、さっさと内輪で葬りたいと言い張ったのだ。すると、わずか一時間のうちに、葬儀の場所と時間がみんなに知れ渡った。式を執り行う船尾の一角を旅客係がロープで仕切ったが、見物人がたちまちロープの向こうに集まり、鉄の階段にひしめきあい、上階の甲板からも見下ろした。そこまで熱心ではない少数派の人たちも、喫煙室の窓越しに成り行きを見守った。こうして、遺体は——乗客のほとんどにとって、まさに初めて見るヘクター・ド・シルヴァだった——狭苦しい通路を、野次馬にしぶしぶ道を空けてもらいながら運ばれるはめになった。あとから未亡人と令嬢、三人の医者（ひとりは村の伝統にならった正装をしていた）、そして船長が続いた。

　僕は葬式に出たことなどなかった。まして、自分にも少しばかり責任のある葬式なんて。近くにエミリーを見つけたが、彼女は警戒するような顔をして、かすかに首を横に振ってみせた。男爵がド・シルヴァ一族のすぐそばに立っていた。〈キャッツ・テーブル〉のみんなも勢揃いしていた。フォンセカさんまで部屋を出て、葬儀に来ていた。黒い上着にネクタイという装いで僕たちの横に並んだ。きっとイギリス滞在に備えて、出発前にフォート地区の服屋で買ったのだろう。

僕たちは、遺族たちの小さな姿を見下ろした。ヘクター・ド・シルヴァの胸像と花をのせた架台式テーブルを取り囲んでいる。儀式の内容はほとんど聞こえなかった。司祭の声は、砂漠から吹きつける激しい風にさえぎられ、かき消されてしまった。家族が白い布に包まれた遺体に近づくと、みんなが一斉に身を乗り出して、どんな神秘が死者に伝えられるのか見逃すまいとした。それからヘクター・ド・シルヴァは、船からそっと降ろされて海に消えていった。カシウスの予言どおり、銃や大砲の出番はなかった。葬儀を締めくくるようなことは何も行われなかった。フォンセカさんだけが、そばにいる人たちに向かって静かに何かを暗唱した。「誰が海を望んだのか／その気高き孤独は／王の庭にも勝る」キプリングの詩の一節を、壮大な名句に聞こえるように唱えたのだった。ヘクター・ド・シルヴァの人生への当てこすりであることに、僕たちは気づかなかった。

数時間後にまた、ティータイムの講演会がひらかれた。スエズ運河の予備知識として、建設者のレセップスのことや、工事中に多くの労働者がコレラで命を落としたこと、また、交易路としての現在の重要性などが語られた。ラマディンと僕はいち早く会場にもぐりこみ、ビュッフェのテーブルをまわって、本当は話が終わってから食べることになっている美味《おい》しそうなサンドイッチをあさり歩いた。講演の途中で、カード仲間ふたりと一緒にいるフラビア・プリンスに出くわした。僕はちょうどサンドイッチをいくつか腕にのせてバランスをとりながら、料理のテーブルから離れるところだった。彼女はすべてを察して、目にためらいの色を浮かべ、何も言わずに横を通りすぎた。

第33章

ちょうど真夜中、暗闇のなか、僕たちは運河に近づいた。これから起こることをじかに体験しようと、甲板にちらほらとどまっていた乗客も半分眠りかけ、スエズ運河という針の穴に僕たちの船を導く鐘の音にもほとんど気づかなかった。アラブ人の水先案内人を乗せるために船が止まると、彼ははしけから縄ばしごでのぼってきた。まわりのお偉方には目もくれず、悠々とブリッジに向かった。ここはもう彼のひとり舞台だ。彼こそが、さらに浅い水域へ僕たちを導き、もっと狭い運河に入れるよう船の角度を調節してくれる。僕たちはその運河をポートサイドまで一九〇キロ旅するのだ。明るく照らされたブリッジの横長の窓に、船長やふたりの航海士と並ぶ水先案内人の姿が見えた。

それは眠らぬ夜だった。

三〇分もしないうちに、船はコンクリートの埠頭に沿ってじりじりと進んでいた。埠頭には木箱が積み上げられて巨大なピラミッドになり、男たちが電気ケーブルを抱えたりカートを押したりしながら、ゆっくりと動くオロンセイ号の横を走っていく。硫黄色の光がところどころに射す下で、緊迫した作業が手早く進められる。どなり声や口笛が響き、その合間に犬の吠える声が聞こえた。ラマディンは、アデンで乗せた自分の犬が岸に戻ろうとしているのだと考えた。僕たち三人は手すりから身を乗り出し、空気を思いきり吸って体内に取りこんだ。その夜は僕たちにとって、旅のもっとも鮮やかな記憶として残ることになる。僕の夢にはときどきあの光景がひょっこり現れるのだ。自分たちは何をしていたわけでもないが、絶え間なく変わる世界が船の前を横切っていった。暗闇は変化に富み、暗示に満ちていた。見えないタグボートがいくつも橋台をこするように進む。何台ものクレーンが低く下げられ、通り過ぎざまに僕たちの誰かを釣り上げようと待ちかまえている。外海を二二ノットの速度で走ってきたが、今はノロノロ運転の自転車並みになり、まるで巻物を少しずつひらくようなスピードで、よろめくように進んでいく。

荷物がつぎつぎと前甲板に投げこまれる。ロープを手すりに結わえつけ、それを使って水夫が陸に飛びおりて、通行許可証に署名する。絵画が一枚、船から降ろされるのが見えた。横目でちらっと眺めたら、どうも見覚えがある。一等船室のラウンジにあったもののようだ。なぜ船から絵なんか持ち出すんだろう。目の前で繰り広げられていることがすべてちゃんと法に従っているのか、それとも狂気じみた犯罪なのか、僕にはわからなかった。動きを監視している役人はほんの数人だし、甲板の照明はすべて消され、何もかもがひっそりと進められているのだから。見えるのはブリッジの明るい窓だけ。そこでは相変わらず三つのシルエットが、まるで船を動かすあやつり人形みたいに、水先案内人の命令に従っている。水先案内人は何度か外の甲板に出てきて、闇に向かって口笛を吹き、陸にいる人物に指示を出した。それに応じて口笛が鳴ると、鎖が降ろされて水音が響き、船のへさきが急にがくんと動いて、方向が変わるのだった。ラマディンはまだ犬を探して、船の端から端まで走りまわっていた。カシウスと僕は、へさきの手すりに危なっかしく腰かけ、眼下にときれときれに広がる絵のような光景をこの目で見ようとした——屋台で食べ物を売る人、たき火のそばで語らう技師たち、ゴミを降ろす作業。あの人たちもこうした出来事もすべて、二度と見ることはないとわかっていた。そして僕たちは、ささやかだが大事なことを理解した。じかに関わらずに通りすぎていく、興味深い他人たちのおかげで、人生は豊かに広がっていくのだ。

あの運河をどんなふうに進んでいったか、今も覚えている。視界はぼやけ、岸からのメッセージが耳に届く。甲板で居眠りし、さまざまに移り変わる光景を見逃す人たち。僕たちは手すりの上で振り落とされまいとしていた。そこから落ちて船とはぐれ、別の人生を始める可能性だってあった——貧民として、あるいは王子として。「おじさん！」誰かにこちらの小さな人影を見分けてもらえそうなぐらい近づくと、僕たちは大声で呼びかけた。「おーい、おじさん！」すると相手は手を振って、にっこりしてくれた。その夜、通りすぎる僕たちと出会った人たちはみんな〝おじさん〟だった。誰かがオレンジを一個、投げてよこした。砂漠のオレンジだって！　カシウスはビーディをねだりつづけたが、わかってもらえなかった。労働者のひとりが何かを掲げて見せたが、植物なのか動物なのか、暗闇にすっぽり包まれて正体は謎だった。

その夜、運河の黒い水を進む船はほかになかった。真夜中きっかりに運河に入らなければならず、そのために無線で丸一日以上も連絡を取りあっていた。陸地を見下ろすと、電灯のコードが揺れる下で、男がひとり、間に合わせのテーブルに向かって書類を記入し、それを使いの人に渡す。使いの人は船を追いかけ、おもりをつけた書類を水夫の足元に届くように放り投げる。船は動きを止めず、使いの人からも、テーブルで必死に取引の一覧を記録している男からも、たき火のそばで何かを焼いている食堂のコックからも、遠ざかっていく。その香りはまさに恵み。闇のなかで心をかきたてるもの。幾日もずっとヨーロッパの料理を食べてきた身には、船から飛び降りたくなるほどの誘惑だった。カシウスが「乳香はちょうどあんな匂いなんだ」と言った。そして僕たちの船は、こうした見知らぬ人たちに導かれて進みつづけた。土地でとれたばかりのものを集めたり、船に投げこまれるものと物々交換したりしながら。その夜、何が取引されたか、どんな交流があったか、誰も知らない。運河への出入りに関する法的な書類にサインして陸に返し、かりそめのスエズの世界をつかのま訪れて去っていくまでに。

船は朝の光のなかへ漂っていった。濃い雲が点々と空に浮かんでいる。航海に出てからこのかた、目にした雲といえば、嵐のとき船の上に厚く垂れこめ、覆いかぶさってきた雲だけだった。やがて、ポートサイドに近づくと、砂嵐が巻き上がってこちらに降りかかり、アラビアの最後のあがきを見せて、おかげで船のレーダーが混乱に陥った。スエズ入りが真夜中になるよう慎重に時間を合わせたのも、そのためだった——日の光のなか、ポートサイドに着くように。それなら人間の視覚で見えるものに基づいて航海できる。こうして僕たちは、目を大きく見開いて、地中海に入っていった。

＊＊＊

二十代の終わり頃、突然どうしてもカシウスと再会したくてたまらなくなった時期があった。ラマディンとはずっと連絡を取りあい、家族とも一緒に過ごしていたのに、カシウスとは船がイギリスに着いた日以来、会っていなかった。

そして、彼に会いたいと望んでいたその時期、ロンドンの新聞にのっていた告知をふと目にした。彼の写真があった。そばに名前がなければ、顔を見てもわからなかっただろう。おとなになって、前よりも色が黒くなり、すっかり変わっていた。もちろん僕だって、一九五〇年代にあの船で旅していた少年とは違っているけれど。それは彼の絵画展の宣伝だった。そこで僕は町に出て、コーク・ストリートの画廊を訪れた。作品を見るためというよりはむしろ、本人と連絡を取るためだった。できればゆっくり食事でもして、心ゆくまでとことん話したかった。三週間の旅のあと、彼がどのように生きてきたのか、ほとんど知らなかったが、立派な画家になったことだけは聞いていた。意外な気がした。それでも変わらず奔放なのだろうか。子どもの頃の僕には危険人物に見えたけれど、今もそのままだろうか。なんといっても、カシウス的な要素は、僕の人格のなかにもとどまっているのだ。新聞から切り抜いた広告をまた眺めた。写真の彼は、挑みかかるような顔で、白い壁にもたれている。

ところが、カシウスはいなかった。土曜日の午後だった。画廊に行くと、個展は数日前の晩にオープンし、カシウスはそのときに顔を出したのだと言われた。僕は美術界のしきたりに疎《うと》かった。がっかりしたが、彼がいなくても問題ではなかった。というのも、絵のなかに見えたのはカシウスそのものだったから。大きなキャンバスがワディントン・ギャラリーの三室を埋め尽くしていた。およそ一五枚。そのすべてが、スエズ運河でのあの夜を描いたものだった。夜の人々の動きを照らしていた硫黄色の光は、まさに僕が覚えていたとおり、あるいは少なくとも、あの土曜の午後に記憶によみがえってきたとおりだった。それから、たき火。ひんやりする夜気のなか、書記官がテーブルに向かって大急ぎで書きこんでいた、いかにも古そうな航海日誌。はじめはどれも抽象画かと思った。塗られた色の片隅か、あるいはそのすぐ向こうで物事が起こっている、そんな印象を受けた。しかし、ひとたび舞台がどこであるか気づくと、何もかもが変わった。ラマディンの小さな犬が船を見上げている姿まであった。そうしたすべてに僕は満たされたが、それがなぜかはわからなかった。たぶん、カシウスと僕がずっと結びついていたこと、本物の仲間だったことがはっきりしたからではないか。彼もまた、あの夜、僕が見た人たちを目撃したのだから。奇妙なほど一体感を覚えながら、二度と会うことのない人たちだった。あの場かぎり。別の世界の、あの夜の町。僕たちはそんな話はしなかったが、なぜかふたりとも忘れずにいたのだ。そして今、彼らはここで、僕たちとともにいる。

芳名帳を見に行くと、感想を書きこむようになっていた。ご立派で頭でっかちなものもあれば、「すばらしい！」の一言だけというのもあった。ページ一面に「小柄なおばあさんが昨夜遅くバラバラにされた」とぞんざいに書きなぐってある。カシウスの友だちが酔っぱらって書いたのだろう。

そのページにはほかに誰も書きこんでおらず、その一節だけがぽつんとさらされていた。しばらくほかのページをパラパラめくるうちに、ミス・ラスケティの名前を見つけた。カシウスの作品を褒めそやしていた。僕は日付とともにこう記した。「オロンセイ族——でまかせでキョウボウなやつら」。そしてさらに書き足した。「会えなくて残念。マイナより」。住所は残さなかった。

外に出たが、まだ何かが引っかかり、画廊をもう一度歩いてみることにした。今度はほとんど人がいなくてありがたかった。そして、僕を引き戻したものの正体がわかったところで、画廊をもう一回りして確かめてみた。ラルティーグの初期の写真について、どこかで読んだことがある。その独特の視点がはじめて評判になったとき、しばらくして指摘されたのは、幼い少年がカメラを持って被写体のおとなを下から見上げている、ごく自然なアングルだということだった。今こうして画廊で目にしているのは、あの晩カシウスと僕が光の繭に包まれて働く人たちを手すりから見下ろしていた、まさにあの角度で見た光景そのものだった。四五度とか、それぐらいのアングル。僕は船の手すりに戻って見つめていた。これらの絵を描いていたとき、カシウスの心もそこにあったのだ。さようならと、僕たちはあの人たちみんなに告げていた。さようなら。

第34章　ラマディンの心臓

僕はこれまでずっと、カシウスの役に立つようなことは何もしてやれないと自覚していた。だが、ラマディンには何かしてやれると感じていた。彼は愛情を受けいれてくれた。カシウスには、プライバシーを守るために人を寄せつけない雰囲気があった。スエズ運河の夜をよみがえらせた絵にさえ、それが見てとれた。けれど、ラマディンについては、困ったとき助けてやれると思っていた。もし知っていたなら。相談さえしてくれていたなら。

一九七〇年代はじめ、しばらく北米で仕事をしていたとき、遠い親戚から電報を受け取った。三〇歳の誕生日だったのを覚えている。何もかも投げだして夜行便でロンドンへ飛び、ホテルにチェックインして二、三時間眠った。

正午にタクシーに乗り、ミル・ヒルの小さな教会で降りた。ラマディンの妹マッシがちらっと見え、中に入ると通路を歩いていく姿が目に入った。十代の頃は親しかったが、その後は疎遠になっていた。それどころかラマディンともその家族の誰とも、八年も会っていなかった。みんなすっかり変わってしまったのではないかと思っていた。ラマディンは最後の頃の手紙でマッシにふれ、「親しい連中とつるんで」いて、ＢＢＣで音楽番組を担当し、野心家でかなりのやり手だと書いていた。マッシなら何をしても驚かなかっただろう。彼女は僕たちより若く、一年遅れでイギリスに来たのに、たちまち順応してしまった。

長い年月のうちに、僕は彼らの両親をよく知るようになった。あの穏やかな息子を生み育てた、穏やかな夫妻だ。親父さんは生物学者で、僕とふたりきりで話をしなければならなくなると、決まって僕の伯父の〝判事さん〟を持ちだした。うちの伯父とラマディンの親父さんは、それぞれの職業でたぶん同じくらい成功していたと思う。だが、ラマディン氏は、実社会（工具の扱いや朝食づくり、スケジュール管理といったことなど）に対処する能力が少しばかり劣っており、かわりに、これまた生物学者の奥さんがすべてを取り仕切り、夫の裏方に徹して満足しているように見えた。夫妻の人生と経歴と家庭は、子どもたちがのぼるはしごになるはずだった。十代の僕は、穏やかな秩序と静けさに満ちたミル・ヒルの家で、できるだけ長く過ごしたかった。いつもそこに入り浸っていた。ラマディンに心臓の病気があるせいで、彼らの家庭はうちよりも慎重で落ち着いていた。ガラスの鐘で守られているようだった。一緒にいるとホッとした。

そして今、僕はまさにあの風景のなかに戻ってきたのだった。葬儀のあとラマディンの家まで歩くうちに、何年も前に登った木の枝から落ちていくような感覚にとらわれた。いざ着いてみると、家は以前より小さく感じられ、ラマディンのお袋さんは弱々しく見えた。髪に混じる白いものが、いかめしい顔を以前より美しく、寛大に見せている――かつての彼女は、子どもたちと僕に対し、大らかな一方できびしくもあった。母親のルールに逆らえるのはマッシだけで、彼女はずっとそうしつづけてきたのだった。

「ずいぶん久しぶりね、マイケル。ちっとも来なかったわね」お袋さんの言葉は矢のようにずぶりと僕を射した。それから彼女は進み出て、抱きしめさせてくれた。昔は体が触れあうことなどほとんどなかった。十代の頃はずっと、彼女を「ミセスR」と呼んでいた。

それから僕はふたたびテラコッタ・ロードの家に入った。数人の客が狭い廊下でご両親にお悔やみを述べていて、それから居間のほうへ進んでいった。居間では、ソファやネストテーブル、それに絵も、十代の僕が来ていた当時とまったく同じ位置に置かれていた。そこは僕たちの青春期のタイムカプセルだった――小さなテレビも、ラマディンの祖父母がムトゥワル〔コロンボ市内の一地域〕の自宅前で撮った写真もそのままだ。彼の一族がこの国に運んできた過去は、決して捨てられることがない。ただし、暖炉の上には写真が一枚増えていて、リーズ大学の卒業式でガウンを着たラマディンが写っていた。羽根飾りは似合わず、本当の彼を隠すこともできなかった。その顔はやつれ、ストレスを抱えているように見えた。

僕はそばに行って彼の写真をじっと見た。誰かがわざと指が食いこむほど強く肘をつかんできたので、振り向いた。マッシだった。ふいに、あまりに突然、お互いにどきっとするほど近くにいる気がした。教会で見かけた彼女は、両親にはさまれて歩き、最前列に座るなり下を向いてしまった。玄関での出迎えにも加わっていなかった。

「来たのね、マイケル。来ないかと思った」

「どうして?」

彼女は小さな暖かい手で僕の顔にふれてから、ほかの人たちの相手をしに行ってしまった。かけられた言葉に返事をしたりうなずいたり、必要なら抱きしめたりする。僕はひたすら彼女だけを見つめていた。そこにラマディンの面影を探していたのだ。ふたりに通じるものはあまりなかった。兄は大柄でのっそりしていたが、彼女は細身で軽やかに動いた。「仲間とつるんでいる」とラマディンは手紙に書いていた。ふたりは髪の色が同じ、ただそれだけだ。だが、今は彼女がラマディンの何かを受け継いでいるはずだと僕は感じていた――兄の突然の旅立ちによって与えられた何かを。僕はここにいないラマディンの存在を強く求めていたのだろう。

その先は長い午後になった。お互いに部屋の遠くから、親類のだれかれと話す姿を眺めるだけだった。立食ランチのあいだじゅう、移住者の集まりのなかで、彼女は人から人へ飛びまわり、一族の働き者の役を律儀につとめていた――打ちひしがれる高齢の伯母さんから、いつもの癖でやたら陽気な伯父さん、みんながなぜこんなに静かなのか理解できずにいる甥っ子のところへ。この甥はラマディンのことが大好きだった。数学を教わり、悩みがあるといつも相談に乗ってもらっていたのだ。マッシがその少年と一緒に、庭のラウンジチェアに座っているのが見えた。僕も、彼女の両親の友人から好奇の目で見られるより、そっちに行きたかった。その子が一〇歳だったからだろう。それに、彼女がどんな言葉をかけているのか知りたかった。自分の話をどうやってわからせるのか。みんながささやきだけで会話する静かな信者の集まりのようにふるまっている理由を、どう説明するのか。やがて、泣いているのは少年ではなく、マッシなのだと気づいた。

僕は会話を切り上げて外に出ると、彼女のそばに座り、震えの止まらない体に腕をまわした。三人とも何も言おうとしなかった。しばらくして顔を上げ、ガラスのドア越しに家のなかを見てわかった。おとなはみんな家のなかにいて、僕たちは庭にいる子どもだった。

日が暮れはじめ、それにつれて、かつては僕にとって聖地だったラマディンの質素な家が、壊れやすい箱舟のように思えてきた。最後まで残っていた客たちが、明かりのない田舎道にゆっくりと出ていった。僕も玄関で一家のそばに立ち、引き上げようとしていた。ロンドン中心部に戻る列車に遅れてはならない。

「明日の午後の飛行機に乗らなくちゃ」僕は切り出した。「でも、一カ月もしたらまた来るよ。うまくいけばね」

マッシは僕をじっと見つめていた。お互いに午後じゅうそうしていたのだが、まるで以前よく知っていた人物をあらためて見定めるような感じだった。彼女の顔は幅広になり、物腰にも昔と変わったところがあった。前とは違って両親に礼儀正しく接する姿に、僕は目を見張っていた。十代のあいだずっと親と派手にやり合っていた、あの彼女がだ。そうした変化に気づく一方、自分でも承知していたのは、最近の友人の誰よりも、彼女には僕という人間がはっきり捉えられるということだった。僕についての認識を過去から引っぱり出し、目の前にあるものと並べることもできただろう。学校が休みのあいだ、彼女は兄貴と僕にくっついて、三人で町をぶらついたものだった。そこはわが町とは呼べない町であり、わが町とは呼べないことを思い知らされる場所だった——奇妙に落ち着きはらったその世界を僕たちはあちこち動きまわり、バスに乗ってブロムリーのプールやクロイドン公立図書館に行ったり、アールズコートまでボートショーやドッグショーやモーターショーを見に行ったりした。きっと僕たちは今も、あのあたりのバス路線について、同じ知識が頭に入っているはずだ。十代のころ、僕がどう変わっていったか、彼女は何もかも目撃していた。そのすべてが彼女のなかにあった。

　そして、八年の空白。

「明日の午後の飛行機に乗らなくちゃ。でも、一カ月もしたらまた来るよ。うまくいけばね」

　彼女は玄関ホールに立ち、兄を喪《うしな》ったショックをあらわにした顔で僕を見つめた。隣に恋人がいて、彼女の肘を支えていた。その彼とはさっき話をした。恋人でないとしても、そうなりたいと望んでいるのは間違いなかった。

「じゃあ、戻ってきたら知らせて」マッシが口をひらいた。

「そうする」

「マッシ、マイケルを駅まで送ってあげたら？　ふたりで話したほうがいいわ」ミセスRが言った。

「うん、おいでよ」僕も誘った。「そうすれば一時間は一緒にいられるから」

「たっぷりあるわね」マッシが答えた。

　マッシは、ラマディンがほとんど出て行かなかった、世間の表舞台の側で生きていた。彼女はためらうことを知らなかった。僕たちは互いの人生の深い部分を分かちあうようになる。そして、ふたりの関係がどうなったかはさておき、浮き沈みを繰り返すなかで、互いに傷つけあい高めあった。こうした展開の速さを、僕はある程度、彼女から学んだ。マッシは何でもさっさと決めた。おそらく兄よりもむしろカシウスに似ていたのではないか。今思えば、世の中それほど単純に二つの性質に分けられはしないけれど。しかし、若いときにはそんなふうに考えるものだ。

「たっぷりあるわね」と彼女は言った。そして、その一時間のうちに、僕はマッシの人生に再び足を踏み入れた。ふたりで駅まで歩き、語らうにつれて歩みが遅くなった。サッカー場沿いの道で真っ暗闇に包まれ、光のない舞台袖でささやきあっているような感覚に陥った。話題はほとんど彼女についてだった。こっちのことはすでに十分知られていた。わずかなうちに意外な展開で北米に移り住み、そのため彼女の世界から去ったことも。(「来ないかと思った」「ずいぶん久しぶりね」。)僕たちは失われた年月を掘り起こした。僕はラマディンとすら、ほとんど連絡を取っていなかった。たまに居所を知らせる葉書を送ったが、せいぜいその程度だった。彼女とその兄がどうしていたか、知りたいことは山ほどあった。

「ヘザー・ケイヴって人、知ってる?」彼女が訊ねた。

「いや。僕の知り合い?　誰それ?」てっきりアメリカかカナダで会った誰かかと思った。

「ラマディンの知り合いだったらしいの」

　続けて彼女は、ラマディンが死んだ状況には納得のいく説明がつかなかったのだと言った。発見されたときには心臓が止まっており、そばにナイフがあった。ただそれだけ。現場は町の共用緑地の暗がりで、ある少女の住むフラットの近くだった。マッシが言うには、ラマディンは個人教授をしていた少女に心を奪われていたらしい。だが、マッシが調べてみると、教えていたのはたったひとり、ヘザー・ケイヴという一四歳の少女だけだった。ラマディンが夢中になっていたのがその子なら、激しい罪悪感が黒いインクのように彼の胸をふさいでいたに違いない。

マッシは首を振って、話をそらした。

イギリスでの兄の生活は幸せではなかったと思う、そう彼女は言った。コロンボで暮らし、働いていたなら、もっと満たされていただろう、と。

どの移民の一家にも、新しく暮らしはじめた国になじまない者がいるようだ。立場が兄だろうが妻だろうが、ボストンやロンドンやメルボルンでの静かな運命に耐えられないと、永遠の流刑に処されたように感じるのだ。以前いた国の亡霊にしつこくつきまとわれ続ける人に、何人も会ったことがある。そう、確かにラマディンの人生は、気兼ねがいらず人目につきにくいコロンボにいたほうが、幸福だったろう。マッシも、そして彼女のお察しどおり僕も、仕事で成功したいという野心を持っていたが、ラマディンにはそれがなかった。彼はもっと慎重で、もっと心配性で、大事なことを自分のペースで学んでいく男だった。イギリスへのあの船旅で、どうやってカシウスと僕に耐えたのか、今でも不思議に思うんだと、僕は彼女に言った。彼女は笑顔になってうなずき、そして訊ねた。「最近カシウスに会った？　しょっちゅう記事を見かけるけど」

「僕たちが君に、彼を訪ねるよう勧めたこと、覚えてる？」

ふたりとも吹き出した。以前、ラマディンと僕は、カシウスこそ結婚相手にぴったりだとマッシをそそのかそうとしたことがあったのだ。

「そうすればよかったかな……今からでもいいかもね」彼女は足元の濡れ落ち葉を蹴飛ばし、腕をからめてきた。僕は会えなくなっているもうひとりの友のことを考えた。最後にカシウスの噂を聞いたのは、セイロン出身の女優と会ったときだ。お互い十代だった頃イギリスでつきあいがあったらしい。彼女の話によると、朝早くデートに連れ出され、ゴルフ場に行ったそうだ。彼は古いクラブを二本とボールを何個か持ってきていて、ふたりで門を乗り越え、コースをうろついた。カシウスはマリファナたばこを吸いながら、ニーチェの偉大さについて語り聞かせ、それからグリーンの上で彼女を口説こうとしたという。

僕たちは駅で列車の時刻を確かめてから、ガード下で遅くまでやっているカフェに入ると、ほとんど口もきかず、フォーマイカのテーブル越しに見つめあった。

マッシをラマディンの妹として考えたことはなかった。ふたりの個性はあまりにもかけ離れていた。彼女は意欲のかたまりだった。これができるかと問われれば、歌詞の続きを口ずさむみたいにすぐやってのけた。時代が違えば、〝鉄砲玉〟と呼ばれたようなタイプだ。マザッパさんやミス・ラスケティだったら、そんなふうに評しただろう。ところがその夜、駅前の空いたカフェで、彼女はおとなしく、ためらいがちだった。葬儀と食事会にも来ていた年配のカップルが店内にいたが、声をかけてきたりはしなかった。今ここに、ラマディンに一緒にいてほしかった。それが当たり前になっていたのだ。マッシが静かなせいで彼を近くに感じ、ふたりのあいだに新たに生まれた慈しみが、過ぎた年月をたちまち消し去ったのかもしれないが、心のなかにラマディンがありありと現れて、僕は泣きだしてしまった。彼にまつわる何もかもが、ふいに僕のなかによみがえった。ゆっくりした歩き方、いかがわしい冗談にまごつく様子、アデンの港であの犬を気に入って欲しがったこと。心臓を大事にいたわっていたこと（〝ラマディンの心臓〟）、僕たちの命を救ったロープの結び目と、それを彼が誇りに思っていたこと。立ち去っていくときの後ろ姿。そして、フォンセカさんが見抜いた、優れた知性。カシウスと僕はちっとも気づかなかったが、いつだってそれはきらめいていたのだ。互いに会わなくなってから、僕は記憶だけを頼りに、ラマディンをどれほどたくさん自分のなかに取り入れたことだろう。

僕は冷たい心の持ち主だ。もし大きな悲しみが近づいたなら、急いで壁を築いて、心の穴が深くなりすぎないようにする。壁はたちまちできあがり、崩れることはない。プルーストがこんなことを書いている。「私たちは亡くなった人をもはや愛していないと考えても……古い手袋の片割れをふと見つけ、急に泣きだすのだ」。僕にとってのそれが何だったのかわからない。手袋なんてなかった。本音を言うなら、ラマディンが昔からの親しい人間だとはあまり考えなくなっていた。二十代には、別の誰かになることに追われるものだ。

僕は彼をじゅうぶんに愛さなかったことで、気がとがめていたのだろうか。それも少しはある。だが、壁を打ち壊し、彼を心に招き入れたのは、そうした考えのせいではなかった。あれこれが思い出され、彼の僕に対する気づかいを表すちょっとした出来事が次々によみがえったからに違いない。シャツに何かこぼしてるよと僕に合図する仕草。あれは最後に会ったときのことだった。自分が夢中になって学んでいることに、僕を引きこもうとする様子。イギリスで別々の学校に進んだあと、わざわざ僕を捜し出して、ずっと友だちでいてくれたこと。移住者のネットワークのなかで僕を見つけるのはそう難しいことではなかったにしろ、とにかく彼はそうしてくれたのだ。

どれくらいのあいだそうやって、通りと自分を隔てる板ガラスの窓のそばに座っていたのかわからない。向かいにはマッシがいて何も言わず、ただ片手をこちらに伸ばし、手のひらを上に向けていたが、僕にはそれが目に入らず、握りしめることもしなかった。人は涙によって育てられるのであり、弱くなるのではないとよく言われる。僕がそうなるには時間がかかった。彼女を見ることもできなかった。店の明かりの向こうにある闇を見つめていた。

「さあ。行きましょう」彼女が言いだし、僕たちは駅の石段をのぼって電車を待った。まだ数分あったので、長いプラットフォームを歩いた。光の届かない端のほうまで行っては引き返し、そのあいだずっと無言だった。列車が近づくと、抱きあって感謝と悲しみのこもったキスをかわした。それが僕たちにとって、次の数年へのドアを打ち破ることになる。雑音の混じったアナウンスが聞こえ、明かりが一つ、僕たちを照らしだした。

第35章

出来事は長い長い時間をかけて、その爪痕や影響をあらわすことがある。マッシと結婚してそれがよくわかった。結婚によって僕は、子どもの頃から安心できた人たちの輪にふたたび加わり、まだそれを求めていたことに気づいたのだ。

マッシと僕はその後も会いつづけ、初めのうちはおずおずと、やがて少しずつ、十代の頃のように恋人に近い感じを取り戻していった。僕たちのあいだにはラマディンの死という共通の悲しみがあった。そして、そこには家庭の安らぎもあった。彼女の両親はふたたび暖かく迎え入れてくれた――長年ずっと息子の親友だった、彼らにとってはいまだに坊やのままの僕を。だから、しょっちゅうミル・ヒルに行き、十代の頃に逃げ場にしていた家で時をすごした。かつてはラマディンや妹と一緒に、親たちが仕事に出ているあいだ、その家でぶらぶら遊んだものだった――テレビのあるリビングや、窓の外に木が生い茂る二階の寝室。そこは今でさえ目隠しをしても歩ける場所だ――両手を広げて廊下の幅を測りながら、ずっと進んでいって、庭に面したあの部屋に入る。それから右に三歩、ローテーブルをよけて歩けば、どこにいるかわかる。目隠しをはずすと、ラマディンの卒業写真の真ん前に立っているのだ。

心の穴を抱えた僕がよりどころにできたのは、あの人たちと、あの場所だけだった。

ラマディンが亡くなってひと月後、家族のもとにフォンセカさんからお悔やみの手紙が届き、僕も読ませてもらった。オロンセイ号での様子が書かれていたからだ。僕についてお世辞めいたことも書いてあり（カシウスには一言も触れていなかった）、ラマディンには「学究的な好奇心のきらめき」が見られたと述べていた。そして、旅の途中に通ったさまざまな国の歴史や、人造の港とは対照的な自然の港について、ふたりであれこれ語りあったという。アデンはイスラム教以前に栄えた一三の町の一つだったこと。火薬帝国〔オスマン帝国とムガル帝国〕の時代以前からそこで暮らしていた、イスラムの著名な地理学者の末裔がいること。フォンセカさんの手紙は長々と続き、その文体は二〇年近くの時を経ても僕にはなじみ深いものだった。

フォンセカさんの知への情熱には、それを人と分かちあう喜びが付き物だった。ラマディンも、僕が葬儀で会った一〇歳の甥に教えていたとき、そんな気持ちだったのではないか。フォンセカさんは、僕が今もラマディンの家族とつきあっているとは知らないはずだから、マッシを連れてシェフィールドまで訪ねていけば、さぞ驚いただろうと思う。でも、そうはしなかった。彼女も僕も週末はたいてい忙しかった。僕たちは恋人同士に戻り、婚約して、移住者の家族がこだわるさまざまな儀礼に追われていた。故国を離れた人たちの伝統の重みが、ふたりにのしかかっていた。とはいえ、そんなすべてをさぼってでも、車を借りてフォンセカさんに会いにいくべきだった。だが、僕は人生のあの時期、彼を避けたかったのではないか。青二才の作家だったから、彼の反応が怖かったのだ。きっとそれなりの扱いはしてくれたはずだけれど。いずれにしても、芸術家になるための天与の感性と知性の持ち主と彼が見なしていたのは、ラマディンだったに違いない。その二つが必須条件とは思わないが、当時の僕はなかばそう信じていたのだ。

あの世界から抜け出して芸術の世界で生き延びてきたのがカシウスと僕だなんて、今でも意外な気がする。カシウスは、世間的にはあくまでも、けんか腰のファーストネームだけを名乗っていた。僕はもっと愛想よく、品行もあらためたが、カシウスは態度を変えず、芸術と権力の世界の大御所たちを軽んじ、鼻先で笑っていた。彼が有名になってから二、三年後、イギリスの母校が絵を寄贈してくれと依頼した。彼が憎悪していた学校であり、あちらからも嫌われていたはずだ。彼は電報でこんな返事をした。「バカヤローー！　オトトイキヤガレ」。いつでも彼は荒くれ者だった。カシウスが何か常軌を逸した刺激的なことをやらかしたと聞くたびに、僕はフォンセカさんを思った。新聞でそれを読み、心の正しさと芸術のあいだにある大きな隔たりにため息を漏らしているだろうと想像した。

是が非でも会いにいくべきだった。麻縄の煙に包まれた、僕たちのなつかしい師に。彼ならマッシとは違うやり方で、ラマディンの本当の姿を見せてくれただろう。だが、マッシの一族は弱りきっていた。ラマディンの死の状況がはっきりしないせいで、誰もが悲しみに立ち向かう気力を持てないままだったから、彼女と僕が手をたずさえて、それを修復するか、せめて隙間を埋めなければならなかった。それに、僕たちが互いを求める気持ちは、はるか昔、若き日のあの朝まだき、揺れる緑の木々に彼女が彩られていたときから、ずっと育まれていたのだった。誰の心にも古い結び目があり、それをゆるめ、ほどきたいと願うものなのだ。

僕はひとりっ子なので、ラマディンとマッシが自分のきょうだいであるかのように振る舞っていた。それは十代のうちにだけ成立する関係だった。もっとおとなになって、ぶつかり合う相手と作る関係とは対照的だ——そういう相手とのほうが、人生が変わる可能性が高い。

僕はそう思っていた。

僕たち三人は、夏休みや冬休みといった、つかみどころのない未知の時間をともに過ごした。ミル・ヒルという宇宙をこっそり動きまわった。自転車用の道路で、大きなレースの様子を再現した——よろめきながら坂をのぼり、斜面をまっしぐらに下りて、きわどい勝負でゴールする。午後には、ロンドンの中心部で映画館にもぐりこんだ。僕たちの宇宙には、バターシー発電所、テムズ川の岸に降りられるワッピングのペリカン階段、クロイドン図書館、チェルシーの共同浴場、ストレタム公園、ハイロードから遠くの木々まで下っていく斜面があった。(ラマディンが人生最期の夜をしばし過ごした場所だった。)そしてコリアーズ・ウォーター・レインで、マッシと僕は一緒に暮らすようになる。どこもかしこも、彼女とラマディンと僕が十代のときに入っていき、おとなになって出てきた場所だ。だが、僕たちは実のところ、お互いについてさえ、いったい何を知っていたのか。未来のことなどまったく考えていなかった。僕たちの小さな太陽系——それがどこへ向かっているのか。そして、僕たちがいつまでお互いに何らかの意味を持ち続けるのか。

＊　＊　＊

人は時として若いうちに、生まれもった本当の自分を見つけることがある。最初はささやかな芽生えにすぎないが、やがて大きく育っていく、そんなものに気づく場合だ。船上での僕のあだ名は〝マイナ〟だった。本名に近いけれど、宙に一歩を踏み出して、特別な何かを垣間見るような趣があった。鳥が地上を歩くとき、首をかすかに回すような感じだ。しかもそれは当てにならない鳥で、その声はよく響くわりに信用しきれない。当時の僕は、耳にしたことを何でもほかのふたりに伝える、グループの九官鳥《マイナ》だったのではないか。ラマディンがうっかりそう呼んだのだが、カシウスはそれが本名によく似ていると気づき、そのあだ名で呼びはじめた。

僕を〝マイナ〟と呼ぶのは、オロンセイ号で出会ったふたりの友だけだった。イギリスの学校に入ってからは、もっぱら名字だけで呼ばれた。だから、電話を取って〝マイナ〟と言われたなら、ふたりのどちらかに決まっていた。

ラマディンのファーストネームは、知ってはいたがめったに呼ばなかった。それを知っているというだけで、彼について大体わかったつもりになることが許されるだろうか。おとなになった彼が何をどう考えていたか、想像する権利が僕にあるだろうか。ありはしない。だが、イギリスへ向かうあの旅のあいだ、少年だった僕たちは、無の広がりに見える海を眺めながら、自分たちのたどる複雑な筋書きを思い描いたものだった。

ラマディンの心臓。ラマディンの犬。ラマディンの妹。ラマディンの少女。今になってようやく、僕の人生においてふたりを結びつけた重要な出来事の数々が見えてくる。たとえば、例の犬。一緒にいたわずかなあいだ、狭い二段ベッドで、みんなで遊んだことを今も思い出す。ある瞬間、犬はそっとこちらに寄ってきて、鼻先とあごを僕の肩と首のあいだに、まるでバイオリンみたいに突っこんだ。怯《おび》えた犬の、あのぬくもり。それから、マッシとも、やはり寄り添いあったときのこと。十代の頃は緊張して、おそるおそるだったが、ラマディンの死後は、もっと性急に、もっと無我夢中に、互いを発見しあった。そのことがなければよりを戻せなかったと、どこかで意識しながら。

さて、ラマディンの少女の話だ。

名前はヘザー・ケイヴという。一四歳の彼女の未熟なところもすべてひっくるめ、彼は愛していたのだ。あらゆる可能性が見えるみたいに。だが、その時点での彼女そのものも愛していたに違いない。たとえば子犬や動物の赤ちゃん、性徴期を迎えるまえの美少年を愛おしむように。彼は町なかにあるケイヴ家のフラットに通い、ヘザーに幾何と代数を教えていた。ふたりはキッチンのテーブルで勉強した。晴れた日には、フラットの建物と隣りあう、柵に囲まれた庭で授業をすることもあった。そして最後の三〇分は、ちょっとしたごほうびとして、勉強以外のことをおしゃべりさせてやった。彼女が親をきびしく批判し、教師たちにうんざりし、何人もの〝友だち〟から誘惑されたことなど、驚くばかりだった。ラマディンは唖然としてその場に座っていた。彼女は若いがうぶではなかった。おそらくいろいろな面で彼より世慣れていたのだろう。一方、彼のほうは？　世間知らずの三〇歳で、ロンドンの小さな移民社会にこもりきり。まわりの世界にもわれ関せずで、浮世離れしている。家庭教師のほかには、代理講師をつとめている。地理と歴史については膨大な読書量だ。北部に住むフォンセカさんと交流を続けている――妹によれば、高尚なやりとりをしていたらしい。そんな彼が、テーブルをはさんでヘザーの話を聞き、その性質のさまざまな面に思いを馳せる。そして、帰っていくのだった。

なぜラマディンは、フォンセカさんとの気取った文通の魔法を解いて、彼女の話をしなかったのだろう。だが、どうしてもできなかったのだ。フォンセカさんならきっと、ラマディンを彼女から遠ざけるにはどうすればいいか、知っていたはずだ。とはいえ、フォンセカさんにしても、一皮むけば残酷だったりする十代というものを、どれだけ現実としてわかっていたか。いや、打ち明けるなら、カシウスのほうがよかっただろう。あるいは、僕に。

毎週水曜日と金曜日に、彼はケイヴ家のフラットを訪れた。少女は金曜日にはいつも、見るからに落ち着きがなかった。勉強が終わったら仲間に会いに出かけるからだ。ところがある金曜日に行ってみると、少女は泣いていた。帰らないでほしい、なんとか助けてほしいと訴えはじめた。一四歳の少女がただひたすら求めているのは、ラジヴァという少年だった。ある晩ラマディンも少女と一緒に会ったことがある。うさんくさいやつだと思った。けれども今、ラマディンは、その少年について何から何まで、そしてふたりのあいだのひりつくような、あまりにも行き当たりばったりに見える熱情について、聞かされるはめになった。彼女は語り、ラマディンは耳を傾けた。少年が仲間のまえで、彼女を鼻であしらったため、彼女は捨てられた気がしているのだった。彼に会いに行って、なんとか自分のかわりに話をしてほしい。大丈夫、うまく話せるから――そうすればもしかして、ラジヴァが戻ってきてくれるかもしれない。

少女がラマディンに頼み事をするのは、これが初めてだった。

ラジヴァの居場所はわかってる、と彼女は言った。〈コークス・バー〉。自分では行かない、行けないの。ラジヴァは仲間と一緒にいるはずで、今はみんながわたしを無視してるから。

そこでラマディンは、少年を見つけてヘザーの元へ戻るよう説得するため、出かけていった。行き先は繁華街――彼には無縁の場所だった。冬物の黒いロングコートを着て、マフラーもせず、イギリスの気候にさらされながら歩いていった。


彼は騎士の務めを果たすべく、〈コークス・バー〉に入っていく。店のなかは騒然としている――音楽とやかましいおしゃべり、立ちこめる煙。太り気味で喘息《ぜんそく》を病むアジア人が、別のアジア人を探している。ラジヴァもまた東洋人なのだ。少なくとも両親はそうだ。だが、一つ世代が下ると、ずっと自信に満ちている。ラマディンは仲間と一緒のラジヴァに会う。近づいていき、自分がなぜここにいるか、なぜ話しかけているか、説明しようとする。いろいろなやりとりをして、ヘザーの待つフラットへ一緒に行こうとラジヴァを説きつける。ラジヴァが笑ってそっぽを向いたので、ラマディンはその左肩をつかんでこちらを向かせる。するとむき出しのナイフが現れる。刃は体に触れていない。触れたのはただ、黒いコートの心臓の上あたりだ。ラマディンがずっと守りつづけてきた心臓。少年のナイフはわずかに押しつけられる程度で、ボタンを押すとかはずすとか、その程度の力にすぎない。だが、ラマディンは、喧噪のなかで震えながら立ちつくす。煙を吸いこまないようにする。少年ラジヴァは――いくつなんだろう、一六か、一七か？――暗褐色の瞳でさらに迫ってきて、ラマディンの黒いコートのポケットにナイフを入れる。親しげといってもいい仕草で滑りこませる。

「それをあいつにやればいい」ラジヴァが言う。険悪な、しかしあらたまった口調だ。どういう意味だろう？　ラジヴァは何を言っているのか？

ラマディンの心臓はどうしようもないほど震えている。どっと笑いが起き、〝恋人〟は背を向けて、仲間とともに歩み去る。ラマディンはバーを出て、夜気のなかをヘザーのフラットへ歩き出す。うまくいかなかったことを告げるために。戻ったら「それに」と付け加えるつもりだ。「あいつは君にふさわしくないよ」と。急に激しい疲労を感じる。タクシーを止めて乗りこむ。言おう……彼女に言おう……心臓がひどく重苦しいことは話さずにおこう……前の席から運転手が問いかけるが、すぐには気づかない。がくりと頭が垂れる。

タクシーの料金を支払う。彼女のフラットの呼び鈴を押し、待ってから、向きを変えて去っていく。晴れた日に一度か二度、授業をした庭を通りすぎる。心臓がまだ跳びはねている。スピードを落とすことも、一息つくことさえもできないみたいに。門の掛け金をはずし、緑の暗闇に入っていく。

僕は例の少女、ヘザー・ケイヴに会った。ラマディンの死から数年後だ。僕がマッシとその両親のために何かをしてあげたのは、ある意味あれが最後になった。彼女は住まいも職場もブロムリーで、僕の母校からそう遠くなかった。彼女の働く〈タイディ・ヘアー〉で会い、ランチに連れだした。会うためにはなんとか口実を作らなければならなかった。

初めのうち彼女は、彼のことをよく覚えていないと言った。だが、話すにつれて思い出したあれこれには、驚かされた。彼の死に関する公式な証拠はいまだに不十分で、それ以上のことはあまり語りたくなさそうだったが。僕たちは一時間をともに過ごしてから、ふたたびそれぞれの生活に戻っていった。彼女は悪魔でもなければ、愚かでもなかった。ヘザー・ケイヴは、ラマディンの望みどおりには〝進化〟しなかったようだが、自ら選んだ人生を着実に歩んでいた。若いながらも責任を持って生きていた。そして、こちらの気持ちを気づかい、慎重に接した。最初に友の名前を出したとき、彼女は逆にいくつか質問をして、僕自身から彼について話すよう、いとも簡単に仕向けてしまった。僕はあの船の旅について語りだした。そして、ふたたびこちらが問いかけたときには、僕たちの親しさを理解したうえで、家庭教師としての彼についてだいぶ甘い評価をしてみせた。相手が彼の知り合いでなければ、また違ったのではないだろうか。

「あの頃の彼はどんなふうだったかな？」

彼女がラマディンについて語ったのは、おなじみの大きな体、けだるそうな歩き方、そして極めつけは、別れ際に一度だけちらっと見せる笑顔だった。あれほど愛情深い男なのに、ただ一度だけというのも妙なものだ。だがラマディンは、必ずあの心からの笑みを残して去り、こちらにとってはそれが最後に見る彼の姿になる。

「あの人、ずっと内気だったのかしら？」彼女は少し間を置いてから訊ねた。

「彼は……用心深かったな。心臓が弱くて、大事にしなきゃいけなくてね。だからこそ、お袋さんはものすごく彼を愛していた。長生きできると思ってなかったんだ」

「そうなの」彼女はうつむいた。「バーで何があったか……わたしが聞いたのは、噂にすぎないけど、暴力はなかったって。ラジヴァはそういう人じゃないの。もう会ってないけど、そんな人じゃなかったわ」

僕たちの会話には、よりどころになるものがあまりにも少なかった。雲をつかんでいるようなものだった。ラマディンのことをなんとか理解して吹っ切りたいのに、捉えきれなかった。だいいち、彼の願いや苦しみを、一四歳の少女にどうやって理解できただろう。

すると彼女が言った。「先生が何を望んでいたか、知ってるわ。いつもしゃべりつづけてたのは、いろんな三角形のこととか、時速五〇キロで走る列車についての数学の問題とか……お湯をいっぱいにした湯船に、体重六〇キロの人が入ったらとか。わたしたち、そういう勉強をしていたの。でも、先生はほかのことを求めてた。わたしを救いたいと思ってたのよ。自分の世界に連れていきたかったの。まるでわたし自身の世界はないみたいにね」

我々はこの世で孤独のうちにある人を救いたいと願いつづける。いわば男の習性で、願望を妄想のなかで叶えるようなものだ。だが、ヘザー・ケイヴはごく若くして、ラマディンが自分に何を望んでいるか、察していた。しかも、あの夜、自分から頼み事をしたにもかかわらず、彼の死に責任を感じることは一切なかった。彼が関わったのは、本人がどうしてもそうしたかったからなのだ。

「たしか妹さんがいたでしょう?」

「うん」僕は答えた。「僕と結婚したんだ」

「それでわたしに会いに来たの?」

「いや。彼は親友だったから。〝相棒《マーチャン》〟さ。昔、ものすごく大事な友だちがふたりいて、そのひとりなんだ」

「そう。お気の毒でした」それから彼女は言い足した。「あの笑顔、よく覚えてるの。いつもフラットから帰るとき、わたしがドアを閉めるまえに見せてくれた微笑《ほほえ》み。電話でさよならを言うとき、声が悲しげになるみたいに。声がそんなふうに変化するの、わかる?」

帰ろうとして立ち上がると、彼女はテーブルのこちら側に来て僕を抱きしめた。まるでこうして会いに来たのが、ラマディンのためではなく僕のためだということを、知っているかのように。

第36章

ある夏の宵、僕たちが暮らすコリアーズ・ウォーター・レインの庭つきのフラットで、パーティーの最中にリビングに戻ると、マッシが部屋の向こうで壁にもたれるようにしながら、僕も彼女もよく知る人物と踊っていた。互いの顔が見える距離を保って踊りながら、彼女の右手がサマードレスの肩ひもを持ち上げ、わずかにずらした——彼女がそれをちらっと見下ろすと、相手も同じようにした。その視線に彼女も気づいていた。

そこには友人たちが勢ぞろいしていた。レイ・チャールズが「バット・オン・ジ・アザー・ハンド、ベイビー」を歌っている。僕は部屋の中ほどに進んだところだった。それ以上見るまでもなく、会話を聞くまでもなく、ふたりのあいだに慈しみが流れていることがわかった。それは僕たちのあいだからは消えてしまったものだった。

ほんのちょっとした仕草なのにね、マッシ。でも、失ってしまったものを探すと、至るところに見つかるんだ。裸の馬に乗るようにして君の兄さんの死を乗り越えてから、数年が過ぎていた。お互い、自分ひとりではどうすることもできなかった。

マッシと僕が別れたとき、実はいちばんショックを受けたのは彼女の両親だった。一方、当人たちは、結婚のくびきに縛られず、もっと穏やかな関係になることを望んでいた。だが、結局は、もう会うこともなくなってしまう。

彼女がサマードレスの肩ひもをほんの数ミリ動かすのを見たとき、歳月が吹き飛んでしまったのだろうか。そのせいで、あの共通の友人を誘っていると思ったのだろうか。まるで、彼女の肩の、日に当たらないわずかな部分を見ることが、彼にとって突然ものすごく大事なことになったみたいに。こんな話をするのも、恨んだり責めたり、拒絶したり言いあったりしてから、ずいぶん経ったからだ。あの仕草に特別なものを読み取らせたのは、一体何だったのか。僕はうちの狭い庭に出てたたずみ、夜のコリアーズ・ウォーター・レインを飛ばしていく車の音に耳を傾けた。すると、絶え間なく聞こえる海の音がよみがえり、突然、オロンセイ号の暗がりにいたエミリーが浮かび上がった。恋人とともに手すりにもたれ、自分のむき出しの肩にちらっと目をやってから、星空を見上げた姿。そして思い出したのは、自分のなかでも形を成しはじめていた、性の芽生えだった。一一歳という年齢なりの。


この前ラマディンについて考えたときのことを話そう。僕はイタリアにいて、紋章に興味を持ち、ある城で両端が上に向いた三日月についてガイドに説明を求めた。いくつもの三日月と剣は、一族の者が十字軍に加わったことを意味するという答えだった。一代限りの従軍なら、かぶと飾りに三日月が一つだけつくという。それからガイドは、聞かれもしないのにこう付け加えた。三日月の上に太陽があるのは、一族に聖人がいるということですよ。そのとき僕は、ラマディンを思った。そう、彼のすべてが、まるで聖人のようなものとして、僕の頭にぱっと浮かんだのだ。かしこまった聖人ではない。人間的な感じだ。彼はひそかに結びついた僕たち一族にとっての聖人だった。

第37章　ポートサイド

一九五四年九月一日、オロンセイ号はスエズ運河を通り抜けた。ポートサイドの町に近づき、静かに通りすぎるあいだ、空は砂にけむっていた。僕たちは徹夜して、車の行き交う音やクラクションの音、町のラジオ放送に耳をすました。

夜明けにようやく甲板を離れ、階段を下りて、牢獄のような明かりが灯る灼熱の機関室に行った。これが毎朝の習慣になっていた。ここでは男たちが大汗をかき、消火用バケツの生ぬるい水を飲む。まわりではタービンが回転し、ピストンを激しく押しもどす。オロンセイ号の機関士は一六人だ。八人が夜勤、八人が日勤で、ツインプロペラを動かす四万馬力の蒸気機関を念入りに世話しており、そのおかげで海が静かなときも荒れたときも航海を続けられる。僕たちが早く着いて、夜のシフトの終了に間に合うと、みんなにくっついて日光の下に出ていく。機関士たちは囲いのないシャワー室にひとりずつ入り、それから海風で体を乾かす。朝の静けさのなかに彼らの声が響きわたる。ちょうどそこはつい一時間前、例のオーストラリア人のローラースケーターが立っていた場所だ。

だが、ポートサイドでドックに入った今は、タービンもエンジンもすっかり止まり、乗組員には別の目的と任務があった。いつもは人目につかない仕事が、表舞台に出るのだ。紅海と運河を旅したため、砂漠の砂が、船体のカナリア色のペンキを点々とはがしてしまった。そこで、地中海の港で僕たちが一日のんびりしているあいだ、水夫たちはロープで吊った作業台に乗り、黄色い船体をこすったり塗装しなおしたりし、機関士と電気技師は猛烈な暑さのなか乗客のあいだを動きまわり、旅の最後の行程に向けて船の調整に励んだ。操機員は煙突に風を当てて油かすを吹き飛ばし、黒い痰《たん》のような物を樽に集める。船が出港したらすぐ、その樽を扇形の船尾に運び、舷側から中身を捨てるのだ。

そのあいだ、船倉の各所から荷物が運び出された。午後のにわか雨が、三層下の船倉の底まで降り注ぐなか、働き手たちはびしょ濡れになって三〇〇キロのドラム缶を転がし、待ちかまえているクレーンの下まで運んで、チェーンを引っかけI型の桁まで持ち上げる。茶箱や生ゴムのシートをつかんでは、開口部を目がけて放り上げる。アスベストの袋が空中で破裂する。それは張りつめた、猛り狂うような作業だ。うっかり荷物から手を放したら、一五メートル下の暗黒へ落としかねない。もし誰かが死んだら、遺体は漕ぎ船で港へ運ばれ、そこでお別れだ。

第38章　ふたりのバイオレット

この頃になると、ミセス・フラビア・プリンスのオロンセイ号における地位は、相当なものになっていた。船長のテーブルにも招かれたし、航海士のお茶会のブリッジにも二度ほど呼ばれた。だが、Aデッキのサロン内で権威を持つようになったのは、なんといってもフラビアおばさんと、友人ふたりのデュプリケート・ブリッジの腕前が結びついたからだった。

バイオレット・クーマラスワミとバイオレット・グルニエ、人呼んで〝ふたりのバイオレット〟は、シンガポールからバンコクまで、アジア各地のブリッジ大会にたびたびセイロン代表として出場していた。だから、航海中に出会う、さほどやる気のないカードプレイヤーよりも強かった。この女性たちはプロであることを明かさず、派手な賭け勝負で人目を引いた。毎日、午後になると、おとなしそうな独身男性を日替わりで見つけ、三番勝負を二回、相手させるのだった。

実のところ、カードゲームは名目で、その男性に求婚の意志があるかどうか、今後の可能性をじっくり調べるためのものだった。というのは、若いほうのバイオレット、ミス・クーマラスワミは、ちょうど花婿を探していたからだ。そのため、本当は三人のうちでいちばん抜け目のないプレイヤーなのに、〈デリラ・ラウンジ〉のカードテーブルでは猫をかぶって、大きなチャンスが来ても低くビッドしたりためらったりした。たまたまスリーノートランプを天才的に決めてしまうと、顔を赤らめ、カード運はたしかに強いが、残念ながら愛情運はないと嘆くのだった。

あの三人の女性たちが、孤独な紳士を取り囲んでわなに掛ける場面を、僕はいまだに思い浮かべる。紳士たちはアップアップしながら、致命的な深みにはまったことにも気づかない。ふたりのバイオレットとフラビアは、腕輪やブローチを鳴らし、光らせながら、とどめのカードを出したり、カードを胸もとに恥ずかしそうに押し当てたりする。紅海を通過中、茶農園をいとなむ中年男性が、三人のうちでもっとも若いハンターの魅力に屈しそうになった。だが、結局、思ったよりも臆病だったらしい。ポートサイドに泊まっているあいだじゅう、バイオレット・クーマラスワミは船室にこもって泣いていた。

僕が何より見たかったのは、フラビアおばさんと、僕と同室のヘイスティさんがカードをするところだった。彼は降格されたことでまだ落ちこんでいた。犬たちを恋しがり、読書のできるひまな時間をなつかしんでいた。ふたつの異なる世界がぶつかる勝負をぜひやってほしかった。ふたりのバイオレットは、イカサマなしのゲームで彼に負かされるのだろうか——場所は〈デリラ・ラウンジ〉か、あるいは真夜中のわが船室か。いや、ここはやはり、中立地帯である船倉の奥深く、裸電球の下で折りたたみ式のカードテーブルを囲むのが一番だろう。

第39章　二つの心臓

ヘイスティさんが犬舎主任の仕事を失ったことにより、夜のカードゲームも以前ほど頻繁には行われなくなった。何よりまず、インバニオさんが昇格したために、ふたりのあいだで言い争いが多くなった。それにヘイスティさんは、日盛りのなかでペンキをはがす作業をやらされるようになったので、犬を見張りながら神秘主義の本を読んでいただけの頃ほどには元気がなかった。以前は犬舎で、ふたりして朝食を分けあっていた――ウイスキーを飲み、それからポリッジ〔スコットランドで朝食によく食べられるオーツ麦の粥〕らしきものを、洗った犬用の皿で食べるのがお決まりだった。今ではお互いめったに顔を合わせない。それでもたまに、夜遅くブリッジのゲームをすることがあり、僕は四人を眺めているうちに眠ってしまうが、負けるたびに大声をあげるバブストックさんに起こされる。彼とトルロイさんは無線通信士で、夜の休憩時間にへとへとになってゲームをしに来るのだった。今や仕事がいちばん楽なインバニオさんだけが、ちょっとした勝利にも手をたたいて喜んだ。ダルマシアンやテリアの匂いをただよわせているので、ヘイスティさんはイライラしっぱなしだった。

扇状船尾の横には黄色い船尾灯がついていた。暑さがきびしい夜、僕の同室者は自分の寝台をそこへ引きずっていき、手すりに結わえつけて、星の下で眠るのだった。そういえばコロンボを出港して最初の数晩も、きっとそこで寝ていたのだろう。カシウスとラマディンと僕は、いつもの夜の探検中に彼を見つけ、若い頃マゼラン海峡を通ったときに始めた習慣だと教えてもらった。そのときは乗っていた船が、色とりどりの氷山に囲まれていたそうだ。ヘイスティさんは商船の〝軍人〟で、アメリカ大陸やフィリピン諸島、東アジアまで旅をし、出会った人々の影響ですっかり変わってしまったという。「思い出すのは女たちとか、絹の服とか……仕事のことはさっぱり覚えていない。俺は困難な冒険を選んだんだ。あの頃は本なんて、ただの言葉にすぎなかったな」夜更けの空気のなか、ヘイスティさんはとめどなくしゃべりつづけた。そうした晩に、黄色い明かりのそばにいる彼を訪ねて聞いた話は、僕たちの心をときめかせ、おののかせた。彼はダラーライン汽船に勤め、パナマ運河を航海していた――ペドロ・ミゲル閘門《こうもん》、ミラフローレス閘門、ゲイラード・カット。彼いわく、そこはロマンスの世界だ。人の掘った水門、運河の両端にある玄関口の町。そして彼はバルボアの港で、土地の美女に誘惑され、酔っぱらって船に乗り遅れ、その女と結婚し、五日後に逃げ出して、次に出るイタリア船に職を得た。

ヘイスティさんはたばこをくわえたまま、淡々とした口調でのんびりと話した。控えめなささやき声が、煙の向こうから聞こえてきた。僕たちは彼の話をすっかり信じた。〝女房〟は決してあきらめず、港から港へ追いかけてきたそうだ。写真を見せてほしいと頼むと、彼は「特別に拝ませてやる」と約束したが、決して見せてくれなかった。僕たちが想像したのは、ものすごい美人で、燃えるような目をし、馬にまたがる姿だった。というのには理由があって、ヘイスティさんがバルボアを出るイタリア船に雇われたころ、アナベラ・フィゲロアは彼の置き手紙を読んでいた。自分が悪いといいながら、とりつく島もない手紙で、それを読んだときはもう、彼女はその船に間に合わなかった。そこで二頭の馬を用意して飛び乗ると、怒りに燃えて一気にペドロ・ミゲル閘門まで突っ走り、その蒸気船に一等船室の客として乗りこんだ――旅客係の制服を着た彼に給仕させるためだった。彼のぎょっとした顔にも、おべっかにも、洟《はな》も引っかけなかったが、夜になるとほかのふたりの乗組員との狭い相部屋に入ってきて、彼の腕に飛びこんだ。話を聞いた晩、僕たちは妄想に大忙しだった。

黄色い船尾灯のそばで、さらに話の続きが語られた。しばらくして、別の船でのこと。ふたりの関係に対するためらいをふたたび白状したあと、ヘイスティさんが四日目の月を眺めていると、彼女がひそかに忍びより、肋骨のあたりを二度ナイフで刺した。心臓から「聖餅の厚さ」しか離れていなかった。意識を失わずにいたのは、ひとえに冷たい風のおかげだ。もし彼女が南米の小柄な娘ではなく、もっと体格がよかったら、きっと手すりの上まで抱えあげられ、海に放りこまれていたに違いない。彼はそこに横たわり、大声をあげた――夜の静けさのせいで、その叫びはより大きく響いたのだろう。幸い、夜警がその声を聞きつけた。アナベラ・フィゲロアは逮捕され、わずか一週間だけ投獄された。「婦人の絶望だとさ」へイスティさんが解説した。「南米の刑法ではその一言でくくられるんだ。『催眠状態での運転』と同じ程度だな」。愛とはそういうもの、あるいは、少なくとも当時はそういうものだった……。

「女には狂気がある」彼は僕たち三人に説明しようとした。「用心して近づかなくちゃいけない。こっちが寝たいとか飲みに連れていきたいとか思ってるとき、やつらは野生のシカみたいにかわいくて、おずおずとしてるんだ。でも、別れるときは、やつらの本性に隠されていた坑道を落ちていくようなものさ……刺されるなんて何でもない。屁でもないさ。そんなのへっちゃらだった。だが、バルパライソ〔チリの港町〕でまたあいつが現れた。刑務所から釈放されたんだ。ホマン・ホテルで追い詰められた。俺は運よく腸チフスにかかっていた。ナイフで刺されたとき運ばれた病院で感染したんだろう。ありがたいことに彼女は腸チフスをものすごく恐れていた。その病気で死ぬと占い師に告げられたことがあったんだ。だから、それっきり俺から去っていった。つまり、左の心臓のそばをナイフで刺されたおかげで、彼女との永遠の宿命から救われたんだ。もう二度と会うこともないだろう。左の心臓と言ったのは、男には二つあるからだ。二つの心臓。二つの腎臓。二つの生き方。俺たちは対称形の生き物なのさ。感情もバランスが取れているんだ……」

それから何年ものあいだ、僕はその話をすべて鵜呑みにしていた。

「とにかく、病院で腸チフスの治療中、ふたりの医者にブリッジを教わった。それに、読書も始めた。若い頃は、本が心にしみることなんてなかったんだ。わかるかな？　もし、この『ウパニシャッド』の本を二〇歳のときに読んでいたら、とても受けいれられなかっただろう。あの頃は心に余裕がなかったから。だが、これを読むのは黙想するのと同じことだ。今では俺を救ってくれる。今なら彼女のよさもわかるんじゃないかな、もっと簡単に」

ある午後、僕はフラビア・プリンスと、気乗りしないまま立ち話をしていた。船の横を見下ろすと、揚がっている錨にヘイスティさんがまたがり、船体にペンキを塗っていた。まわりにも縄ばしごに乗る水夫たちがいたが、彼の禿げ頭はカードゲーム中にいつも見慣れていたから、すぐにわかった。シャツを脱いでいて、体が日に焼けていた。僕は彼を指さしておばさんに教えた。

「あの人はこの船で最高のブリッジ・プレイヤーなんだって」僕は言った。「パナマとか、あっちこっちで優勝したって……」

彼女は視線をヘイスティさんから水平線まで上げた。「だったらあんなところで何をしているんでしょうね」

「聞こえちゃうよ」僕は言った。「でも、毎晩、みごとな勝負をしてるんだ。相手はバブストックさんとトルロイさん、それと今は犬の管理をしているインバニオさん。全員が国際チャンピオンなんだよ！」

「本当かしら……」彼女はつぶやいて、自分の爪を見た。

僕は彼女のそばを離れ、ラマディンとカシウスがいる下の甲板へ行った。ヘイスティさんの仕事を眺めていると、彼がちらっと目を上げたので、僕たちは手を振った。彼はゴーグルを額に押し上げ、僕たちに気づいて、手を振り返してくれた。僕のお目付役がまださっきの場所にいて、この瞬間を目撃していますようにと願った。それから僕たち三人は、ちょっと気取って歩きだした。こちらに気づいて手を振ってくれたことが、僕たちにとってどんなに大きな意味を持つか、ヘイスティさんが知ることはないだろう。

＊＊＊

船内での地位が上がったせいか、あるいは嵐のあとに僕が嘘の証言をしたせいか、フラビア・プリンスは僕のお目付役でいることにあまり興味がなくなったらしい。今では面談も外の甲板であっさり済ませたがる。まるで保護観察官のように、質問を二つ三つ並べるだけだ。

「船室は過ごしやすい？」

僕はちょっと黙ってもったいをつけた。「はい、おばさん」

彼女は知りたいことがあるらしく、近寄るように合図した。

「一体全体、一日じゅう何をしているの？」

僕は機関室に入りびたっていることも、オーストラリア人がシャワーを浴びるときに服が濡れるのを見てわくわくすることも、話さなかった。

「幸いなことに」こちらが黙っていると彼女が口を開いた。「運河を通過中は、ほとんどずっと眠っていられたわ。ものすごく暑くてねぇ……」

彼女はまた宝石をいじっている。ふと、男爵に僕のお目付役の船室番号を教えなきゃ、と思いついた。

だが、男爵はすでに船を降りてしまっていた。ポートサイドで、ヘクター・ド・シルヴァの令嬢を連れて下船したのだ。彼はずっと令嬢を慰めていたという話だから、きっとうまく持ちかけて、これからの紳士的な犯罪に加わるよう誘い、船室でふたりきりになって、ケーキと美味しいお茶をごちそうしたのだろう。彼は薄い小型スーツケースを持っていたが、そこには貴重な書類や、ひょっとするとミス・ド・シルヴァの写真まで入っていたのではないか。彼がそれを持っていることは僕がよく知っていた。彼はタラップからこちらに向かってうなずき、別れを告げた。するとカシウスがひじでそっと僕を小突いた——泥棒に加担していることを打ち明けてあったからだ。自分の役割を実際よりご大層なものとして話したが。ド・シルヴァの相続人は、黙りこくって男爵の横を歩いていた。悲しみのせいだったのだろう。それともすでに、男爵の魅力のとりこになっていたのか。

僕たちはポートサイドでは陸に上がらなかった。〝ガリー・ガリー・マン〟を見るために残ったのだ。オロンセイ号の手すりから眺めていると、〝ガリー・ガリー・マン〟はカヌーで寄ってきて、服の袖やズボン、帽子の下から、鶏を出しはじめた。くしゃみをして、鼻からカナリアを引っぱり出し、それを港の空へ放してやった。カヌーが波に揺られるその上で、彼が痛みに跳びはねると、ズボンの前から雄鶏がとさか頭をのぞかせた。さらには袖からヘビが滑り落ちるのも見せてもらった。二匹のヘビは彼の足元で真ん丸にとぐろを巻き、カヌーにコインが降り注いでもびくともしなかった。

翌朝早く、ポートサイドを出港した。水先案内人がランチに乗って来てこちらに移り、港から船を導き出した。その無頓着な態度は、運河に入るときに口笛と大声で誘導してくれた男とよく似ていた。双子か、少なくとも兄弟ではないかと思われた。任務を終えると、安っぽいサンダルのかかとをパタパタ鳴らしながら、ゆっくりとブリッジを離れ、あとをついてきていたランチに戻っていった。ここから先の港の水先案内人は、もっと格式張ってくる。マルセイユで乗りこんだ水先案内人なんて、長袖シャツに白ズボン、白塗りの靴といういでたちだった。船を入港させる指示も、小声で、唇をほとんど動かさない。僕の見慣れていた水先案内人たちは、半ズボンをはいて、ポケットからめったに手を出さなかった。乗船して最初に注文するのは、たいてい、リキュールと作りたてのサンドイッチだ。彼らのだらけた雰囲気、お抱え道化師のような風情を、のちに僕はなつかしむようになる。まるで外国の王様の宮廷で、一、二時間ほど気兼ねなく歩きまわり、やりたい放題できると思っていているふうだった。だが、僕たちはすでに、ヨーロッパの海域に入っていた。

＊＊＊

マザッパさんもまた、ポートサイドで去っていった。タラップがたたまれて片づけられても、僕は彼が戻ってくるのを待っていた。ミス・ラスケティも僕たちのそばにいたが、出航の鐘が響きはじめ、かたくなな子どものようにしつこく鳴るうちに、そっとその場を離れてしまった。それからタラップそのものが埠頭から移動されていった。

最近やっとわかったのだが、マザッパさんとミス・ラスケティは、当時ずいぶん若かった。彼が船から消えたあのとき、ふたりとも三十代だったに違いない。マックス・マザッパはアデンの港を出る頃までは、〈キャッツ・テーブル〉の誰よりも元気に満ちあふれていた。ぶしつけなほどの屈託のなさでみんなをまとめ、にぎやかな食卓にすることにこだわった。怪しげな話をささやくときでさえ、あけっぴろげだった。おとなにも喜びがあるのだと教えてくれた。でも、僕にはわかっていた。未来はそんなに劇的で楽しくていんちきなものではない。彼がカシウスとラマディンと僕のために語ったり歌ったりしてくれたようなものではないのだと。彼はとにかく豪快で、女性の魅力も欠点も知り尽くし、すばらしいピアノのラグタイムやトーチソング、違法行為や裏切りにもくわしかった。完璧な演奏をしたという名誉を守るために発砲した音楽家がいることも、シドニー・ベシエのジャズナンバーの短い空白にダンスフロアじゅうから「オニオンズ！」と声が上がることも話してくれた。そして、男は「Ever Grasping Your Precious Tits《大事なオッパイをいつもつかむべし》」ということも。彼が僕たちのために作ってくれたジオラマには、なんという人生が描かれていたことか。

　だから、いつの間にか彼の心を侵したものが何なのか、僕たちには見当もつかなかった。偉大なるベシエの弟子に、どす黒い闇が入りこんだようだった。僕はマザッパさんの何を理解していなかったのだろう。ミス・ラスケティとのあいだで育まれていた友情に、ちゃんと気づいていなかったのか。タービン室の集まりで、僕たちは大恋愛の物語をでっち上げた——ふたりが食事の合間に礼儀正しく席を立ち、たばこを吸いに甲板へ出て行く様子。外はまだ明るく、木の手すりにもたれるふたりの姿が見える。世の中についてお互いが知るあれこれを語りあっていたのだろう。彼女の裸の肩に、彼が上着をかけてあげたこともある。「インテリ女かと思ったよ、最初はな」と彼女について言っていたっけ。

　マザッパさんがオロンセイ号を降りてから一日か二日、あらためて彼のことがさまざまに取り沙汰された。たとえば、なぜわざわざ二つも名前が必要なのか？　それに、子どももがいることもまた話題になった。（うちのテーブルの誰かが、「授乳について話していた」と言いだした。）それで僕は、その子たちも僕たちが聞いたのと同じ冗談や忠告をもう聞かされただろうかと考えた。また、こんな意見もあった。おそらく彼は、ここからあそこまで行くというような、自由の身でいるあいだに限って、陽気でいられるタイプの人間なのではないか。「もしかしたら、何度も結婚してるのかも」ミス・ラスケティが静かに口をはさんだ。「彼が死んだら、未亡人が同時に何人も生まれるんじゃないかしら」。その言葉のあと、みんなは黙りこんで、彼女もプロポーズされたのだろうかと想像を巡らせた。

僕は、ミス・ラスケティがマザッパさんの下船で打ちひしがれ、青ざめた顔をしてテーブルに現れるものとばかり思っていた。ところが、旅が続くうちに、彼女は仲間うちでいちばん不思議で、驚くべき存在になっていく。彼女の発言には茶目っ気たっぷりのユーモアが感じられた。僕たちのそばに来て、マザッパさんがいなくなったことを慰めてくれ、自分も寂しいと言った。その「も」という言葉がまるで宝物に思えた。いなくなった友の神話が続くことを僕たちが求めていると察した彼女は、ある午後、マザッパさんの声色をまねて、こんな話をした。俺の最初の結婚は、まさに裏切りで終わった。いきなり家に帰ったら、女房があるミュージシャンと一緒にいたんだ。そして彼はミス・ラスケティにこう打ち明けた。「もし銃を持ってたら、そいつの心臓に一発お見舞いしていたところだ。だが、部屋にあったのは、やつのウクレレだけだった」彼女はこの逸話に吹き出したが、僕たちは笑わなかった。

「彼のシチリア人らしい態度がとても好きだったわ」彼女は続けた。「たばこに火をつけてくれるときもそう。腕をいっぱいに伸ばすの、まるで導火線に点火するみたいにね。肉食動物みたいに思われがちだけど、線の細い人なのよ。言葉の選び方や口調が堂々としているだけ。わたし、仮面やペルソナについてはよく知ってるの。専門家だからね。彼は見かけより優しい人だった」こうした話を聞くと、やっぱりふたりのあいだには熱い気持ちが通っていたのではないかと思われた。彼についで話す彼女の口ぶりからして、互いに心の友であることは確かだった。「未亡人が同時に何人も」というせりふとは裏腹に、というよりも、だからこそよけいに。もしかしたら、船の電報を使って連絡を取りつづけるかもしれないので、無線通信士のトルロイさんに聞いてみようと思った。だいいち、ポートサイドからロンドンまでは、それほど遠くない。

やがてマザッパさんの話はふっつり途絶えた。ミス・ラスケティでさえ話題にしなくなった。彼女は自分の殻に閉じこもってしまった。午後はたいていBデッキの日陰で、デッキチェアにいる姿が見られた。いつも決まって『魔の山』を持っているのに、読んでいるところは誰も見たことがなかった。よく犯罪スリラーのページをひらいていたが、どれも期待はずれのようだった。彼女にとって、この世はどんな本のストーリーより思いがけないものだったのではないだろうか。彼女が、読んでいた推理小説にひどく苛立《いらだ》って、日陰の椅子から腰を浮かし、そのペーパーバックを手すりの向こうの海へ投げこむところを、二度ほど見かけたことがある。

第40章

　スニル、すなわち、ジャンクラ一座のメンバーであるハイデラバード・マインドは、今やしょっちゅうエミリーと一緒にいるようになった。わが従姉《いとこ》の興味をそそり、惹きつけたのは、彼のおとなっぽさだったと思う。スニルのことは遠くからでもすぐわかった――やせた体で、軽業のように歩く。見ていると、彼の片手がエミリーの腕をなぞり、袖のなかに入って、支配するように押さえる。そうしながらも、彼女のあこがれる世界の複雑なあれこれについて語りつづける。

　だが、船がポートサイドに入った頃、ふたりは一緒にいても落ち着かない様子に見えた。並んで歩きながら、彼はあの細く引き締まった腕で、何やら説得しようという身ぶりをする。やがて、彼女が無関心なのを見て取ると、笑わせようとしてごまかすのだった。一一歳の少年でも、訓練された犬のごとく、まわりの人たちの仕草を読み取れるし、人間関係のなかであちらが強くなったりこちらが強くなったりするのを理解できる。僕が思うに、エミリーの持っていた力は、美しさと若さだけ、あとはひょっとしたら本人も自覚していない何かがあったかもしれない。そして彼は、言い負かすことで、あるいはそれに失敗したら、手近な物ですばやく曲芸をするか、片手で逆立ちをするかで、彼女のその力をわがものにしようとしていたのだ。

エミリーが彼と関わっていなかったとしても、僕は彼について知りたいと思っただろう。

第41章

僕は食堂で、三つのテーブルから等しい距離に陣取っていた。一つのテーブルには、幼い子どもを連れた長身のカップル。別のテーブルには、小声で話している女性たち。そしてもう一つには、いかめしい男がふたり。僕はうつむいて、本を読むふりをしていた。そして聞いていた。自分の耳が子連れのカップルに焦点を絞るのをイメージした。女性は男性に、胸の痛みを訴えていた。そして、あなた一体どうやって眠ったの、と質問した。相手は「さあね」と答えた。第二のテーブルでは、女性のひとりがこうささやいた。「それで彼に訊ねたの。『媚薬で、しかも下剤だなんてこと、あるの？』って。そうしたら彼が言うには、『まあ、要はタイミングだね』ですって」。第三のテーブルでは、何の動きもなかった。僕はふたたび子連れの夫婦に聞き耳を立てた。医者とその妻だ。彼は妻に効きそうな粉薬の名をあげていた。

僕はどこにいてもこんなふうだった。ミス・ラスケティに言われたからだ。「耳と目をしっかり開けておかなきゃだめよ。世の中、何でも勉強なんだから」と。そして、セント・トーマス・カレツジの古い試験問題集を、耳にしたあれこれで埋めつづけた。

試験問題集――小耳にはさんだ会話メモ　一二日目から一八日目まで

「本当だよ――ストリキニーネは、嚙みさえしなきゃ、飲んでも大丈夫なんだ」

「奇術師のジャスパー・マスケリンは、戦争中に砂漠での〝小細工〟をすべて仕組んだ。戦後は本当に手品師になったのさ」

「船べりから物を投げ捨てることは、固く禁じられております、マダム」

「あいつは船に乗っている性犯罪者のひとりだ。〝回転ドア〟と呼ばれてる」

「ギグスから鍵を取るのは無理だ……」「じゃあ、ペレラから奪わなくちゃ」「しかし、どいつがペレラだ？」

第42章

〈キャッツ・テーブル〉の面々は、マザッパさんの下船のせいでまだしょげかえっていた。そこでダニエルズさんは、メンバーのみんなと、ほかにも数人に声をかけて、気楽な食事の会を催すことにした。僕がエミリーを誘うと、友だちのアスンタも連れていっていいかと訊かれた。エミリーは耳の不自由なあの少女を、ますます守ろうとしているようだった。ヘクター・ド・シルヴァが死んでから暇をもてあましているアーユルヴェーダ医も招かれた。彼とダニエルズさんが甲板を歩きながら熱心に話しあう姿が、たびたび見られるようになっていた。

みんなでタービン室に集合し、すぐにひとりずつ、鉄のはしごを暗闇へ降りていった。ラマディンとカシウスと僕、それにアーユルヴェーダ医だけが、〝庭園〟への旅を経験していたが、ほかの人たちはどこへ行くのかわからず、それぞれにぶつぶつ言っていた。一番下まで降りると、ダニエルズさんはふたたび、深く謎めいた船倉の世界をさっさと歩き出した。裸の女たちを描いた壁画の前を通るとき、忍び笑いがちょっと聞こえた。カシウスはすでに、壁画のことを知り尽くしていた。

ある日、うまくひとりで船倉に入りこみ、壁画の前に箱を押していってその上に乗り、巨大な人々と同じ高さに立った。午後じゅうずっと、薄暗がりのなか、そうやって立ちつづけていたのだった。

ダニエルズさんに導かれて角を曲がると、目の前に彼の庭が広がり、そして料理がいっぱいに並ぶテーブルがあった。ぶつぶつ言っていた声がぴたっと止まった。どこかで音楽まで鳴っている。またしてもミス・クィン・カーディフの蓄音機の出番で、今回は船倉の別の部門で働く荷役のところから拝借してきたのだった。エミリーはレコードの山から、いろいろなSP盤を選びだした。マザッパさんが残していってくれたものもあるそうだ。お客の何人かは、緑の葉が茂る整備された小道を歩き、アーユルヴェーダ医が――いつものことだが、まるで秘密を明かすような口調で――スターフルーツからとれるシュウ酸は寺院の真鍮《しんちゅう》飾りを磨くのに使われます、などと解説した。エミリーはしきりに踊りたがり、物言わぬアスンタを抱きよせ、音楽に合わせて体を揺らした。細い小道で黄色いドレスをひるがえす彼女は、スターそのものだった。

オロンセイ号での食事をすべて振り返ったとき、真っ先に思い浮かぶのは、正式な食堂で、船長からはるかに遠い、もっとも恵まれない席で食べたときのことではない。船の奥深く、長方形に照らされた場所での食事だ。タマリンドのジュースが配られたが、おそらく一フィンガー分のアルコールが入っていたに違いない。僕たちのホストがとっておきのたばこをくゆらせると、かがみこんで足首の丈の植物を観察していたミス・ラスケティが、顔を上げて空気の匂いをかいだ。

「あなたって一筋縄ではいかない人ね」彼女はつぶやきながらダニエルズさんのそばに来た。「ここにある、見た目は無害そうな葉っぱを使って、独裁者の毒殺だってできるんでしょ」しばらくしてダニエルズさんが、抗菌性のトウガラシとパパイヤは、手術後の血塊を壊すのに使えると説明すると、彼女は片手で彼の袖にふれ、こう言い添えた。「ガイズ病院に雇ってもらってもいいわね」仕立て屋のグネセケラさんは、みんなのあいだを幽霊のようにうろつき、ふんふんとうなずいていた。何を聞いてもうなずくのは、そうすれば自分から話さずに済むからだった。そして今は、アーユルヴェーダ医と並んで立つ、ホスト役のダニエルズさんを眺めていた。彼はマダガスカル産のニチニチソウを指し示し（糖尿病と白血病に効果があると説明した）、それから、インドネシア産のサワーライム、彼いわく〝魔法の果実〟をいくつか摘み、まもなく食卓に出すと言った。

それから僕たちは、新たな〈キャッツ・テーブル〉で食事を囲んだ。頭上に吊された明かりが揺れていた――なぜかその夜は船倉にそよ風が吹いていた。それとも、海のうねりのせいだったのか。僕たちの背後には、ミドリサンゴの葉が暗く茂り、黒ヒョウタンノキが一本生えていた。テーブルには水のボウルが置かれ、花が浮かべてあった。僕の向かいには従姉《いとこ》が座り、テーブルに両腕をのせ、またたく光のなかで真剣な表情を見せていた。その隣にはネヴィルさん。かつて船を解体していた大きな手をボウルに伸ばし、優しく揺すると、ちらちらするランプの光の下で、花びらが水の上をそっとただよった。彼はいつもどおり、誰も話しかけてこないことなど気にもせず、ゆったりと黙りこんでいた。エミリーはその反対のほうへ体を傾け、身寄りのない娘に何やら小声で話しかけた。少女はちょっと考えてから、内緒の話をエミリーの耳もとでささやいた。

誰ひとり、せかせかすることのない食事会だった。前に乗りだして光に当たらなければ、みんな影におおわれ、姿も見えなかった。それぞれが夢うつつのように、ゆっくりと動いた。蓄音機のぜんまいが再び巻かれ、インドネシアのライムが回された。

「マザッパさんに」ダニエルズさんがそっと言った。

「サニー・メドウズに」みんなも応じた。

洞穴のような船倉に僕たちの言葉が響き、しばらくは誰も身じろぎ一つしなかった。蓄音機から音楽が流れつづけ、サックスのロングトーンが鳴りわたるだけだった。どこかにタイマーが仕掛けてあるらしく、かすかな霧が一〇秒間ほど、植物やテーブル、そして僕たちの腕や肩にも降り注いだ。体が濡れないようにする者などいなかった。レコードが終わり、針が盤面をこすりつづけて、持ち上げられるのを待つ音が聞こえてきた。目の前にいる女の子ふたりは交互にささやきあい、僕はじっくりその様子を見つめ、耳をすましていた。口紅をつけた従姉の唇をよく観察する。言葉があれこれ聞こえてきた。なぜ？　いつの、こと？　少女は首を振った。おそらく、わたしたちを助けてくれないかしら、と言ったのだと思う。するとエミリーはうつむき、しばらく何も言わずに考えこんでいた。テーブルのこちらと向こうのあいだには、暗闇が溝を刻み、僕はその闇を通して、あちら側のふたりを見ることができた。どこかで笑い声が上がったが、僕は黙ったままだった。グネセケラさんもまた、まっすぐ前を見つめていた。

「あの人が、あなたのお父さんなの？」エミリーが小さく驚きの声を上げた。

少女はうなずいた。

第43章　アスンタ

彼女は父親が何をしたのか、船の誰にも話さなかった。幼い頃、父がどこにいるか、何をしているか、決して明かさなかったように。父が捕まって、初めて刑務所に送られたときでさえそうだった。当時の彼はただの泥棒で、法律すれすれの商売をしていた。怖いもの知らずで面倒ばかり起こす若造のなれの果てだった。

彼にはアジアの血と、どこかよその血が混じっていた。本人にもはっきりわからなかった。ニーマイヤーという名も、受け継いだのか、盗んだのか、でっち上げたのか、定かではない。彼が刑務所に連れ去られたとき、妻子には一銭も残されていなかった。妻は正気を失いはじめ、子どももじきに、母親がもはや頼りにならないと悟った。妻は口をきかなくなり、かと思えば相手かまわず、幼い娘にさえ怒りをぶつけた。近所の人たちはどうにか暮らしを助けてやろうとしたが、彼女はいっさい受けつけなかった。そして自分を傷つけるようになった。娘はまだ一〇歳だった。

娘は人の車に乗せてもらい、カルタラ〔スリランカ西部の都市〕の刑務所へ行った。父親との面会が許された。

親子は語りあい、父は娘に、南部で暮らす自分の姉の名前を告げた。パシピアという名だ。父親がしてやれることはほかになさそうだった。ただその名前だけ。当時ニーマイヤーは三六歳くらいだった。娘は独房に押しこめられている父親を見つめた。今も身のこなしはしなやかだが、動くときは自然と音を立てないようにしていた。格子にさえぎられ、娘を抱きしめることはできなかった。こんな格子、泥棒の身なら、体にオイルを厚塗りして通り抜けるところなのに。それでも、娘の目に映る父は力強かった。黙って体を前後に揺するのが印象的で、まるであの、空間を跳び越えて人の心にささやきかけてくる、彼の静かな声のようだった。

しかし、帰りはもっと大変だった。旅のあいだに、アスンタは一一歳の誕生日を迎えた。そのことにふと気づいたのは、カルタラから五〇キロもの道のりを歩いていたときだった。帰り着いても母は家におらず、それどころか村のどこにもいなかった。母はささやかな品を残していた。葉っぱに包まれたプレゼント。茶色い革ひものついた、ところどころビーズで飾ったブレスレットだった。失踪前の、時には狂気に駆られた数週間、母がビーズを縫いつける姿を少女は目にしていた。彼女はそれを左の手首に結んだ。やがて手首にはきつくなると、髪に飾るようになる。

毎晩、少女はあばら屋でひとりぽつんと、母の帰りを待ちわびた。灯油が残りわずかだったので、ランプもほとんどつけなかった。日が暮れると眠り、まだ暗いうちに目覚め、日の出まで何もすることがない。わら布団に横たわり、頭のなかで田舎の地図を描いて、今日はどこへ母を捜しにいくか考えた。母のいそうな場所はいくらでもあった。寂れた村に身を潜《ひそ》めたり、急流に木々がおおいかぶさる川のほとりに隠れたり。ひょっとしたら、思い悩むうちに土手から滑り落ちたかもしれない。うわの空で浅瀬を渡ろうとして足を取られたかもしれない。少女はあらゆる水辺を恐れた。水面の下には暗闇があり、光に向かって手を伸ばしているのが見えるのだった。

少女は鳥の鳴き声で起きると、あばら屋を出て母を捜しにいった。近所の人たちがうちに来ればいいと勧めてくれたが、彼女は夜になると必ずあばら屋に戻った。あと二週間は捜しつづけようと、自分に言い聞かせていた。それからもう一週間とどまった。そしてようやくメモ帳にメッセージを書くと、母の寝床のわきにぶら下げて、唯一の住まいをあとにした。

内陸から南へ向かい、手に入る果実や野菜をなんでも食べて命をつないだ。でも、肉が食べたくて仕方がなかった。何度か戸口に立って物乞いをし、ダール〔レンズ豆のカレー〕を恵んでもらった。身の上話はせず、ただ、一週間ずっと旅をしてきたとだけ告げた。鉢をかかげた僧侶たちを追い越し、ココナッツ農園もいくつか通りすぎた。入口の警備員たちが自転車で昼食を届けてもらっていた。その人たちのそばで足を止め、わざわざ話しかけたのは、目の前で食べている食事の匂いをかぐためだった。ある村では、雑種の犬にくっついて裏通りを歩き、台所の戸口から投げ捨てられる残り物にありついた。切り分けたジャックフルーツを見つけ、花びらの形をした果肉をたくさん食べたら、気持ちが悪くなり、それから急に熱が出た。川に降りて水につかり、木の枝にしがみついて、体内にこもった熱を発散させた。旅に出て八日以上が過ぎたとき、四人の男たちがトランポリンを運んで道を進んでいくのを見た。自分のすべきことはわかっていた。少し離れてついていくと、やがて男たちが振り向き、誰かと訊ねた。彼女は何も言わなかった。そのあとはぶらぶら歩きながら、決して彼らを見失わず、野原を横切って雑木の丘の向こうへ消えたときも、はぐれずについていった。

そうして、テントを見つけた。パシピアに会いたいと告げると、やせた男が、ひとりの女のところへ案内してくれた。それが、父の姉だった。

パシピアはある意味で彼と似ていた。やはり獣のように動くのだった。背がとても高く、まわりの男たちや女たちを扱う様子からして、少女の父親よりもっと荒っぽく見えた。田舎の小さなサーカスを率いており、きびしい規則で一座をまとめていた。だが、アスンタに対する態度は違った。腕に抱きあげて座員たちから離れ、サンザシの茂みのほうへ歩いていった。弟の娘の髪を指でとき、その話に耳を傾けた。刑務所にいる父に会いにいったこと、母が消えたこと、何よりも肉が食べたくてたまらないこと。パシピアはこの子の母親に何度か会ったことがあった。話にうなずきながら、胸の内を少女に気取られないように気をつけた。やがて、もう大丈夫だと思い、少女を下に降ろした。

彼女はアスンタを連れて各テントをまわった。午後の暑さのため、幕が上げてあり、日射しのなかで眠る曲芸師たちが少女にも見えた。遠い海からの風が、開けた入口から吹きこんでいた。ひとりぼっちで一週間以上も旅をしてきたというのに、少女は今いる場所にまだ安心しきれずにいた。だが、伯母は、少女が根っから臆病なわけではないと見抜いていた。なんといっても、あの父親の子どもではないか。少女は最初のうち、パシピアのそばから離れようとせず、稽古の妨げになった。これから数日間、ベッデガマ〔スリランカ中央部の山村〕で公演の予定が入っている。そのあと一座は移動する。週ごとに、南部の新しい村に移るのだ。さもないと、音楽家たちが地元の娘に熱を上げて、一座を離れかねない。音楽家にそれほどたいした仕事はないのだが、彼らの奏でるファンファーレはどこのサーカスにも欠かせなかった。

少女が足手まといになるので、パシピアは日の出前に稽古をした。目を覚ましている者には、トランポリンで跳ねる音が聞こえてきた。そして薄暗がりのなか、パシピアが空中で回り、背中や膝で着地し、そしてまた暗い空へさらに高く跳ね上がる姿が見られた。日が昇る頃には汗だくで、農家の井戸へ歩いていき、つるべを引き上げて何度も何度も水を浴びた。井戸ではいつもそんなすばらしい喜びが得られた。ずぶ濡れの衣装は日に当たれば乾いてしまう。そのままの格好でテントに戻ると、ちょうど少女が目を覚ましていた。何ものにも縛られないパシピアの暮らしは、消えてしまったようだ。これまで結婚せず、子どももいなかったが、でも今は弟が戻るまで、この少女の面倒を見なければならない。

＊＊＊

物語はいつも、そこから先にある。はじめは細い糸。ほんの少しずつ関わりを増し、展開していく。自分という人間を包む殻、試練に立ち向かうためのよろいを発見する。そうやって生きる道を見いだしていく。そんなわけで、二、三週間もすると、少女アスンタの姿は空中にあった。伸ばした腕につかまれ、同時に別の木からぶら下がって揺れる者の手に向かって投げだされる。彼女は父親ゆずりの軽くて頑丈な骨格をしていた。そして、まず見せる不安の下には、うぬぼれの強い性質が潜んでいた。人を信頼するには、その性質を解き放たなければならない。それにはパシピアが力になれる。パシピアもまた、かつてはうぬぼれのかたまりだった。ぼんやりしているように見えるのに、胸に怒りを秘めた子どもだった。両親やその友人たちは、そんな彼女を怖がった。だが、曲芸師というものは、そばにいる仲間をいつでも信頼しなければならない。

サーカスは田舎の道ぞいのどこでも、木々に囲まれた場所を選んで開催された。村人たちはござを持ってきて、舗道に座った。時刻は暑さが少し和《やわ》らぐ夕方、とはいえ影が伸びて曲芸師の目がくらまないうちだ。やがてファンファーレが鳴りわたる。森の奥からも聞こえるし、高い木の枝にもトランペット吹きがいて、魔法のように音を響かせる。そして、火だるまに見える男が、顔に鳥のような化粧をし、ロープで滑りおりてきて、煙をたなびかせながら観客の頭上をかすめる。別のロープをつかみ、またぶら下がって揺れながら、観客で埋まった道をどんどん移動していく。ハープの音と口笛が流れ、やがて化粧した男は木の上に消えて、もう姿を現さない。

すると、残りのメンバーが、色とりどりのぼろ服を着て登場し、それからの一時間、木の上から宙に飛び出しては、さらに高いところから落ちてきたほかの座員の腕で受け止められる。粉まみれの男が中央のトランポリンに突っこみ、自分のまき散らした粉のなかから出てくる。男たちが重たそうなバケツを持って、木から木へぴんと張った綱を渡っていく。途中で足を滑らせ、片手だけで綱につかまって、バケツの中身を観客にぶちまける。中身は水だったり、ときには蟻が入っていたりする。曲芸師が張り綱に踏み出すたび、太鼓が鳴って、危ないぞ、難しいぞと警告し、トランペットが観客とともに悲鳴をあげたり笑ったりする。やがて、張り綱の上の男たちはみんな地上に落ちてくる。体を丸めて舗道に着地し、そして立ちあがる。彼らがそのまま立っていると、やがて観客たちが腰を上げる。これにて終演。ただしひとりだけ、上に残っている曲芸師は別だ。ロープから片足だけでぶら下がり、助けを求めてまだ叫びつづけている。

初めのうち、アスンタが飛びこんでいける相手は、パシピアだけだった。だが、それは信頼からではない。血のつながった伯母が、空中にいる自分をしっかりとつかまえてくれないなら、地上に落ちて命を失うほうがましだと信じこんでいるせいだった。そしてさらなる試練がやって来た。パシピアが高い木の上にいるアスンタから離れ、ほかの座員を目がけて飛ぶように命じたのだ。ぐずぐず考えていたらよけいに怖くなると知っていたので、アスンタはすぐに恐怖を乗り越えた。実際、受け手が進み出るひまもないほどだった。

こうして少女は、ずっと自分を待っていたよろいのなかに入っていった。今や彼女は七人のサーカス団の一員となり、南岸の田舎をまわるようになった。四つあるテントの一つで暮らし、手の早い音楽家たちを警戒するパシピアから、気をつけろといつも注意された。ある日、公演中に木の上にいるとき、アスンタはまばらな観客のなかに父親を見つけた。片手でロープをつかんで降りると父に抱きつき、ショーが終わるまでそばを離れなかった。父は数日間とどまった。正直なところ、手持ちぶさたで落ち着かず、アスンタとパシピアも気が休まらなかった。彼はすぐに、娘はどこよりも安全な場所にいるのだと痛感した。このサーカスにいれば、自分と暮らすのとは違って、娘自身の人生を歩めるだろう。

彼女は父と一緒に出て行くことなど思いも寄らなかった。それからというもの、父と娘が会うさまざまな場面で、彼女はまるでおとなのように、犯罪の深みにはまっていく父を見つめる。あるとき、父親がクスリの影響でご機嫌になって訪ねてきたとき、アスンタは無視して、顔を鳥のように塗っている曲芸師のスニルと父が仲よくなる様子をただ眺めていた。父が青年とともに笑い、例の声で相手を魅了しようとしているのを見つめた。

彼女が父とほとんど会わずにいた三年のうちに、国じゅうがニーマイヤーの話題で持ちきりになった——犯罪者として名を馳せ、人気者といってもよいほどだった。彼を囲む一味ができ、なかには政界とつかず離れず関わっている殺し屋もいた。ニーマイヤーは異国の名前を勲章のように名乗りつづけたが、あるいはそれは権力を愚弄するためだったのかもしれない。ヨーロッパの遠い祖先に由来するにしろ、そうではないにしろ、この男が受け継ぐのはいかにも滑稽で、その名はこの〝後継者〟によって地に落とされた。アスンタのほうはごくたまに、父にそばにいて慰めてもらいたいと思うことがあった。彼女にも危険はつきものだった。曲芸師という仕事がら、一度は鼻の骨を折り、それから手首を折った。母の最後の贈り物、革とビーズのブレスレットをまだつけている手首だった。

やがてアスンタは一七歳になり、必要な技術と度胸をすっかり身につけた頃、ひどい落ち方をした。事故のまねをする稽古中だった。彼女は高い枝から、木の幹を蹴って思いきり飛び出したが、目指していた受け手から逸れて道に落下し、側頭部をマイル標石にぶつけた。意識が戻ったとき、あわてふためいて呼びかけてくるパシピアの声が聞こえなかった。痛みをこらえて何度もうなずき、何を訊かれたかわかっているふりをした。今まで存在しなかった恐怖が心に生まれた。こうして彼女は、自分の家族になってくれた六人の曲芸師たちのために、何の役にも立てなくなってしまった。一カ月後、まだ耳が聞こえないまま、彼女は自分の選んだ世界からそっと立ち去った。

彼女が戻ってこないことにサーカスのみんなが気づいたとき、パシピアはスニルに命じて捜しに行かせた。スニルは、アスンタが初めてパシピア以外の誰かを信頼しなければならなくなったとき、彼女を受け止めたのだった。そしてまた、彼女が最後に落ちたとき、死にものぐるいで抱きとめようとしたのもスニルだった。彼はコロンボに入ったきり、行方が知れなくなった。パシピアあての連絡も途絶えた。

スニルはニーマイヤーの公判前の審問で、コロンボの裁判所に詰めかけた傍聴人のなかにアスンタを見つけた。審問が終わると、少し離れて彼女のあとをつけた。傾斜した低い壁のある細い道を抜け、横町に入ると、やがて金細工師の店が並ぶ通りに出た。チェック・ストリート。そこは活気あふれる中世の路地さながらだった。彼女は歩きつづけ、やがて、メッセンジャー・ストリートのどこかで、ふいに姿を消した。スニルは立ち止まって動かずにいた。こちらから見えなくても、向こうには見えているはずだ。彼女は以前から、まわりで起こっていることをすばやく察知した――恐怖心がよみがえったからには、その能力はさらに高まっているだろう。しかも、彼は今、道に迷っていた。生まれてこのかた、南部の田舎からほとんど出たことがなかったのだ。都会のことはまったく知らない。力強い手で腕をつかまれた。彼女はスニルをじゅうたん一枚ほどの広さの部屋に引っぱっていった。彼は何も言わなかった。難聴のために彼女が当惑しているとわかっていた。彼は腰を下ろしてじっとしていた。

アスンタはすでに言葉がはっきりしなくなり、話すのにも苦労した。自分はもう才能を失い、役立たずだと思っているようだった。スニルは一晩中その部屋にとどまり、彼女から目を離さずにいた。そして翌朝、計画どおり、彼女を父のいる刑務所に連れて行った。彼女が面会させてもらうあいだ、彼は外で待っていた。

父は身を乗りだして、ある名前を口にした。「オロンセイ」と言ったのだ。「スニルやほかの連中も、同じ船に乗って、俺の面倒を見てくれる」その船はイギリスに向かい、彼らが逃亡の手助けをしてくれる、と。それから父は、格子のあいだに顔を突っこまんばかりにして、娘に語りつづけた。

刑務所から出ると、彼女は自分を待つスニルのやせた姿を見つけた。駆け寄って首に手を回し、耳もとでささやいた。自分がすべきだと思うこと、自分の人生はもう自分のためではなく父のためにあるのだということを、彼に告げた。

第44章　地中海

ラマディンは暗がりに身を潜めていた。

カシウスと僕は宙づりの救命ボートのなかにうずくまっていた。下の甲板では、エミリーがスニルという名の男と、ひそひそ声で話している。僕たちはふたりが来る場所を正確に読んでいた。一言一言がよく聞こえ、救命ボートの殻のなかにいると、ささやきがよけいに大きく響いた。彼らが少しでも音をたてると、それがあたりの暗闇に広がった。僕たちは窮屈な場所で暑さに耐えていた。

「だめよ、ここでは」

「ここだ」彼が言った。

衣ずれの音。

「だったら――」

「君の唇。とても甘い」彼が言う。

「そうよ。ミルクのせい」

「ミルク?」

「夕食のときアーティチョークを食べたの。アーティチョークを食べてからミルクを飲むと、ミルクが甘く感じられるのよ……ワインがあっても、わたしはミルクを頼むの。アーティチョークを食べたあとにはね」

ふたりが何を話しているのかわからなかった。ひょっとすると、この会話は特別な暗号かもしれない。長い沈黙。そして笑い声。

「すぐに戻らないと……」スニルが言った。

何がどうなっているのか、僕たちには理解できなかった。カシウスがこちらに身を乗りだしてささやいた。「どこにアーティチョークがある?」

マッチを擦る音が聞こえ、まもなく彼女のたばこの匂いがただよってきた。〈プレイヤーズ・ネイビーカット〉だ。

すると突然、まるで知らない者同士になったように、ふたりのあいだで慎重な会話が始まった。わけがわからない。アーティチョークの件で、僕たちは置いてきぼりを食らっていた。今度はスケジュールの話だ。夜警がプロムナード・デッキを見回る頻度や、囚人が食事をする時間、そして散歩に連れ出される時間。「君にやってもらいたいことがあるんだ」スニルが言いだし、それからふたりの声がさらに低くなった。

「あの人、そんなこともできるの?」エミリーの声がふいにはっきりと暗闇に響いた。おびえたような声だった。

「看守が気をゆるめているのはいつか、疲れているのはいつか、彼は知っている。だが、殴られたせいで、まだ体が弱っているんだ」

「殴られた？　いつそんなことがあったの？」

「嵐のあとだ」

そこで僕たちは、アデンに着く前の数日間、囚人が夜の散歩に出てこなかったことを思い出した。

「何かを疑われたに違いない」

何を疑われたんだろう？

暗がりのなか、カシウスと僕は、まるでお互いの考えが聞こえるかのようだった。僕たちの未熟な脳がゆっくりと働いて、このそっけない情報をどうにか処理しようとしていた。

「間違いなくここで彼と会うようにしてくれ。時間を知らせるんだ。準備するから」

彼女は黙っていた。

「あいつは君をものにしようとするだろう」スニルはそう言って笑った。「つれなくしてはだめだよ」

彼がダニエルズさんの名前を出した気がしたが、すぐにペレラという男に話が移った。まもなく僕は目を開けていられなくなった。ふたりが立ち去ったあと、そのまま眠ってしまいたかったが、カシウスに揺り起こされ、ふたりで救命ボートから降りた。

第45章　ミスター・ギグス

　イギリスの役人がオロンセイ号に乗っていることは、航海の途中まで乗客にとってどうでもいいことだった。彼がひとりで甲板を歩きまわる姿がよく見られた。それからブリッジ前の狭いテラスにのぼり、まるで船の持ち主みたいに、キャンバス地の椅子に座るのだった。けれど、しだいにわかってきたのだが、ミスター・ギグスはコロンボに派遣されていた陸軍将校のお偉方で——噂によると——かたや身分を隠して乗船中の、コロンボの犯罪捜査部の人間と協力しあっているらしい。どちらも囚人のニーマイヤーがイギリスで裁判を受けるまで護送する任務を負っている。コロンボの捜査官は、下等の船室のどこかにいるという話だ。イギリス人がどこで寝ているかは、さっぱりわからなかった。きっと広い船室を使っているのだろう。

　ダニエルズさんが〈キャッツ・テーブル〉で伝えた話によると、ニーマイヤーがひどく殴られたあとに、ギグスが看守たちをすごい剣幕でどなりつけていたそうだ。ギグスがむごい仕打ちを責めていたのか、あるいはただ、暴行の件が知れ渡ったことに腹を立てただけか、誰にもわからなかった。ひょっとしたら、とミス・ラスケティが別の説をとなえた。ギグスが怒ったのは、暴力行為が囚人に逃げ道を与えた可能性があるからではないか。来るべき有罪判決と刑罰に、抜け穴ができたせいではないか。

イギリスのお役人について、僕がいちばん気になるのは、彼の腕だった。赤茶けた巻き毛が生えていて、見るに堪えない。アイロンをかけたシャツと半ズボンに、膝丈の靴下をはいているのだが、あの赤毛がどうも気に障った。船内のダンスパーティで、あの男がエミリーに目をつけ、一緒にワルツを踊りだしたとき、僕はまるで父親のような気分で激怒した。僕の美しい従姉の相手には、ダニエルズさんのほうがまだましだ、と思った。

僕はミス・ラスケティをつかまえて、ギグスと囚人の関係について訊ねた。

「あの囚人が本当にイギリスの判事を殺したなら、ことはきわめて重大ね。島で裁判にかけるわけにはいかないわ。すでに審問は済んで、この件はイギリスに移ったの。なぜそんなに気になるの？とにかく、あのギグスって男が、ペレラっていう捜査官とともに、囚人をちゃんと向こうに送り届ける責任を負っているわけ。どうやらニーマイヤーは脱走が得意みたいね。最初に入れられた独房には重い木のドアがついていたのに、なんとそれを燃やして逃亡したのよ。それで自分もやけどしたけどね。手錠でつながれた看守もろとも列車から飛びおりたこともある。鍛冶屋を見つけるまで、もがく看守を連れまわしたそうよ。お菓子みたいに箱におさまる甘ちゃんじゃないわね」

「あの人、なんで判事を殺したの、おばちゃん」

「お願いだからおばちゃんって呼ばないで……よくわからないわ。突き止めようとしているところよ」

「悪い判事だったのかな？」

「さあね。そんなのがいるの？　それは考えないでおきましょ」

僕はおしゃべりを切りあげて歩きだした。起こりつつあることに、どう対処すればいいかわからなかった。ミス・ラスケティが急に向きを変えて、ギグスに近づくのが見えた。何やら話しかけて、彼の注意を引きつけているようだった。

次の食事のとき、ミス・ラスケティは仕入れた情報をすっかり教えてくれた。僕たちが乗船するまえに、どうやらギグスとペレラは船じゅうを点検したらしい。あの囚人を護送することは、すなわち、船のあらゆる階をすみずみまで監視するということなのだ。逃げ道になりそうな場所をふさぎ、普通なら害のない品々——防火訓練用の砂バケツやら、鉄柱やら——も、武器になる可能性があれば取り除かれた。乗客名簿を調べて、囚人の仲間らしき人物がいないか確認した。看守も、セイロンの人間と関わりのない、モルディブ諸島から雇った。二日間かけて、船全体を調べまわった。そして今も、過剰なほど警戒を重ねていた。ギグスがブリッジ前に陣取って監視しているのもそのためだった。そこなら、船上の出来事を思うがままに見渡すことができる。さらに、彼はミス・ラスケティに、犯罪の重大さが随行者の人選にも影響したのだと打ち明けた。ペレラ氏はコロンボの犯罪捜査部でおそらくもっとも有能な人物だし、また、ギグス自身も、手前みそながら、イギリスで最高の人材だそうだ。こうして彼らは、モルディブ諸島の看守たちとともに、ニーマイヤーという囚人の一挙一動を見張っているのだった。

第46章　盲目のペレラ

　ギグスが今やオロンセイ号でもっとも話題にされ、目立つ男になった一方で、囚人の逃亡を阻止するための相棒は、話ばかりでさっぱり正体がつかめなかった。セイロンの捜査官ペレラ氏は姿を見せない。それに、ペレラという名はありふれている。わかっているのはただ、彼が〝盲目の〟ペレラであることだけだ――その家系がそう呼ばれるのは、名前のつづりに「i《アイ》」の文字が入っていないからだった。というのも、Perera家とPereira家があるのだ。犯罪捜査部が私服刑事を送りこんだのはもっともなことだった。共謀者が乗船しているなら、ほかに誰が見張っているか、知られないようにする必要がある。こうして、ギグスがこれ見よがしに歩きまわり、ブリッジ前の人目を引く場所に居座るのに対し、アジアのお偉いさんである相方は、目に見えないままだった。ふたりは先に船に乗りこみ、船じゅうを調べつくした。だが、みんなが乗船するまでに、ペレラ氏はただの一般客になりすましたのだ。おそらく別の名前を使っているのだろう。なかには、覆面捜査官のペレラはふたりいると考える人まで出てきた。

僕たちは犯罪捜査部の謎の男についてしょっちゅう語りあった。いったい誰なのか。どんな外見なのか。ある午後じゅう、カシウスと僕は、船内にいるあやしそうな人物のあとをつけ、おかしな行動をしないかと目を光らせた。「覆面捜査官には二種類いるのよ」とミス・ラスケティが教えてくれた。「おおっぴらなのと、人目を忍ぶのと。正体を隠すには、急いで、無理にでも友だちをつくるの。バーに行って、ウエイトレスやバーデンダー全員と知り合いになる。できるだけ早く、作りものの人格を売りこむ。みんなのファーストネームを覚える。気転を利かせ、かつ、犯罪者のような発想もしなくちゃいけない。でも、違うタイプの覆面捜査官もいて、そのほうがもっと狡猾よ。たぶんペレラがそうね。きっとそこらじゅうをうろつきまわってるわ。ただ、わたしたちにはまだ誰かわからないだけ。ギグスはおおっぴらなほう。そしてペレラは――どうなのかしら」

どうやらこの、姿を見せない〝盲目の〟ペレラは、のちに「おとり捜査」と呼ばれるようになるものの達人らしかった。これは、覆面警官が犯人に近づき、親しくなると同時に、自分のほうがよほどキレやすく危ないところを見せて、相手に恐怖を植えつけるというものだ。噂によると、ペレラは実際には家庭を大切にする温厚な人物だが、容疑者であるギャング団の一員を連れて、キャンディの王室の森に入り、墓を掘らせたという。折り曲げた死体がおさまるように、長さ一二〇センチ、深さ九〇センチにしろと命じた。明日の朝早く、処刑をするのだと彼は言った。それで若いギャングは、てっきりペレラが重大な事件に深く関わっていると思いこみ、自分も犯罪に手を染めたことを打ち明けたという。

ペレラは犯罪捜査部の一員として、日常的にこういった仕事を行っていたらしい。だが、その頃の僕たちは何一つ知らなかった。

第47章　年は？　名前は？

上のほうの人たちとじかに口をきくような場面になると、いつも決まって質問に答えつづける羽目になる。嵐のあとに取り調べを受けたときも、こっちは恐怖よりも寒さで震えているのに、船長は僕たちの年齢ばかり訊ねていた。僕たちが答えると、船長は聞いたそばから忘れてしまい、すぐにまた同じ質問をするのだった。どうやら頭の回転が遅いのか、または速すぎるのか。人の返事を聞きもしないうちに、次の質問に移ってしまう。だんだん気づいたのだが、彼が口にする言葉には、たっぷりと軽蔑が塗りこめられていた。その裏にはこんな問いが隠されていたのだ。おまえたちはどれくらいバカなのか？

僕たちは英雄的な行為をしただけだと思っていた。サイクロンのなかで手足を広げてすごした時間は、ダマスカスに向かう道で目が見えなくなった罪人の話〔キリスト教徒を迫害していたパウロが回心するきっかけとなった出来事〕に匹敵するのではないか？　もっとあとになって、シャクルトン〔イギリスの南極探検家〕のような英雄さえもうちの学校から追い出されたと知り、ずいぶん気が晴れた。おおかた似たような理由だろう。「おまえはいくつなんだ！」と、野心的すぎて手に負えない少年に向かって、校長はどなったに違いない。

船長がアジア人の乗客をよく思っていないことは見え見えだった。夜、ときどき、船長にとっては陽気で愉快なA・P・ハーバートの詩を披露した。東洋で高まっている民族主義についての詩で、こんな終わり方だった。

　すべての木の上ですべてのカラスが叫ぶ
「黄色い木の実は黄色いやつに！」

船長はこの隠し芸がご自慢だった。そして、おそらくこのときから僕の心に、あらゆる「上座」につく人々の権威と名声に対する不信が芽生えたのだと思う。おまけに、男爵とすごしたあの午後のこともあった。僕の目は、ヘクター・ド・シルヴァの堂々たる胸像と、ベッドで眠る死体のような姿のあいだを、行ったり来たりしたのだった。それで、彼の葬式が済んでまもなく、ド・シルヴァの胸像が忘れられたみたいに置き去りにされた架台式テーブルに歩み寄った。カシウスとふたりで胸像をどうにか持ちあげ（彼が両耳、僕が鼻をつかんだ）、手すりの端まで転がしていった。そして彫像を船から海に落として、遺体のあとを追わせたのだった。

もしかしたら、僕たちはあのときすでに、権力に対する好奇心から卒業していたのかもしれない。

結局、僕たちがもっと惹かれるのは、植物への思いに取りつかれた穏やかなダニエルズさんや、鳥たちを運ぶためのやわらかいポケットつきの鳩用ジャケットを着た、青白い顔のミス・ラスケティだった。この先も、僕を変えるのはいつだって、人生のさまざまな〈キャッツ・テーブル〉で出会う、彼らのような他人たちなのだ。

第48章　仕立屋

　うちのテーブルで誰よりも控え目に食事をするのは、仕立屋のグネセケラさんだった。初日に席について自己紹介したときも、名刺を差し出しただけだ。「仕立屋グネセケラ。キャンディ、プリンス・ストリート」このようにして自分の職業を知らせた。食事中はずっと何も言わず、別に不満もないようだった。みんなが笑えば笑うので、彼のまわりだけ沈黙で気まずくなるということもなかった。とはいえ、何が面白いかを理解できていたのかどうか。あやしいと思う。それでも、彼は僕たちのなかで誰よりも愛想よく礼儀正しかった。うるさいと思うことがあったとしても、特に、マザッパさんのばか笑いが度を超すようなときでも。ミス・ラスケティのために真っ先に椅子を引き、人の様子を見ただけで塩を回し、自分の口もとをあおいでスープが熱いことを知らせてくれた。そしていつも、話題になっていることに興味がありそうな顔をしていた。だが、これまでの旅のあいだ、グネセケラさんは一言も口をきいていなかった。シンハラ語で話しかけても、意味深に肩をすくめ、首をかしげてあやふやにしてしまうのだった。

彼は華奢な体つきをしていた。僕は食事する彼の優雅な指を眺め、その指がプリンス・ストリートのどこかでせっせと服を縫うところを想像した。もしかすると、そこでなら彼は気の合う仲間たちを相手におどけたりするのかもしれない。ある晩、食事中に、エミリーがうちのテーブルに来たのだが、目の近くに青黒いみみず腫れができていた。その日の午後、バドミントンのラケットに当たってしまったらしい。するとグネセケラさんは、ぎょっとした顔でそちらを向き、片手を伸ばして、あのほっそりした指で腫れのまわりにそっとふれた。まるで原因を探そうとするかのようだった。エミリーはふいに心を動かされたらしく、片手を彼の肩に置いてから、その指をさっと握った。それは僕たちのテーブルには珍しい、しみじみとした瞬間だった。

ネヴィルさんがあとで明かしたところによると、グネセケラさんの喉にはもっとひどい傷があり、いつも巻いている赤い綿のスカーフで隠しているようだ。たまにスカーフがずれて、傷跡が見えることがある。それがわかってから、僕たちはグネセケラさんにあれこれ質問してわずらわせるのをやめた。なぜイギリスに行くのか、身内の人が亡くなったからか、あるいは声帯の特別な治療を受けるためかなど、いっさい訊ねなかった。とにかく、誰とも会話ができない状態で、ただ休暇をすごしに行くとは考えにくかった。

第49章

毎朝、日がのぼるかのぼらないかのうちに、僕は船の手すりについている塩をなめた。今やインド洋と地中海の味の違いさえわかる気がした。プールに飛びこみ、水面下をカエルのように泳いで、端まで行ったらターンして水中を戻り、自分の肺と二つの心臓の限界を試した。ミス・ラスケティが推理小説を読み飛ばすうちに、だんだん苛立《いらだ》ってきて、どこの海だろうがかまわず投げこもうとしているのを目撃した。みんなとともに、エミリーがぶらぶらやって来て話しかけてくれる姿に見とれた。

「この世において自分がちっぽけな存在だなんて思っちゃいけない」とマザッパさんに言われたことがある。あるいはミス・ラスケティにだったか。誰だかもうわからない。というのも、旅が終わる頃には、みんなの意見がごちゃ混ぜになっていたからだ。振り返ると、誰がどのアドバイスをくれたか、誰が味方になってくれたか、誰にだまされたか、もはや定かではない。そして、ずっとあとになってから、ようやくちゃんと理解できた事柄もある。

たとえば、ジェノバの船主たちの館について、最初に話してくれたのは誰だったのか。それとも、のちにおとなになってから、その建物に入り、石段を踏みしめて上の階にのぼっていった、僕自身の記憶なのか。その残像には僕が長年ずっとしがみついてきた何かがある。我々がどうやって未来に近づくか、あるいは過去を振り返るか、それで説明がつくかのように。人はその館の一階から出発し、地元の港や近くの海岸の素朴な地図を眺める。それから一階ずつ上に行くにしたがい、もっと新しい地図が現れ、そこには未開の島や、あるかもしれない大陸が描かれている。中心階のどこかでピアニストがブラームスを弾いている。のぼりながらそれを耳にし、音楽が流れてくる中央の吹き抜けをのぞきこむこともできる。こうして、ブラームスの曲を聞きながら、ドックからゆらゆらと出てくる生まれたての船の絵を眺める。それはどんなことでも起こりうる、商人の夢の前奏曲だ——やがて富がもたらされるか、あるいは悲惨な嵐に見舞われるか。僕の祖先のひとりは、船を七隻持っていたが、インドとタプロバーネ〔セイロン島のギリシア・ラテン語名〕のあいだで燃えてしまったという。彼は壁じゅうに地図を貼っていたわけではないが、同じようにここの船主たちも、将来はいっさい予測できなかったのだ。下のほうの階では、壁じゅうに飾られているどの絵にも、人物はいっさい描かれていない。ところが、ジェノバの船主の館で、やがて四階に着くと、そこには聖母の絵が集められていた。

〈キャッツ・テーブル〉で、みんながイタリア美術について語りあっていた。イタリアに何年か住んでいたミス・ラスケティがこんなことを言った。「聖母の絵で大事なのは、顔に浮かべているあの表情ね――イエスが若くして亡くなると知っているから……わが子を囲んで、血のような炎を頭からほとばしらせた天使が、たくさん舞っているのに。聖母は、授けられた叡知によって、完成した地図、イエスの一生の終わりが見えるのね。画家がモデルに使う地元の女の子には、すべてを見通すあの表情はどうやってもつくれない。たぶん、画家にだってそれを描くことはできないわ。つまり、見る側のわたしたちだけが、未来を知る者として、あの表情を読みとれるの。彼女の息子がどうなるかは、歴史によって知らされているから。彼女の悲嘆がわかるのは、見る者の心のはたらきなのよ」

僕が思い返すのは、船での食事中のこの会話だけでなく、十代の頃にミル・ヒルですごした夜のことだ。マッシとラマディンと僕は、彼らの家でカレーの夕食をそそくさと済ませると、急いで出かけ、町に行く七時五分の列車に飛び乗った。ジャズクラブの噂を聞いたのだ。僕たちは一六歳と一七歳だった。あのとき、心臓に不安をかかえる息子を遠くから見つめる、ラマディンのお母さんの顔には、きっとそういう表情が浮かんでいたはずだ。

第50章

昨夜、マッシの夢を見た。別れてから何年も経っている。僕は高くそびえる家々に囲まれていた。生活の場が高くしてあるのは、地上が動物たちのための場所だからだ。彼女を見るのは、現実ではもちろん、夢でもずいぶん久しぶりだった。

僕が隠れていると、マッシが出てきた。髪が短く黒くなっていて、一緒に暮らしていた頃とは見違えるようだ。そのせいで顔立ちがはっきりし、新鮮に映って興味深かった。健康そうに見える。もう一度、彼女に恋をしそうな気がした。だが現実には、共通の過去を持ち、見慣れた顔をした、昔と変わらない彼女を、ふたたび愛することはできなかったのだが。

男が出てきて、マッシが台の上に上がるのを手伝う。すると、彼女が身ごもってまもないことがわかる。ふたりは何かを聞きつけ、こちらに近づいてきた。僕は塀を跳び越えて膝をつき、それから商人や鍛冶屋や大工が仕事をしている通りを駆けだした。彼らの商売道具のたてる音が、まるで武器のように響いてくる。それが音楽になり、ふと気づくと僕は走っていない。走っているのはマッシだ。のこぎりの刃と鉄床《かなとこ》のたてる危ういリズムのなかを抜けていく。僕は肉体から離れ、もうその場にいない。もはや彼女の人生に関わっていない。そして、子どもを宿したばかりの彼女は、危険から逃れるために、精いっぱい疾走していく。黒髪を短く切ったマッシは、今いる場所を越え、決然と何かをつかみとろうとしていた。

僕は親しい人とのつながりをたやすく断つすべを、幼い頃に教わったか、またはどうにかして身につけたに違いない。マッシと別れたとき、どんなに苦しくても、抗《あらが》おうとはしなかった。僕たちはあまりにもさりげなく離れてしまった。そして、彼女との縁が切れてからずっとあとになっても、僕はまだその渦に巻きこまれたまま、なんとか説明や言い訳を見つけようとした。ふたりの物語を、本質的な真実だと思うところまで突きつめてみた。だが、もちろんそれは、一方的な真実にすぎない。マッシに言われたのだが、僕は何かで途方に暮れたとき、癖というか習慣のようなものに走るらしい。自分をどこにも属さない存在に変えるのだ。何を言われても信用せず、自分の目で見たことさえ信じない。

まるであらゆるものが危険だと思いこんで育ったみたいね、とマッシに言われた。だまされたからに違いない、と。「だからあなたは、友情も、親密さも、赤の他人にしか与えないのよ」。そして彼女はこう訊ねた。従姉が殺人に関わったとまだ信じているのか。もし心をひらいて、自分の知る事実を明かしたら、彼女が危険にさらされつづけるとでも思っているのか。「とんでもない心配性よね。そんなふうになるなんて、誰を愛したせいなの？」

「君を愛してた」

「何？」

「君を愛してたって言ったんだよ」

「そうは思わないわ。誰かがあなたをめちゃめちゃにしたのよ。イギリスに来たとき何があったか話して」

「学校に行った」

「ううん、こっちに来るときのこと。だって、何かがあったはずだもの。兄さんが死んで、再会したときには、もう大丈夫なのかと思った。でも、そうじゃなかったみたいね。どういうことなの？」

「君を愛してたって言ったんだ」

「そう、過去形ね。あなたはわたしの人生から去っていくんでしょ」

　こうして僕たちは、それが妥当なやり方かどうかは知らないが、ふたりのあいだに残されていたわずかばかりのいい思い出を燃やし尽くしたのだった。

第51章

ポートサイドを出てから、毎日午後になると、オーケストラがおなじみのプラム色の衣装に身を包み、プロムナード・デッキでワルツを演奏し、みんなが出てきて地中海のやわらかな日射しを浴びた。ギグス氏は人々のなかを歩きまわって握手した。そしてグネセケラさんは赤いスカーフを首に巻き、会釈しながら通りすぎていった。ミス・ラスケティはいつもの鳩用のジャケット姿。パッドつきのポケットが一〇個あり、その一つ一つに宙返り鳩やジャコビン鳩が入っていて、顔を突きだしている。彼女は甲板を大またで歩き、鳩たちに海の空気を味わわせてやっている。だが、そこにマザッパさんの姿はない。彼の奔放でにぎやかなユーモアは去ってしまった。心騒ぐようなことはわずかばかり。いちばんの事件は、ポートサイドの港を出た頃、オニール・ワイマラナー犬が海に飛びこみ、岸へ泳いでいったらしいということだった。けれど、もし犬が落ちたとすれば、インバニオさんもあとを追って海に飛びこんだはずだ。いずれにしろ僕たちは、クラフツ・ドッグショーで二度も優勝に輝いた犬が消えたせいで、われらの船長がまた新たな問題を抱えることになり、いい気味だと思っていた。これまでのところ、彼にとって最高にすばらしい航海というわけではない。ミス・ラスケティによると、今度事件が起きたら、これが船長の最後の航海になるだろう。船室でふたりきりのときにヘイスティさんが、ワイマラナー犬はインバニオさんがどこかに隠したのだとほのめかした。彼はどう見てもあの犬に夢中だったのに、いなくなってもあまりうろたえた様子を見せなかったからだ。ヘイスティさんは、もしミセス・インバニオが――彼に奥さんがいるとしてだが――何週間かして、バターシー公園で血統書付きのあの犬を散歩させていたとしても、俺は驚かないね、と言った。

ある晩、プロムナード・デッキで、海の音を耳いっぱいに聞きながら、屋外コンサートがひらかれた。クラシック音楽で、カシウスもラマディンも僕も、まったく知らないものだった。三人そろって最前列に陣取ったため、具合が悪くなったふりでもしない限り、席を立って出ていくことはできなかった。僕は音楽そっちのけで、そのかわり、胸をつかんで席から劇的に退場していく場面を思い描いていた。だが、ときどき、よく知っている音が聞こえてくる。その音を出しているのはステージ上の赤毛の女性だった。髪をあっちこっちに振り乱し、ほかの演奏家たちが静かにしているあいだ、ひとりだけでバイオリンを弾いている。彼女の何かが、とてもなじみ深い。プールで会ったことがあるのだろうか。後ろからぎゅっと肩をつかまれて振り向いた。

「彼女、例のバイオリン弾きじゃないかしら」ミス・ラスケティが耳もとでささやいた。

僕はミス・ラスケティに、午後じゅう隣の船室から漏れてくる騒音についてこぼしたことがあった。席に置いてあったプログラムを見てみた。そして、音楽に切れ目を見つけるたびに、乱れた髪をかき上げる女性をながめた。つまり、なじみがあるのは顔ではなく、メロディーとやかましい音だったのだ。それが今、ほかのメンバーの奏でる音楽と重なりはじめていた。まるでお互いに偶然、同じメロディーに加わったみたいだった。蒸し暑い船室で長々と苦しみ抜いた果てに、こうして舞台に立つのは、彼女にとってさぞすばらしいことだったに違いない。

試験問題集　第三〇項　オロンセイ号船長が（今のところ）犯した罪の一覧

一、ド・シルヴァ氏が動物によって咬《か》み殺された件
二、危険な嵐のさなかに、子どもたちの安全がまったく守られなかった件
三、子どもたちの前での下品で乱暴な言葉づかい
四、犬舎主任へイスティ氏の不当解雇
五、晩餐会の終わりにきわめて侮辱的な詩を朗読した件
六、ド・シルヴァ氏の大事なブロンズ像紛失の件
七、受賞したワイマラナー犬失踪の件

第52章　ミス・ラスケティ――第二の肖像

最近、映画監督のリュック・ダルデンヌによるマスタークラスに出席した。彼の映画を観る人は、登場人物のことをすべて理解しているなどと思ってはいけないという話があった。観客のひとりとして、自分が登場人物より賢いつもりになるのは禁物だ。我々は登場人物について、本人ほどに知りはしないのだから。彼らの真意を勝手に決めつけたり、彼らを見下したりすべきではない。僕もそのとおりだと思う。それこそが芸術の原則だと認める。そうは考えない人が多い気もするが。

ミス・ラスケティの第一印象は、適齢期をすぎた慎重な女性、という感じだった。彼女が話題にする世界は、僕たちとはまったく無縁のものだった。墓像の拓本とタペストリーに熱中していた。でも、その一方で、船のどこかにいる二ダースの伝書鳩を管理していることもわかった。カーマーゼンシャー〔ウェールズ西部の州〕で彼女の近所に住んでいる富豪に届けるのだという。なんだって富豪が鳩なんか必要なのかと僕たちは訝《いぶか》った。「無線封止のためよ」彼女は謎めいた言い方をした。あとになって、彼女がイギリス政府に関わっていると聞き、鳩とのつながりがはっきりした。富豪の件は作り話だったのだ。

しかし、その頃の僕たちがもっと気になっていたのは、彼女がマザッパさんに好意を寄せているらしいことだった。彼女が囚人ニーマイヤーと、彼をイギリスに護送しているふたりの役人（ひとりはまだ正体不明だが）に好奇心をつのらせていることは、あまり意識していなかった。「あの囚人はわたしの荷物にすぎませんよ」とギグス氏は食事中に取り巻き連中に向かって話していた。控えめなふりをして、自分が権威の座にあることをアピールしたのだ。では、ミス・ラスケティの〝荷物〟はいったい何なのか？　僕たちにはわからなかった。旅のはじめの頃、彼女の船室を訪れたとき、この目で見た何かだったのか。彼女は僕が男爵の片棒をかついでいることについて話しあおうとしたのだ。ミス・ラスケティとの関わりのなかで、いつもと違う場面があったとしたら、それはあの午後、お茶の時間に彼女の船室に招かれたときだった。

こうして僕は、決して消えないあの午後へ、忘れかけていた道をたどっていく。エミリーもその場にいることに気づいてびっくりする。何か深刻な話をするために、ミス・ラスケティが彼女も招いたのだろう。テーブルにお茶とビスケットがのっている。エミリーと僕は、部屋に二脚しかない椅子に、それぞれ背筋を伸ばして座り、ミス・ラスケティはベッドの足のほうで、話をしようと身を乗りだしている。そこは僕の船室よりずっと広く、見慣れない品々があふれている。彼女のそばに厚い絨毯《じゅうたん》みたいなものがある。それがタペストリーだとあとから教えてもらう。

「今エミリーに話していたんだけど、わたしのファーストネームはペリネッタっていうの。オランダで発見された、リンゴの種類だと思うわ」彼女はもう一度その名前を口のなかでつぶやく。まるで、身のまわりでその名がじゅうぶんに使われていないとでもいうように。そして話をはじめた。若かった頃の自分について。語学が好きだったこと。昔、厄介な問題に巻きこまれたが、「ある出来事が起こって、おかげで自分を救えたの」。何があったのかとエミリーが訊ねると、彼女は答える。「その話はまたいつかね」

振り返ってみると、ミス・ラスケティが自分の過去を持ちだしたのは、僕が男爵と関わっていることをどこかで聞きつけ、それを注意するためのきっかけ作りだったのだろう。彼女の隣でエミリーが、真剣な面持ちでうなずきつづけ、とても大事な話であることを印象づけている。でも、僕はほとんど聞いていない。部屋の隅にある、別の誰かと視線が合ってしまったのだ。その目の持ち主は、マネキンのような像で、むき出しの肩と腕に、ミス・ラスケティの服が何枚か掛けてある。彼女の話が続くあいだ、僕はその石膏像の腹の傷跡に気づく。最近になって描いたか、塗ったばかりのように見える。だが、僕を引きつけるのはその顔だ。無防備に、まっすぐこちらを見つめている。まるでミス・ラスケティを若くして、抑制を取り払ったみたいだ。まあ、腹には傷があるけれど。これを書いている今になってようやく気づいたのだが、あれは菩薩の像だったのかもしれない。どうなんだろう、世俗を受けいれるあの顔……。ミス・ラスケティの話は続いている。あの午後、僕と男爵との関係について彼女が話しているあいだじゅう、僕の視線が彼女からそれていたとすると、それはただ、哀れみ深いあの顔のとりこになっていたからだ。もしかしたら、彼女はわざとベッドに座り、自分の背後から像が僕を差しまねくよう仕向けたのかもしれない。

しばらくして、船室を出るとき、彼女は僕の心を奪っていたもののそばへ僕を連れていき、体の傷をおおっていた透明に近い布をずらした。
「これを見て。こういうこともそのうち乗り越えるものなの。自分で人生を変えられるようになるのよ」
その言葉は僕にはよくわからなかったが、いまだに忘れられない。そして、ふたたび布がかけられるまで、本物のような傷あとを、しばし間近に眺めた。何もかもがはっきりと見えた。

ミス・ラスケティは、僕の想像など及びもつかない影響力の持ち主だった。今にして思えば、おそらく彼女が男爵を説得して、ポートサイドで下船させたに違いない。このまま乗っていれば悪事がばれると警告したのだろう。それから、実は夢の記憶かもしれないほど幻覚めいているのだが、カシウスか僕のいずれかが、ある晩、彼女に近づいていったときのこと。夕暮れで、それが僕らのどちらだったにしろ、彼女がブラウスの裾で小さなピストルのようなものをみがくのが見えた気がした。これは、僕たちの思い描く彼女の肖像には、あまりそぐわない砂粒だった。子どもの僕たちは、ありとあらゆることを想像し、そして受けいれていた。彼女が僕たちを好きだということは間違いなかった。彼女のスケッチブックに興味を持ったカシウスと、何度か午後を一緒にすごしたりもした。彼女は話しやすい人だった。

僕たちの頭のなかで、あのピストルらしきものと結びつくできごとがもう一つあった。ある午後、カシウスがミス・ラスケティとすごしたとき、万年筆を貸してもらった。彼はそのまますっかり忘れていたが、夕食後、ズボンのポケットに入っていたことに気づいた。ミス・ラスケティのところへ行くと、テーブルで誰かと話しこんでいて、隣の椅子にハンドバッグが置いてあった。じゃまをしないように、身を乗りだしてそのバッグに万年筆を突っこもうとしたとたん、彼女のむき出しの腕がさっと伸びてきて彼の手をつかみ、その手にあった万年筆を取った。顔を向けてこちらを見ることすらしなかった。「ありがとう、カシウス。受け取ったわ」彼女はそう言って、会話をつづけた。

このことも、僕たちにとってさらなる証拠になった。

彼女はいろいろな意見を持ちながらも、決して批判がましくはなかった。ただひとり、いつも不快に感じていた相手が、ギグス氏だったと思う。自慢たらしい男だからだ。自分は射撃の名手だとしょっちゅう豪語していると、彼女が話していた。ミス・ラスケティもまた〝射撃の名手〟だとわかるのは、ずっとあとになってからだ。若き日のペリネッタ・ラスケティが、ビズリー射撃場で満点のターゲットから大またで去っていく、そんな写真を見つけたのだ。一緒に笑いあっているのは、ポーランド戦争の英雄ジュリアス・グルーザだった。彼はのちに大英帝国競技大会で、五〇メートル・ラピッドファイア・ピストル競技のイギリス代表になる。グルーザに関する記事のなかで、ミス・ラスケティの優れた技量にふれているのだが、それ以上に紙面を割いているのが、写真のカップルのあいだにロマンスが芽生えるかどうかだった。彼女は千鳥格子のジャケット姿で、ブロンドの髪が日射しに輝いている。ところが今は打って変わって、オロンセイ号でスケッチをする青白い顔の独身女性となり、ときどき海に本を投げこんでいるのだ。

その記事と写真をたまたま見つけたのはラマディンだった。お互いイギリスで暮らしていた時期だ。彼は『イラストレイテッド・ロンドン・ニューズ』の古い号でそれに出くわしたのだった。僕たちはふたりでクロイドン公立図書館をぶらついていた。写真の説明に名前がなかったら、ミス・ラスケティだとはわからなかっただろう。僕たちがそれを読んだ一九五〇年代後半までに、彼女と一緒に写っているジュリアス・グルーザは、オリンピックのメダリストとして国じゅうで名を知られ、また、ミス・ラスケティが関わっていたらしいイギリス政府の有力者にもなっていた。ラマディンと僕がカシウスの連絡先を知っていたなら、オリンピック前のこの紹介記事を複写して送っただろう。

ミス・ラスケティは、僕たちから見ると、美人というわけではなかった。もし魅力を感じるとすれば、それは彼女のなかにさまざまな面があるのを発見するからだろう。初めのうちよそよそしいのは、慎重で人見知りなせいにすぎない。そのあとは、村祭りで子ギツネの入った箱を見つけたようなものだ。ラスケティという名字はどこかヨーロッパの血筋を思わせるが、本人はイギリス人のなかで、よくいる上流階級の独特な人たちの集まりに加わっているのが、気楽なようだった。

彼女は確かに、さまざまなイギリスらしさについてよく知っていた。たとえば、〈キャッツ・テーブル〉でハイキングの話をしていたとき、彼女の出した情報に、一同がぎょっとしたことがある。知り合いのハイカーたち（ひとりは彼女のはとこ）が、週末に歩いて山野を横断する際、裸で靴下とブーツだけをはき、肩に雑嚢をかついでいくというのだ。その格好で森や野原を越え、サケのいる川を渡る。人に出くわしても、見えないふりをしてやりすごす。まるで自分も相手に見えないと思っているかのように。夕暮れにどこかの村に着くと、村はずれで服を着て宿屋に入り、ひとりぽつんと食事をしてから、その夜の部屋を取る。

ミス・ラスケティの話を聞いて情景がありありと目に浮かび、僕たちのテーブルはしんと静まった。メンバーの多くが博識なアジア人だったから、ジェーン・オースティンやアガサ・クリスティの作品から得たイギリス暮らしのイメージと、裸で歩きまわる連中とがうまく結びつかなかったのだ。ミス・ラスケティが僕たちに与えていた、色あせた壁紙みたいな第一印象が、余計な逸話を一方的に披露したことで初めて変わった。ハイカーの話で座が静まったあと、マザッパさんが沈黙を破り、聖母の説明しがたい顔に話を戻した。食事が始まった頃に彼女がその話をしていたのだ。

「聖母の絵がどれもこれも厄介なのは」と彼は言いだした。「子どもに乳を飲ませなきゃいけなくて、母親がパニーノ形の袋みたいな胸を出してるってことだな。赤ん坊が不機嫌なおとなみたいに見えるのも当然さ。子どもが丸々として、夢中になっておっぱいを飲んでいる絵を見たのは、たった一度だけだ。セゴビア近くの夏の宮殿ラ・グランジャにある、ごく小さなタペストリーに描かれていた。その聖母は未来に目を向けてはいない。乳房で安らぐ子どものキリストを見つめているんだ」

「まるで授乳にくわしいみたいな言い方だね」テーブルの誰かが口をはさんだ。「子どもがいるのか？」

わずかな間をおいて、マザッパさんが答えた。「ああ、もちろん」

「タペストリーが好きだなんて嬉しいわ、マザッパさん」ミス・ラスケティが、今のやりとりでふたたび生まれた沈黙に割って入った。マザッパさんはそれ以上何も言わなかった。子どもの数も、名前も。「そのタペストリーの作者は誰なのかしら。たぶん女性ね。ムデハル様式じゃないかしら。一五世紀に作られたのなら、ってことだけど。ロンドンに行ったら調べてみるわ。わたし、そういう作品を収集する紳士のところでしばらく働いていたの。趣味はいいけど、情け容赦のない人だった。でも、織物芸術の見方を教えてくれたわ。その手のことを男性から教わるなんて、意外よね」

僕たちは明かされた事実を胸にしまった。〝情け容赦のない〟紳士とは誰なのか。そして、はとこのハイカーとは誰なのか。われらが独身女性は、鳩とスケッチだけにくわしいわけではなさそうだった。

＊＊＊

今から数年前、小包を受けとった。カーマーゼンシャー州のホイットランドで投函され、イギリスの出版社からこちらに転送されてきた。中には絵のカラーコピーが数枚と、ペリネッタ・ラスケティからの手紙が入っていた。彼女が手紙を書いたのは、僕の出演したBBCワールドサービスの番組を聞いたからだった。「青春」をテーマにしており、僕はそのなかでイギリスへの船旅について少しだけ話したのだ。

まず、絵を見てみた。子どもの頃のやせっぽちな僕の姿。たばこを吸うカシウスのスケッチ。羽根飾りつきの青いベレー帽をかぶった美しいエミリーの絵。僕の人生から消えてしまったエミリー。やがて、ようやく、ほかの人たちの顔もわかってくる。パーサーにネヴィルさん。そして過去にうずもれていた記憶がよみがえる——船尾に張られた映画のスクリーン。舞踏室のピアノと、そこに座るぼやけた人影。消防訓練をする船員たち、などなど。どの絵にも、一九五四年、コロンボからティルベリーに向かった僕たちの船旅が描かれていた。

カーマーゼンシャー州、ホイットランドより

マイケルへ

なれなれしくてごめんなさい。でも、大昔、少年時代のあなたを知っていたの。先日の夜、あなたが出演していたラジオを聞きました。途中で、オロンセイ号に乗ってイギリスに来たという話が出たとたん、さらに集中して聞き入りました。というのは、わたしも一九五四年にあの船に乗っていたから。それで聞きつづけていたけど、いったいあなたが誰なのか、まだわからなかった。ラジオから聞こえる声とこれまでの経歴が、船に乗っていた誰のものか、結びつかなくて。でも、やがてあなたが「マイナ」という呼び名を口にした。それで三人組の男の子たちがよみがえってきたの。特にカシウス、あの、いつも観察していた子。そして、エミリーを思い出したの。

ある午後、わたしはあなたとエミリーを船室に招いてお茶をふるまった。そう言われても思い出さないでしょうね。当然だわ。あなたがたみんなのことを知りたかったの。きっと、政府

と関わっていたせいで、好奇心が強くなっていたのね。船旅のあいだはほかにたいした事件もなくて、ただ、あなたたちだけが、いつも面倒を起こしていた……。でも、この手紙を送る理由は、なつかしいあなたに挨拶をするためだけでなく、ほかにもあるのでもう少し書かせてね。

ずいぶん前から、エミリーに連絡を取りたいと願っていたの。しょっちゅうあの子のことを考えるのよ。あの旅のあいだ、あの子に言いたいと思いながら、言わなかったことがあるから。あの午後、あなたを男爵の手から引き離すことだけ考えていた。でも、本当に救いたかったのは、エミリーだったの。何度かジャンクラ一座の男と一緒にいるところに出くわして、あの子がつらく危うい関係に巻きこまれているように見えたから。それと、あの子にあげようと決めていたものもあったの。あの子の役に立って、助けになりそうだったのに、結局それも渡さなかった。状況にふさわしいかどうか疑わしかったし。あれは、言ってみれば、未来の真実ってところね。とはいえ、ずっと昔、わたし自身の若き日の話だけど。それで、この小包に昔の書状を同封するので、あなたの従姉《いとこ》に転送してもらいたいの。エミリーをよく知っていたわけじゃないけど、おおらかな性格なのに、守ってあげなきゃいけない感じがしたのよ。同封する包みを彼女に送ってもらえればありがたいです。

あの航海中に描いたスケッチをいくつかコピーしました。楽しんでもらえるんじゃないかしら。

親愛をこめて
ペリネッタ

手紙は二ページだったが、転送してほしいというエミリーの名前が書かれた包みは、分厚くて、かすかに黄ばんでいた。

それを開けてみた。作家というのはまったくずうずうしい。だが、言い訳させてもらうと、エミリーとは何年も会っておらず、どこにいるのか見当もつかなかった。最後に口をきいたのは彼女の結婚式だ。相手はデズモンドという男で、ふたりは外国へ旅立つ直前だった。どこの国かも覚えていない。僕はちょっとためらってから、エミリーあての袋を開け、何ページにもわたる手紙を読みはじめた。筆記体の小さな文字で書かれていて、その手紙が親しい相手にあてた秘密のものであることを強調するかのようだった。読み進むうちに、ここに書かれているのは、僕が彼女の船室を訪ね、エミリーもすでにそこにいたあの午後、ミス・ラスケティがふれた過去の事件のことだと思った。ずっと昔、自分を救うことができたという話をほのめかしたので、エミリーが途中でどういうことかと質問した。するとミス・ラスケティはこう答えた。「その話はまたいつかね」

二十代のとき、イタリアへ語学の勉強をしにいったの。わたしは語学が得意で、なかでもイタリア語がいちばん好きだった。人に勧められて、〈ヴィラ・オルテンシア〉での求人に応募したの。裕福なアメリカ人、ホーレスとローズのジョンソン夫妻が、そこを買い取って、美術品の大規模な収蔵庫にしようとしていた。わたしは二度の面接を経て、通訳として採用された──通信関係のほかに、研究と目録づくりのためにね。毎日、自転車で仕事に行き、ヴィラで六時間働き、それからまた自転車に乗って、町に借りている狭い部屋に帰った。

オーナー夫妻には息子がひとりいて、七歳だった。かわいくてお茶目な子でね。わたしが自転車に乗って大あわてで来るのをいつも喜んで見ていたわ。たいてい遅刻だったから。イトスギに囲まれたヴィラの長い私道を進むと、終点に石門があって、そのそばにあの子が立っているの。毎朝、九時か、それをちょっとすぎた頃、わたしが四〇〇メートル近くある私道を走っていくと、あの子は両腕を振ってから、まるでタイムを計るみたいに、小さな手首につけた腕時計を見るふりをする。ある日、グリーンの長いスカーフを首に巻き、小さなカバンを肩にかけて自転車をこいでいたとき、こちらを見ているのがあの子だけではないと気づいたの。少年からは見えない、うしろの建物の上階で、窓辺に人影があった。わたしが石門に着くと、人影は消えた。誰かはわからなかった。翌日もまた、その人影がはっきり見えたので、そちらを見上げて手を振ってみた。それっきり、窓の人影は二度と現れなかった。

財団での仕事は忙しくて大変だったわ。絵画やタペストリーや彫刻がつぎつぎに運びこまれ、そのすべてを目録に入れなければならない。その上、庭園の改修にともなう作業もあった。ミセス・ジョンソンがもともとのメディチふうの様式に戻そうとしていたの。だから、廊下やテラスをみんなが走りまわり、ヨーロッパじゅうのお屋敷から引き抜かれてきた庭師たちは派手にやり合った——それでわたしたち通訳者も駆けつけて、意見や苛立《いらだ》ちを伝えあう手伝いをしたというわけ。

ホーレスとローズのジョンソン夫妻は、ときどきまるで神様みたいに見えたわ。みんなの持ち場にぶらっと入ってきたり、かと思えばいきなりナポリや東アジアのほうまで行ってしまったり。夫妻の登場の仕方は、息子のクライブが訪ねてくるときとはまるっきり違っていた。クライブは、まるで小さな貝が偶然ころがってきたみたいに入ってくるの。だから、こっちはしばらくのあいだ、あの子がいることに気づきもしない。あるとき、円形大広間の階段を下りていくと、あの子がしゃがみこんで、掛けてあるタペストリーの下のほうに描かれた、木の葉に囲まれた犬の絵をなでていたの。〈犬のいる新緑〉と呼ばれる作品だった。一六世紀のフランドルのもの。大好きだったわ。広い円形広間の空気を和《やわ》らげ、活気づけていた。とにかく、あの子は犬用のブラシを手にして、犬の毛を大事そうになでていた。繊細なタペストリーで、オランダの地方織物の傑作だったの。

「そうっと、優しくね、クライブ」わたしは声をかけた。「大事なものだから」

「優しくしてるよ」とあの子は答えたわ。

それは夏だった。ヴィラには広大な敷地があるけど、あの子には自分の犬もいなかった。両親は留守で、片方はハルツーム〔スーダンの首都〕に入ろうとしていた。何のためか、どんな美術品を手に入れようとしているのか、誰も知らなかった。七歳の少年にとって、父親の不在は何世紀にも感じられるに違いないと思い、こうした環境はこの子にどんな意味を持つのだろうと考えた。子どもが景色を見たり、あるいは絵を見たりしても、その目に映るものは、父親が見ているものとはまったく違っている。あの子は自分の飼っていない犬を見ていた。それだけのこと。

ヴィラにあるタペストリーはほとんどが象徴主義で、聖像や寓話に重点をおいた宗教的なものだった。宗教に関係のない作品（〈犬のいる新緑〉もその一つ）に描かれていたのは、さまざまな地上の楽園や、愛の力の危うさとすばらしさで——たいていは狩猟の場面で表されていた。あのタペストリーに描かれていた犬も、イノシシ狩りの猟犬だった。別の絵には、雲一つない青空を背景に、タカがハトを押さえつける場面が描かれていた——愛にともなう〝征服〟の見本。これはもう、殺人か、弱者を滅ぼすものとしての愛ね。でも、円形大広間や、広いけれど寒々しい部屋に掛けられている作品を見れば、夫妻の真の狙いが読みとれた。がらんとした石造りの館のなかに、庭を持ちこもうとしていたのよ。タペストリーはどれも、どこか北の国の、寒い屋根裏部屋で織られたもの——そこに描かれているイノシシも鳩も、青々と茂る草も、実際には見られそうにない場所で。そんなタペストリーたちが、こうして新たな背景に置かれて、美しく輝いていたの。威厳に満ちていた。使われている色が控えめで地味なので、生身のフィレンツェ美人がその前をちょっと歩けば、ひときわ目立って見えたでしょうね。それから、ときにはテーマが政治的で、所有権や地位に関係する場合もあった。メディチ家の紋章も見たわ——太陽系を表す赤い球が五つと、メディチ家とフランスが結びついたあとに足された青い球が一つ描かれていた。

「この美術品は安全な感じがするだろう？」

ホーレスとわたしが、フレスコ画に囲まれた〈カポネルルーム〉にいたとき、ふと気づくと彼がじかに話しかけてきた。ここで働くようになってから一カ月以上も経つのに、声をかけられたのは初めてだった。彼は絵のなかの小鳥を青空からむしりとろうとするみたいに片手を伸ばした。

「だが、芸術が安全ということはあり得ない。これはすべて、人生のなかのささやかなひとコマにすぎないのだ」芸術愛好家のはずなのに、軽蔑の匂いが感じられた。

「一緒に来なさい」彼は細心の注意を払ってわたしのひじを押さえた。まるで人体のうちでその部分だけが、触れることを社会的に許されていて、だからしばし自分のものにするとでもいうように。そのまま廊下を歩いて円形大広間に入り、二メートル近いタペストリーの前に立った。すそをめくり、わたしに裏が見えるように持ち上げた。その部分の色彩は、いきなり鮮やかに、強烈になっていた。

「ほら、パワーはここにあるんだよ。いつでも。隠れた場所にね」

彼はタペストリーから離れ、丸い広間の中央に歩いていった。自分の声が部屋じゅうに、さらには遠い天井にまで届くことを知っていた。

「おそらく一〇〇人以上の女たちが、一年がかりでこれに取り組んだのだろう。彼女たちはこの仕事につくチャンスを奪いあった。こいつが飯の種だったんだ。一五三〇年、これのおかげでフランドルの冬を生き延びた。そのことこそが、この感傷的な絵に、真実味と奥深さをもたらしているんだ」

彼は黙って、わたしがそばに来るまで待った。

「では、言ってごらん、ペリネッタ――名前はペリネッタだったね？――誰がこれを作ったのか？　荒れて凍えた手をした一〇〇人の女たちか？　図案を考えた男か？　これを作ったのは、一年という歳月と、場所だけだよ。芸術家を識別するのに、どこの出身か、あるいは最終的にどこで働いたか、それしか基準がない時代だった。ヨーロッパの価値ある美術品の半分は、どこかの町が自分のところで作ったと主張している。ここを見てごらん――アウデナールデ〔ベルギー北部。タペストリー生産で知られた〕の町のしるしがあるだろう。だが、もちろん、忘れてならないのは、メディチ家の誰が小国の財産でそれを購入し、イタリアまで運んできたのかということだ。護衛や殺し屋に守らせながら、一六〇〇キロの距離を越えて……」

そんなふうに話すのを聞くと、なんだか彼の安全なポケットにするりと滑りこめそうな感じがしたわ。初めて話しかけられたとき、わたしはとても若かったの。要するに、お金と知識にともなう権力を持つ男性は、世界を思うままにするのよ。おかげで悠然とかまえていられるのね。でも、その手の人種は、相手の目の前で扉を閉めてしまう。そういう世界にはルールがあって、入ってはいけない部屋があるのよ。彼らの日常では、いつもどこかで血が流されている。彼はそのことに気づいていた。ホーレス・ジョンソンは、自分がどんな獣に乗っているか知っていたの。そういう認識から生まれる残酷さというものがある。当時のわたしはそんなこと知らなかった。彼がわたしのひじだけに触れて円形大広間に連れていき、その同じ手で、まるで召使いのスカートみたいにタペストリーの端を持ちあげ、鮮やかな裏面をあらわにした、あの午後には。

わたしはその世界で三年間暮らし、結局、自ら選んだと思っていた道のどれ一つとしてコントロールできていないことを知った。お金持ちのあいだに落とし戸や堀がめぐらされているなんて気づかなかった。ホーレスみたいな男は、愛する人だろうと、そばに置きたいと願う人だろうと、敵を相手にするのと同じ扱いかたをして、決して復讐できない場所に押しこめるのだということにも、気づいていなかった。

シエナで、デル・モーロ通りとサルスティオ・バンディーニ通りの角に立って見上げると、ダンテの『神曲』の「煉獄篇」の一節を読むことができる。

「その者とは」彼が答える。「プロヴェンツァーノ・サルヴァーニなり。野心を抱き、シエナをすべてわが手に握ろうとしたがゆえに、ここにあり」

そして、ヴァレロッツィ通りがモンタニーニ通りとぶつかるところで上を見ると、黄色い石にこんな言葉が刻まれている――

サピアという名でありながら
わたしは賢明《サピア》ではなかった
ひとの不運をわが幸運よりも喜んだ

あのね、強大な権力の中心において、争いの土台になるのは、勝つことよりむしろ、敵に真の望みを遂げさせないことなの。

あるクリスマスにスタッフのための仮装パーティーがひらかれたとき、ふと気づくと、人のまばらな中庭で、彼がわたしのまわりを一周していた。わたしはマルセル・プルーストの仮装で、ブロンドの髪を隠し、細い口髭を貼りつけ、ケープをはおっていた。それが彼の興味を惹いたのかしら。なんとなく下心をごまかす役に立ったのかしら。

飲み物を取ってこようかと彼は訊ねた。「いいえ」とわたしは答えた。

「君はヨーロッパの大都市を飛びまわってみたくないか?」

わたしは笑った。「コルク張りのささやかな部屋があります。たぶんそれで十分ですね」

「なるほど。だったら、君の絵を描かせてくれ。今の君を。モデルになったことはあるかな?」

ありませんと答えた。

「あのグリーンのスカーフを巻くといい」

そんなふうにして始まったの。わたしは男装して、彼の意識のなかへ入っていった。実を言うと、ひょっとしたら今もあのヴィラの地下室のどこかに、彼の描いたわたしの肖像画があるかもしれない。たぶん未完成のままの肖像画のなかで、わたしはちゃんと服を着ているけど、本当は愛を交わしたあとなの。田舎の野暮ったい奥さまか、友人のうぶな娘みたいに、慎み深い顔をしているけれどね。

　言うまでもなく、毎朝わたしが自転車で出勤するのを上の窓から眺めていた人物は、彼だった。あの人は時間をかけてわたしを見きわめていたのね。そしてそのあとも同じようにゆったりしていた。たびたびスケッチの手を止めては、とめどもないおしゃべりをする。色合いについての知識、フレスコ画に見られる舞踊、アラバスターの長所など。そしてわたしは、求愛の始まりにためらいを感じ、最初の数日はプルーストの口髭をつけていった。だから彼はアトリエでわたしを迎えると、抱きしめて口髭越しにキスしなければならなかった。何日かは一緒にいるあいだも口髭をつけていて、話しているうちにそれを忘れ、もっと若い頃のことをあれこれしゃべったわ。彼の好奇心につられて、ぼうっとしたまま何もかも打ち明けたの。

　博識なうえに如才のない人だったわ。まずわたしを友だちにした。彼はだいぶ年上だったから、女性の扱いかたも若い人と違って、ずいぶん丁寧だったみたい。比べるような若い恋人がいたわけじゃないけど――それどころか、恋人を持ったこともなかったけど。すべては潮の満ち干のように、言葉をかわしながらからだも近づいていった。アトリエに入ると、わたしの首からグリーンのスカーフをはずすことから始まり、そして、燃えるように暑い八月のある昼下がり、彼はもう少し先へ進もうとした。小さな一歩。たぶん、彼の言葉の魔法に、馴らされていたのかも。わたしは裸の背中をどうやって彼にぴったり重ねればいいか知った。最初は痛みにしか思えなかったものを超えて、やがてそれさえも欲望に溶けこんでいった。

　もちろん、これははるか昔から繰り返されてきた営みだと今は知っている。でも、あの頃のわたしには目もくらむ世界だった。我を忘れ、衝撃に打たれ、求められるままに受けいれ、応えていった。そのあと、わたしは調度品の整ったアトリエを歩きまわった。わたしの肌、わたしの〝色合い〟が、よろい窓のすき間から滑りこんでくる空気のなかで息づいていた。靴下だけを身につけた姿でうろつき、彼が前にわたしを描いたまじめなスケッチを手の影でなぞった。部屋にひとりきりみたいな気分になることがよくあった。わたしを見つめ、存在を包みこんでいる彼が、そこにいないかのように――わたしという存在は、この部屋で初めて明るみに出された。わたしは知識と欲望の混ざりあうなかで揺れ動いていた。彼の腕の重さ、彼の全身の重さ。恋人の響きに応えるわたしの響き。絵のなかで深い悲しみや隠しごとを表すために、人物の肩に当てる光はどんなにわずかでいいか。カラヴァッジョの杯が、今にも落ちそうな緊張感を暗示するために、どれほどテーブルの端ぎりぎりに描かれているか。

僕は昼すぎまでペリネッタ・ラスケティの手紙に目を通し、彼女の記憶のなかで今も燃えている過去の一部始終、かつての炎を読みとった。手紙は予想とはまったく違い、あまりに私的で強烈だったので、まるで想像上の読者に向けたもののように感じられた。

あの時期、パニカーレ通りにある彼のアトリエで、わたしの心は成長していった。わたしたちの罪深いひとときに、町の鐘が帰れと命じるように鳴り響くあの場所で。彼は自分の上にかがみこむわたしを見つめた。わたしはぶあつい美術書をパラパラめくり、彼はわたしの裸の肩越しにそれをのぞきこんだ。顔を上げると、鏡に映るふたりの姿が目に入り、似たような場面が思い出された。彼の息子が〈カポネルーム〉の大きなソファーで本を読み、ホーレスが——このときは父親として——後ろに立って見下ろしていたときのこと。わたしとあの子は同じように、あの父親に支配されていた。

あの日オロンセイ号で、わたしはなぜ、従弟《いとこ》と一緒にあなたを船室に招いたのかしら。旅のあいだ、あなたを見ていて、ひょっとしたらあなたも、抜き差しならない状況に陥っているんじゃないかと心配になった。そうなることの容易さも、行きつく先も知っていた。でも、確信がなかったの。かわりにあなたの従弟に、男爵に気をつけるよう言った。あの午後、わたしはちゃんと気づいていなかった。知らなかったの。本当に危ういのはあなたのほうだということを。守るべき子を間違えてしまったのよ。どうしてわからなかったのかしら。

ひび割れたガラスを通してフィレンツェでの日々を振り返ると、あの頃の喜びに皮肉が混ざりあう。彼のやり方でさまざまに愛しあったあと、よく彼を眺めた。日射しの帯が東の壁から彼のからだに伸びてきて、人のからだには見たことのなかった、半人半獣のサテュロスのような毛を照らす。まるで森で育った、別の種類の生き物と同居しているような感じ。わたしはイギリス生まれのこの肩にグリーンのスカーフをかけ、絵の具の匂いと、愛を交わしたあとの栗のような匂いのなかを歩きまわった。愛されているのは、自分が変わっていくせいだと思った。

ときどき彼は絵を出してきた。日本の作品や、大金で買った巨匠のスケッチ。半時間まえに彼のからだを慈しんだわたしの人差し指を取り、お椀や橋、猫の背中の輪郭をなぞらせた――女性の膝のスケッチを今もはっきりと覚えている。もがく猫を両手で押さえていたわ。彼はわたしの指を使って、自分で描いているかのように輪郭をなぞり、そうすることで不滅のものに触れようとしていた。

彼はわたしに、仕事が休みのときは何をしているのかと訊ね、自分が訪れることはないわたしの小さな部屋について語らせた。よその土地ではどこに行ったことがあるか、ほかにはどんなことにときめくかも知りたがった。学生時代の求愛めいたものについても話した……でも、実はもうしゃべることが尽きてしまった。そしてある午後、クライブとタペストリーの心温まる出来事を思い出した。円形大広間のらせん階段を下りていったら、彼が草むらにいる犬の毛をそっとなでていたという話をした。

ホーレスはいいかげんに聞き流していた。初めは本物の犬の話をしていると思ったのね。やがて顔をこわばらせて言った。「犬だって？」

わたしたちのルール、というか彼のルールは、アトリエでの時間以外に、それらしいそぶりをしたり、引きずったりしないというものだった。小石が投げられたなら、音もなく水中に沈み、波紋一つ広がらないようにしなければいけない。実のところ、職場ではめったに会うこともなかったの。休憩時間は同僚とお茶を飲み、お昼は庭の第二テラスに行って、ロードス島の怒れる巨像が何やら考えこんでいる下で食事をした。邪魔されたくなかったし、できれば空き時間には本を読みたかった。そんなふうにしてくつろいでいたある木曜日、ただならぬ息づかいが聞こえてきたの。近くにいる誰かが、今にも泣くか、わめきだしそうなのに、そうやって苦しげにあえぎつづけることしかできないようだった。立ち上がって、音のするほうへ行ってみると、あの子がいた。父親にお仕置きをされたに違いない。彼はわたしを見ると、かっと顔を赤くして逃げだした。まるでわたしに何かされたかのように。そして確かに、何かしてしまったんだわ。愛を交わすまえに、あの子と犬のことを、何気なく話したせいだった。

翌日の午後、ホーレスに向かって、裏切ったことを激しく抗議し、息子のかわりに大声でわめいた。わたしは息切れしなかった。事前に怒りを整理し、彼があの子にした仕打ちの報いに、できるだけ傷つけてやるつもりだった。彼の正体がわかった。丁重なふりをして力と権威をふりかざす、いばり屋なのよ。彼は死ぬまでそうやって人のあいだをすり抜けていき、何一つ学ばないのだと思った。やがて言葉で彼を痛めつけることはできないとわかると、わたしは腕をかざし、彼に向かって振りおろした。彼はわたしのこぶしをつかみ、こちらへ押しもどした。握りしめていたハサミが、彼にぶつけたはずの力と憎しみとともに、わたしのわき腹に刺さった。きっと彼は、怒りと狂気の果ての行為をかわしただけだと言うでしょうね。わたしは頭と髪が足につくほど体を二つに曲げた。ハサミが刺さったまま。何も言わなかった。身じろぎもせず、そして何より、絶対に泣くまいとしていた。あの子と同じね。ホーレスが立ち上がらせようとしたけど、わたしは両脚をきつく抱えていた。体を丸めて、相手にとっての標的を小さくするために。彼はこの展開にスリルさえ感じているのではないかと思った。もしわたしの反応が違って、さめざめと泣いてすがりつきでもしたなら、わたしたちはもう一度、おそらく最後の愛を交わそうとしたかもしれない。ふたりの過去の終わりを動かぬものとするかのように。あのとき彼は、本当にこれでおしまいだと悟ったはず。わたしみたいな相手、自分をこれほど露骨に批判する人間を、二度と信頼するわけにはいかなかっただろうから。

「手当てしよう」

彼がブラウスをひらき、白い腹から弱々しく流れ出る血を見ようとするところを思い浮かべた。わたしはそのままのろのろと立ち上がってアトリエを出た。ほの暗い廊下で足を止めた。汗をかいていた。見下ろしてハサミを引き抜くと、そのとたんにまわりの照明がタイマーで消えて、暗闇のなかでいっそう孤独になった。もう少しだけそこに立ち、何かを待った。けれども彼は出てこなかった。

何週間か前から、〈ヴィラ・オルテンシア〉では、夏至を祝うパーティーの準備が進められていた。お客は近隣の町の人たちと、芸術家や批評家、親類、フィレンツェの市民、そして収蔵庫や庭園で働くスタッフ全員。それは彼と奥さんから地域に向けた、年に一度のいわばご挨拶だった。これでシーズンが終わるということ。この行事のあとの暑い夏のあいだ、家族はアメリカに帰るか、また旅に出てロシアの公国に涼を求めるのだった。夏の暑さは、このヴィラの上階にある石造りの部屋でも、日陰になった庭園でも、心地よいものとはいえなかった。

パーティーを二日後にひかえ、わたしはベッドに横たわって、顔を出そうかやめようかと考えていた。行くことで、あるいは行かないことで、彼か自分をよけいに傷つけることになるだろうか、と。わたしは小さな洗面台で、傷の〝手当て〟をした――なんてお上品な言い方かしら。その処置は適切でも賢明でもなかったから、傷跡はいつまでも消えないでしょうね。その後に出会った恋人たちは、傷跡に気づくと、きれいだと言ってみたり、なんでもないふりをしたりした。それから自分の傷を見せるの――どれもわたしのほど劇的ではなかったけれど。

彼のアトリエの暗い廊下をあとにして、パニカーレ通りに出ると、薬局を探した。一軒見つけて、怪我のことを〝深い切り傷〟と説明した記憶がある。

「どの程度ですか？」薬剤師は訊ねた。

「ひどいの」わたしは答えた。「事故だったのよ」

彼がくれたのは、硫黄を含む何かと、包帯にガーゼ。クリミア戦争で使われたのとたいして変わらなさそうな消毒液など。自分で使うとは言わなかったけど、わたしはきっと青ざめて、フラフラしていたんじゃないかしら。何もかもがよくわからなくなっていたわ。頼れるのは堪能なイタリア語だけだったから、意識をそこに集中した。薬剤師は話しつづけていた。わたしが大丈夫かどうか確かめたかったのかもしれない。ふと見下ろすと、スカートに血がべっとりついていた。

家までの道のりは長かった。その日の夕方から翌日の夜まで、ほとんど起き上がれなかった。薬は手つかずだった。袋ごと床に落としたまま。ただベッドに横たわり、暗闇のなかで何もかもに思いを巡らせようとしていた。乗り越えたばかりの出来事。わたしに未来はあるのかどうか。あの人のことは問題じゃなかった。わたしはこのとき、自分自身になったのだと思う。

翌日は動くのもやっとだった。それでも無理に立ち上がり、洗面台の前に立った。そばに細長い鏡がついていた。からだに貼りついたブラウスとスカートをはぎ取り、傷が見えるようにした。薬剤師がくれた軟膏を塗ってから、ベッドに戻り、肌をそのまま空気にさらしておいた。いろんな夢を見た。激しい葛藤を繰り返した。起きていって、午後の光のなかで鏡をのぞいた。出血は止まっていた。わたしは大丈夫。自分を責めながら死ぬことにはならない。明日に迫った夏至のパーティーに行く。行かない。行く。

遅れて到着し、わざと歓迎スピーチに間に合わないようにした。ゆっくり歩いても、一歩ごとに痛みがわき腹を引き裂いた。それでも室内楽の音を聴き、耳で追った。演奏者は第二テラスの向こうにある小劇場〈テアトリーノ〉の小さな舞台にいた。わたしは以前からその場所が大好きだった。そこでは舞台に出る側と見る側が対等な立場になれる。ピアニストとチェリストが、聴衆のすぐそばで、明かりの灯る木々の下にいた。そして第三楽章、すべてが混ざりあい、音楽がまるで風のように、みんなをその腕に抱いて庭園を吹き抜けたとき、わたしはふいに喜びに満ちあふれた。音楽のコートを身にまとったかのように、心が静まるのを感じた。

あたりを見まわすと――家族連れやスタッフ、名士たちがこの恵みを受けるなか――流れる音楽に耳を傾けるホーレスがいた。まるで音楽を凝視するかのようだった。ほかのものは眼中にないらしい。そして、彼がチェリストを一心に見つめていることに気づいた。彼女は自分の演奏の技術と精神にぴったりとつながっていた。彼の視線は釘づけだった。最初はてっきり、欲望の獲物として見ているのかと思った。でも、実はそんなことを超えていた。ホーレスがピアニストのほうにのぼせ上がってもおかしくなかった。チェロの音色に合わせて巧みに指を走らせ、まるで催眠術師のようにみごとな手並みで、軽やかに弾いている。ふたりの演奏には共通する技術があり、それは小さな糸巻きとスクリュー、松ヤニと弦、身についたテンポで成り立っている。そうしたものが、黒ずくめの平凡なチェリストを、官能的に大地に根づかせていた。そのことがわたしに深い満足を与えてくれた。彼女はホーレスが権力と財産にものを言わせても、決して立ち入ることのできない領域にいる。彼はチェリストを口説いて雇い入れ、祝杯をあげることができる。呼び寄せてそばに置くこともできる。それでも、彼女のいる世界には決して到達できない。

ずっと昔に書いた最後のページの下に、ミス・ラスケティはこんなメモを書き加えていた。

どこにいるの、エミリー？　こちらに住所を知らせるか、または手紙をくれない？　オロンセイ号に乗っていたとき、あなたに渡すつもりでこれをしたためました。というのも、手紙に書いたとおり、若い頃のわたしのように、あなたも誰かの魔法にかかっていると気づいたから。そして、助けてあげられると考えたの。ジャンクラ一座のスニルと一緒にいるあなたを見て、危ないことに巻きこまれていると思ったのよ。

でも、結局、渡さなかった。怖かったのかしら……よくわからない。あれからずっと、あなたはどうしているかと考えてきたの。自由の身になれたかどうか。確かにわたし、しばらくは落ちこんで自分に嫌気がさしたけど、やがてあの堂々巡りの状態から抜けだしたのよ。「若くして絶望し、決して振り返るな」と言ったアイルランド人がいます。わたしはそのとおりにしたの。

お返事ください

ペリネッタ

第53章

ミス・ラスケティの手紙を受けとってから二年後、ブリティッシュ・コロンビア〔カナダ西部の州〕に何日か滞在していたとき、ホテルの部屋に電話がかかってきた。夜中の一時頃だった。

「マイケル？　エミリーよ」

長い間をおいてから、どこにいるのかと僕は訊ねた。てっきりどこか遠くの時間帯、もう夜が明けているヨーロッパの町あたりかと思ったのだ。けれど、彼女はほんの数キロしか離れていないガルフ諸島の島にいると答えた。あちらでも午前一時なのは間違いない。ホテルを何軒か当たったのだと言った。

「出てこられる？『ジョージア・ストレート』に載ったあなたの記事を見たの。会いにきてくれない？」

「いつ？」

「明日は？」

僕はそれに応じ、詳細を教わった。電話が切れたあと、ホテル・バンクーバーの一〇階の部屋で横になったまま、眠れなかった。「ホースシュー・ベイからボウエン島行きのフェリーに乗って。二時半の便。迎えに行くわ」

そこで僕は言われたとおりにした。彼女とは一五年も会っていなかった。

第54章　盗み聞き

船はまだ地中海にいて、イギリスに着くのは何日も先だった。ジャンクラ一座が午後の公演を行い、アンコールで仮設の舞台に乗客を呼んで共演させた。そのなかにエミリーもいた。まもなく彼女は水平になるほどぐるぐる回され、スニルの握る手から今にも飛びだしそうになった。

それからエミリーとほかの参加者たちは、人間ピラミッドのてっぺんに乗ってみろと勧められた。みんなが乗ると、ピラミッドは重そうに動きだし、腕のたくさんある生き物のように甲板を進んだ。船の手すりまで行くと、ピラミッドの土台を支えている曲芸師たちがゆらゆらと揺れはじめ、上に乗っている客たちを震えあがらせた。恐怖の悲鳴をあげる人、思いがけない喜びに気づいて歓声をあげる人。やがてこの人間の城は、まだ数人が叫ぶなか、ゆっくりと回転してこちらへ戻ってきた。参加者のなかで、エミリーだけが落ち着きはらい、舞台に立つことを誇りに思っているように見えた。みんなが下りると、エミリーにちょっとした賞が与えられた。ファンファーレが派手に鳴り、彼女はまた座員の肩に乗せられた。その場にいた〈キャッツ・テーブル〉の人たち、ダニエルズさんとグネセケラさんと僕たち三人組は、盛大に拍手を送った。別の座員の肩に平然と立ったスニルが、エミリーのそばに行き、銀のブレスレットを手首にはめた。すると留め金が肌を刺し、彼女は顔をしかめた。膝がくずれそうになり、一瞬、気まずい空気が流れた。彼女の腕をゆっくりと血が伝うのが見えた。スニルは片手で彼女を支え、もう一方のてのひらを額にあてて落ち着かせようとした。ふたりが下に降ろされると、スニルはエミリーの手首の傷に軟膏を塗った。彼女は健気に腕を上げて、ブレスレットだかなんだか、とにかく腕につけたものをみんなに見せた。ジャンクラ一座によるこの演芸会がひらかれたのは夕方で、終わったあと乗客のほとんどは、休んだり、夕食の身支度をするために船室へ戻っていった。

それから数時間後の夜。カシウスと僕は、二日前の晩と同じ救命ボートにいた。あのとき、エミリーがここで誰かに会う予定だと知ったのだ。僕たちは暗闇に身を潜《ひそ》め、エミリーとあとからきた男が、ためらいがちにかわす言葉を聞いていた。そのうちに男が、自分はルシウス・ペレラだと名乗った。なんと、覆面捜査官のペレラ、犯罪捜査部のペレラが、どういうわけか僕の従姉と話し、正体を明かしているのだ！

「まさかあなただとは思わなかったわ」エミリーが言った。

僕は船の上で聞いた声や、ふと耳にした声をすべて思い返していた。この男の声は絶対に聞いたことがないと思った。気軽なおしゃべりのようだったが、それもエミリーが囚人の状態を訊ねるまでだった。ペレラは苛立たしげに、彼女の気づかいをあざけった。そしてさらに、だいたいあの囚人がどんな罪を犯したか知っているのかと訊ねた。

するとエミリーの立ち去る音が聞こえた。

ペレラはそこに残り、僕たちのすぐ下を行ったり来たりした。この人物こそ、コロンボ警察の高官なのだ。僕たちはその人のほとんど真上にいた。彼の擦ったマッチが燃えあがり、たばこに火をつける音が聞こえるほど、すぐ近くだった。

やがてエミリーが戻ってきた。「ごめんなさい」と言った。ただそれだけ。そしてふたりはまた話しはじめた。

さっき最初にエミリーの声が聞こえたとき、ニーマイヤーの状態を知りたがっているわりに、ずいぶん疲れて眠そうな感じがした。そしてペレラが苛立つと、彼女は立ち去ってしまった。会話をつづけたくなかったのだ。そういう場面は見慣れていた――エミリーのまわりには、越えられない厚い壁があるのだ。大胆で愛想もいいくせに、一瞬のうちに心を閉ざして背を向けてしまったりもする。けれども今は、どういうわけか、わざわざ戻ってきてペレラとまた話しはじめたのだった。礼儀正しくするためか？　親しげな態度はどうも嘘っぽく感じられた。彼女が会う予定の男について、スニルの言っていたことを思い出した。「あ、い、つ、は、君、を、も、の、に、し、よ、う、と、す、る、だ、ろ、う」。すると、僕の考えに反応したみたいに、ペレラが近づいたか、手を出そうとしたらしく、彼女が「だめ。だめよ」と言った。そして小さな叫びをあげた。

「これが今日勝ちとったブレスレットだね？」彼がささやいた。「手を見せてごらん……」その声はきびしく、自分だけが知る情報を探しているかのようだった。「手を出しなさい」

まるで暗闇のなかでラジオを聞いているような気がした。「これは……」彼の声が聞こえた。そのとき、あわただしい動きがあった。何かが起こっている。もう誰の声もしない。木製の救命ボートのなかに、息をのむ音が聞こえ、誰かが倒れた。女性の声が何かささやいている。

カシウスと僕は身じろぎもしなかった。どれくらいのあいだそうしていたかわからない。ささやき声が消えて、静まりかえるまでそのまま動かずにいた。そして救命ボートから降りた。人のからだが横たわっていた。両手で喉をつかんでいるのが見えた。血の噴き出る切り傷を押さえるみたいに。きっとペレラ氏だ。近寄ろうとすると、その体がびくんと震えた。僕たちはぎょっとして、暗がりに逃げこんだ。

僕は船室に戻り、上の寝台に座ってドアを見つめた。どうすればいいのだろう。カシウスと僕は口をきかなかった。一言もしゃべらなかった。ひたすら走った。普段ならこんなことを相談できる相手はエミリーひとりだけど、今回はそうはいかない。彼女はきっとナイフを持っていたんだ。たぶん、一度いなくなったのは、ナイフを取りに行ったんだ。何も考えられなくなり、ひたすらドアを見ていた。そのドアがひらいた。そしてヘイスティさんが、インバニオさんとトルロイさん、バブストックさんを連れて入ってきた。僕はベッドに横になり、眠っているふりをした。彼らが静かに語りあい、それから互いにビッドしはじめる声を聞いていた。

ラマディンの船室で、僕はカシウスと一緒に床に座りこんだ。まだ朝早かったが、ふたりとも自分たちの見たことをラマディンに話さなければと思っていた。ラマディンはいつでもいちばん冷静で、どうすべきかはっきりした意見を持っているからだ。僕たちは彼に何もかも打ち明けた。耳にした会話、エミリーが立ち去ってからまた戻ってきたこと、ペレラ氏とのいざこざ、そのあと、切られた首を手で押さえている人を見たこと。すると、頼みの友は座りこんだまま、何も言わず、アドバイスもしてくれなかった。彼もショックを受けていたのだ。例の犬とヘクター・ド・シルヴァの事件のあともそうだったように、僕たちは黙りこんでじっとしていた。

やがてラマディンが口をひらいた。「もちろん、君は彼女と話さなくちゃ」

でも、僕はすでにエミリーに会ってきたのだった。彼女はやっとのことでドアを開けて僕を通すと、すぐさま椅子に座ってまた眠りこんでしまった。僕の目の前で手足をぐにゃりとさせて。僕は身を乗りだして揺り起こした。一晩じゅう変な夢にうなされたの、と彼女は言った。夕食に出た食べ物に当たったのかもしれないわ、と。

「みんな同じ物を食べたじゃないか」僕は反論した。「でも僕は当たらなかったよ」

「何かくれる？　水でも……」

水を渡すと、彼女はグラスをそのまま膝にのせた。

「救命ボートのそばにいたよね？」

「いつ？　寝させてよ、マイケル」

僕はまた彼女のからだを揺さぶった。

「覚えてるでしょ？　昨夜、甲板に出たこと」

「ここにいたんじゃない？」

「それで誰かと会っただろ？」

彼女は座ったまま、もぞもぞ動いた。

「何かしたはずだよ。覚えてない？　ペレラさんは覚えてる？」

彼女は苦労してからだを起こし、僕を見た。

「誰だか知ってるの？」

カシウスと僕は、ペレラ氏のからだを最後に見た場所へ行ってみた。しゃがみこんで、血の跡を探したけれど、甲板には染み一つなかった。

第55章

僕は船室に戻り、丸一日こもっていた。僕たち三人は誰にも言わないことに決めた。ヘイスティさんがカードをするときのために果物を戸棚にしまっていたので、〈キャッツ・テーブル〉での昼食を避けるためにそれを食べた。

自分の見たものが、見たと思っているとおりなのか、僕にはわからなかった。相談できる相手は誰もいない。もしダニエルズさんかミス・ラスケティに話したら、エミリーが何をしたか僕の知っていることを漏らすはめになる。僕の伯父さんは判事だ、とも考えた。ひょっとしたらエミリーを助けてくれるかもしれない。あるいは、僕たちが黙っていれば、彼女を救えるのだろうか。午後しばらく上に行き、ひとりでCデッキに出てみた。船室に戻ってから、まだ道のりがどれだけ残っているのか、なぞり書きした地図を眺めた。そのうちに眠ってしまったらしい。

夕食を知らせる鐘が聞こえ、しばらくすると船室のドアをラマディンが暗号のノックでたたいたのでドアを開けた。手招きに応えて出ていき、カシウスと合流した。外の架台式テーブルに食事が用意されていて、三人だけになれる席で食べた。席を立ったとき、カシウスは何かがなみなみと入ったグラスを持っていた。「たぶんコニャックだよ」と彼は言った。プロムナード・デッキに上がって人目につかない場所を選び、にわか雨が降るなか、まるで自分に毒を盛るかのように、カシウスのグラスの中身を飲んだ。

水平線はもやに遮られ、何も見えなかった。やがて雨がやんだ。つまり、囚人の夜の散歩が中止されずに済むかもしれないということだ。彼が現れれば、僕たち三人も少しは平静を取り戻せるだろう。そんなわけで、暗くなるなか、誰もいない甲板にとどまった。

夜警が見回りに来て、手すりのそばで足を止め、船の下でうねる波を眺めてから去っていった。それからしばらくして、囚人が連れだされてきた。

甲板のこのあたりには明かりが一つか二つしかついておらず、こちらの姿は見えなかった。囚人は看守ふたりに付き添われていた。両手にはまだ手錠がかけられ、前に進むと足から引きずる鎖が甲板に当たってジャラジャラ鳴った。それから彼は立ち止まり、看守たちが散歩用の重い鎖を首につけるあいだ、じっとしていた。看守たちは暗がりのなか、感覚と慣れでこの作業をしていた。すると、囚人が低い声で「はずせ」というのが聞こえた。目をこらしてよくよく見ると、彼が看守のひとりの首をおかしな角度で押さえつけているのがわかった。囚人は看守もろとも低く身をかがめ、体を横に向けて、鉄の首輪につながれた鎖を看守がはずせるようにした。留め金がはずされたとたん、彼は頭を振って鎖をふりほどいた。

「足かせの鍵をこっちに投げろ」今度はもうひとりの看守に声をかけた。看守がそれぞれに鍵束を持っていることを知っていたに違いない。そして再び、力を奪われた男に力を与える、あの静かな声で言った。

「鍵だ。さもないとこいつの首をへし折るぞ」

もうひとりの看守は動かなかった。ニーマイヤーがからだをひねると、最初の看守はおとなしくなった。気を失ったのだろう。うめき声が聞こえた。だがその声の主は看守ではなく、物陰から出てきた耳の聞こえないあの少女、囚人の娘だった。月を隠していた雲が流れはじめ、甲板に明るい光が射してきた。水平線もはっきり見える。囚人が闇にまぎれて脱走したくても、そういうわけにはいかないだろう。

少女は進み出て、動かなくなった看守の上にかがみこみ、父を見て首を振った。そしてもうひとりの看守に、不慣れで話しにくそうなあの声で言った。「鍵を渡して。足かせの。お願い。その人を殺してしまうから」第二の看守が鍵を手にして身をかがめ、錠をはずそうと格闘するあいだ、少女とニーマイヤーは動かなかった。やがて立ち上がったニーマイヤーは、あたりにさっと視線を投げ、手すり越しに遠くをじっと見つめた。その瞬間まで、与えられた空間、鎖の届く範囲しか意識していなかったに違いないが、今や逃亡のチャンスが目の前にあるのだ。足は自由になった。手だけが鎖でつながれ、南京錠がかけられている。そのとき、夜警が出てきて状況を見てとり、笛を吹いた。それから何もかもが急激に動きだし、甲板に船員やほかの警備員や乗客が詰めかけた。ニーマイヤーは少女を抱え、逃げ場を求めて駆けだした。そして船尾の手すりの前で止まった。そのまま飛びこむのかと思ったが、くるりとこちらへ向き直った。だが、誰も近寄ろうとしなかった。僕たちは身を潜めていた場所からそっと出ていった。もう隠れていても無駄だし、ちゃんと見えないのでは仕方がない。

一瞬、誰もがその場で身がまえた。はるか彼方に見えるのは、ナポリの灯か、はたまたマルセイユか。ニーマイヤーはアスンタを連れて進み出た。すると群衆が後ずさりして、細い道ができた。みんなは叫ぶでもなく、まるで不平を訴えるみたいに声をかけた。「女の子！　女の子を解放しろ！　放してやれ！」けれど群衆のなかに、あえて通り道をふさいで彼を止めようとする者はいなかった。手かせをはめられ、娘を連れた裸足の男を。そして、こうした展開のあいだずっと、少女は悲鳴一つあげなかった。高まる怒りの声に囲まれながら、彼女の顔は冷静なままだった。ニーマイヤーが自分に与えられたトンネルを大またで通り抜けるあいだ、少女は何もかもを二つの大きな瞳でじっと見つめていた。「女の子を放せ！」

そのとき、誰かがピストルを撃った。そして明かりが、甲板全体にも、頭上のブリッジや食堂の窓にも、至るところに灯った。不意にまばゆいばかりの光が甲板からあふれ、液体のように海に流れこんだ。少女の青白い顔がはっきりと見えた。誰かが叫んだ——実に明瞭な発音だった。「やつに最後の鍵を渡すな」。すると、そばにいたラマディンがごく低い声で「彼に鍵を渡せ」と言うのが聞こえた。何の鍵にしろ、それがなければ、囚人が少女にとってもみんなにとっても危険な存在であることが、突然はっきりしたからだ。少女が無表情なのに対し、囚人の顔には狂気じみた色が浮かんでいた。真夜中に甲板を散歩する姿を眺めていたときには見たことのない表情だった。囚人が動くにつれて、彼を通すために狭い道ができた。この限られた自由のなかに閉じこめられて、逃げ場はない。やがて彼は足を止め、大きな両手で少女の顔をそばに引き寄せた。そしてふたたび駆けだし、少女を引きずるようにして人々のあいだをすり抜けた。いきなり手すりの上に飛び乗ると、少女を抱えあげてそこに立った。今にも船から暗い海へ飛びこみそうだった。

サーチライトがゆっくりと二つの人影を照らしだした。

ふと気づくと、風が強くなりつつあった。僕はラマディンにしがみついていたが、カシウスはニーマイヤーとアスンタのそばへ移動していた。彼はあの娘のことをいつも気にかけ、守りたいと思っていたのだ。僕のすぐ前にエミリーが見えた。鍵についてみんなに警告したのは、ギグスの声だった。ずっと上のブリッジで、明かりに囲まれている。そして、さっきは空に向けて撃ったピストルを、今度は囚人と、その腕のなかの少女に向けていた。ギグスと、隣にいる船長が、乗組員に大声で指示を出すと、船は揺れながらスピードを落とした。船を打つ波の音が聞こえる。すべての動きが止まった。右舷のはるか彼方に、陸地の目印となる明かりが見えるだけだった。

少女が父親の腕に抱えられている、そのあいだずっと、僕は振り向いて、ブリッジにいるギグスを見上げていた。これから起こることがすべて彼しだいなのは明らかだった。

「下りろ！」彼はどなった。だがニーマイヤーは応じなかった。そのまま動かない。下に広がる海に目をやる。少女は何も見ていない。ギグスはピストルで囚人を狙ったままだ。銃声がした。まるでそれが合図だったみたいに、船ががくんと動き、ふたたび進みだした。

ニーマイヤーのほうを向こうとしたとき、エミリーが僕の目に入った。彼女は甲板の向こう端の何かをじっと見つめていた。僕もそちらのほうをちらっと見ると、ちょうどそのとき、ミス・ラスケティが、手に持っていたものを海に投げ捨てるところだった。そっちを振り向くのが一秒でも遅かったか、あるいは向かずにいたら、その瞬間を目にすることはなかっただろう。

ニーマイヤーはじっと動かず、まるで痛みが襲ってくるのを待っているかのようだった。両手をつなぐ五〇センチほどの鎖が、だらりと垂れている。銃弾ははずれたのか？　彼はギグスに目をやった。ギグスはどうやら腕を押さえているようだ。不発に終わったのだろうか。ギグスのピストルはブリッジの下の甲板に落ち、暗闇に向かって暴発したのだった。ほとんど全員が、ニーマイヤーと少女か、ブリッジを見つめていた。けれども僕の目はミス・ラスケティに釘づけだった。彼女はたちまち素知らぬ顔になり、ただの見物人に戻ったので、自分の見たものがまるで幻覚のように感じられた。何かわからない物を海に放り投げた腕の動きには、別に意味などなかったのかもしれない。ただし、エミリーも彼女を見つめていたけれど。読みかけの本だったのかもしれないし、あるいはピストルだったのかもしれない。

ギグスは傷を負った腕をつかんでいた。そしてニーマイヤーは船尾の手すりの上でバランスを保っていた。やがて彼は、手かせをかけられた両手でしっかりと少女を抱えたまま、海に飛びこんだ。

エミリーは何が起こっているかを承知したうえで、ことの成り行きを見守っていたに違いない。でもその後、彼女は何も言わなかった。ふたりが逃亡をくわだて、身を投げて死んだあとの大騒ぎのなか、エミリーはいっさい発言しなかった。その前の週、彼女がアスンタのほうへかがみこんで、何か話したり聞いたりする姿を何度も目にしたたし、スニルと一緒にいるところもしょっちゅう見かけた。けれど、あの事件でエミリーがどんな役割を果たしたにしろ、この先ずっと語られることはなさそうだった。僕はあの夜の出来事の裏にある何かを目撃したのだろうか。あれは少年のたくましい妄想の産物にすぎなかったのか。振り返ってカシウスを探し、そばに行こうとしたが、彼はこの顚末に言葉を失った様子で、よそよそしく離れていってしまった。

この旅は、少年時代の限られた世界での、無邪気な思い出になるはずだったんだ、と前に人に話したことがある。ほんの三、四人の子どもが主人公で、旅に出るけど、わかりやすい地図と確かな目的地があって、恐れるようなことも謎めいたことも起こらないんだ、と。僕は長年、このことをほとんど思い出さずにいた。

第56章　解体場

二時一五分前ごろ、ホースシュー・ベイで〈クイーン・オブ・カピラーノ〉号に乗船した。フェリーがバンクーバーを出航し、僕は上甲板への階段をのぼった。パーカーを着て、猛烈な勢いでたきつける風に身をまかせた。船は低いうなりをあげながら、入り江と山脈の青い風景のなかへ進んでいく。小さなフェリーで、注意事項があちこちに貼ってあり、許可されていることといないことを知らせていた。ピエロの乗船を禁ずという掲示まであるのは、何カ月か前にけんか騒ぎがあったせいらしい。フェリーは海峡に入り、僕はそのまま風に打たれながらボウエン島を眺めていた。短い旅だった。二〇分もすると船は桟橋に着き、徒歩の乗客を降ろしはじめた。エミリーは今どんなふうになっているんだろうと考えた。彼女の型破りな行動については、ときおり噂に聞いていた。学校での最後の二年間、ロンドンでよからぬ連中とつきあっていたようだ。気づけば僕たちは違う世界に進み、互いに遠い存在になっていた。最後に会ったのは、彼女とデズモンドという男の結婚式だった。僕は披露宴で酔っぱらい、長居はしなかった。

スライド式の鉄のスロープを進んだが、それらしい人物は見あたらなかった。彼女は出迎えにきていないようだ。車がフェリーから降りてくるあいだ待ってみた。五分がすぎ、僕は通りを歩きだした。

道の反対側の小さな公園に、女性がひとり。寄りかかっていた木から身を起こした。おずおずとこちらへ向かってくる、その歩き方と身のこなしに見覚えがある。エミリーは微笑《ほほえ》んだ。

「こっちよ。車が向こうにあるの。わがお膝元へようこそ。この言い方、大好き。まるでからだの一部みたいで」彼女は固くならないように努めていた。でも、もちろんふたりともガチガチで、車まで歩くあいだお互い何も言わなかった。きっと彼女は、僕が桟橋に立って彼女を探している様子を眺め、想像と食い違っていないことを確かめたのだろう。

彼女はすぐに車を出し、町なかを抜けてから、スピードを落とし路肩にとめてエンジンを切った。身を乗りだして僕にキスをした。

「来てくれてありがとう」

「夜中の一時だったよ！　いつも夜中の一時に人に電話するの？」

「いつも。まさか。一日じゅうあなたに連絡を取ろうとしていたの。ホテルを一〇軒くらい探して、やっと居場所がわかったのよ。でも外出中だったみたいで。このまま会えずに出発しちゃうんじゃないかと心配だったの。大丈夫？」

「うん。腹ぺこだけど。びっくりしてるし」

「うちで食べましょ。お昼の用意をしてあるから」

道なりに車を走らせてから、海へ向かう小道に入った。坂を下り、ワンレス・ロードというさらに細い道へ曲がった。名前をつけるほどのこともない道だ。海を見晴らす小さなコテージが四、五軒あり、彼女はその一軒の横に車を寄せた。なんだか寂しい住まいに見えた。いちばん近い家と二〇メートルも離れていないけれど。なかに入ると、コテージはさらに小さく感じられたが、テラスからは海と無限の空間を見渡せた。

エミリーはサンドイッチを作り、ビールを二本開けて、一つだけの肘掛け椅子に座るよう僕に示した。それからソファーにどさりと座った。そして僕たちはさっそく話しはじめた。お互いの人生について。彼女が夫と暮らした中米、さらには南米について。彼は電子工学の専門家で、仕事柄あちこち渡り歩くため、夫婦のつきあう人々は数年ごとに変わった。やがて彼女は夫と別れた。気兼ねの多い結婚生活で、このまま死ぬまで暮らすには「寒すぎる建物」だと痛感し、そこから飛びだしたそうだ。別れてから数年経つので、何があったか話すのにも余裕があった。身ぶり手ぶりを交えて、ふたりがどんな問題を乗り越えたか、どんな風景のなかで暮らしていたか、あらましを語った。まるで僕が遠い存在だからこそ、何もかも包み隠さず話せるようだった。こうして話すうちに、彼女はこれまでの人生を僕の目の前に描きだした。それから黙りこみ、僕たちはただお互いに見つめあった。

結婚したときのエミリーについて、あることを思いだした。当時はみんなそんな感じだったが、あの結婚式は互いの目的がぴたりと一致する、まさに最高の瞬間だった。デズモンドはハンサムだし、エミリーは理想の花嫁だった。あの頃、幸福な結婚のために考えるべきことといえばその程度だった。とにかく、僕は披露宴から引き上げるまえのどこかのタイミングで、たまたま彼女に目をとめた。彼女はドアにもたれて、デズモンドを眺めていた。その視線はよそよそしく、まるで自分は今、すべきことをしているだけとでもいうふうだった。やがて彼女はパーティーの空気のなかへするりと戻っていった。披露宴でのあんなわずかな一瞬を誰が覚えているだろうか。だが、僕が彼女の結婚を思いだすたび、決まってよみがえるのはあの場面なのだ――たぶん、結婚したのは無秩序な状態から脱出するためだったのではないか。もっと昔、外国の学校に入って、凶暴で気まぐれな父親から逃げだしたときのように。そう、彼女の顔に浮かんでいたあの表情。まるで、買うかもらうかして手に入れたばかりのものを、値踏みしているみたいだった。

さて、そんなわけで僕はエミリーを見つめつづけていた。この人は僕の若い頃のある時期、美しき専制君主のような存在だった。でも、物静かで注意深い一面があるのも知っていた。たとえときどき冒険家っぽくふるまっていたにしても。とはいえ、あちこちの任地での結婚生活や、いくつかの情事についての話を聞くと、オロンセイ号に乗っていた当時におなじみだった従姉の姿が重なった。

彼女が今のようなおとなになったのは、あの船旅で起こったことが原因なのか。僕にはわからなかった。あの出来事がどれだけ彼女を変えたかは、知る由もない。僕はただ、ガルフ諸島のある島で、エミリーの質素なコテージにいたあのとき、心のなかでそのことに思いを馳せていた。彼女がまるで身を隠すように、ひとりで暮らしているらしい部屋で。

「オロンセイ号に乗っていたときのこと、覚えてる?」ついに僕は訊ねた。

僕たちはあの旅について一度も話したことがなかった。救命ボートのそばで起こったあの夜の出来事を、彼女は葬り去ったか、最初からなかったことにしたのだと、僕はそう思うようになっていた。僕が見る限り、エミリーにとって、あれはイギリスでの刺激的な暮らしにつながる三週間の旅にすぎなかったようだ。あの旅のすべてが、彼女にはほとんど意味を持たないらしいことが、奇妙に感じられた。

「ええ、もちろん」彼女は大声をあげた。絶対に覚えているはずの名前を突きつけられたみたいに。それからこう言い足した。「思いだすわ、あなたって、本当に手に負えない悪ガキだったわね」

「若かっただけさ」僕は言った。彼女は考えこむように目を細めて僕を見た。彼女の記憶が少しずつよみがえりはじめ、いくつかの出来事を思い返しているのがわかった。

「そういえば面倒ばかり起こしていたわよね。フラビアもすっかりお手上げだった。なつかしのフラビア・プリンス。まだご存命かしら……」

「ドイツで暮らしてるはずだよ」僕は言った。

「そう……」彼女は声をしぼりだした。胸の奥底で思いにふけっているようだった。

僕たちは暗くなるまで、マツ材の壁に囲まれた彼女のリビングですごした。ときどき彼女は、スナッグ・コーブとホースシュー・ベイのあいだをゆっくり行き来するフェリーのほうを眺めた。フエリーは航路の途中で、長いうめき声を一つあげるのだった。この時間、青灰色の闇のなか、明かりをつけて動いているのはフェリーだけだった。朝六時に起きると、水平線にそって走る夜明けのフェリーが見えると彼女が言った。これがエミリーの世界になっているのだと僕は思い知った。彼女が毎日、朝昼晩に見る景色なのだ。

「さあ。散歩に行きましょう」彼女が言いだした。

それから僕たちは、何時間も前に車で降りた急な坂道をのぼり、舞い散る落ち葉を踏んで歩いた。

「どうしてここに落ち着いたの？　まだ話してくれていないね。いつカナダに来たの？」

「三年ほどまえよ。結婚生活が終わったとき、ここに来て、あのコテージを買ったの」

「僕に連絡しようと思わなかった？」

「ああ、マイケル、あなたの世界と……わたしの世界じゃ……」

「まあ、こうして会えたわけだ」

「そうね」

「で、ひとりで住んでるんだね」

「あなたって昔から知りたがりなんだから。ええ、つきあってる人はいるわ。なんていうか……苦労してきた人なの」

そういえば彼女はいつも、問題の多い危険な連中と関わっていた。彼女のそんな面には長い歴史があった。彼女がイギリスに着いて、チェルトナム・レディース・カレッジの寄宿生になった頃のことを思いだす。まだロンドンのセイロン社会に加わっていて、休みの日に顔を合わせると、男友だちが誰かしらそばにくっついていた。彼女の新しい仲間たちにはアナーキーな雰囲気があった。最終学年のある週末、彼女は校門から抜け出して、誰かのオートバイの後ろにまたがり、轟音をあげてグロスターシャーの風景のなかを突っ走った。事故が起こって腕を骨折し、この出来事のせいで退学になった。こうして彼女は結束の強いアジア人社会のなかで、もはや信頼に足るメンバーとは見なされなくなった。やがてデズモンドとの結婚により、そうしたしがらみとすっかり縁を切った。ずいぶん急な結婚だった。新郎は外国での勤め口を得て、仕事が待っているため、すぐに旅立った。そして、とうとう結婚に破れると、エミリーは何か悲しい理由から、カナダ西海岸にあるこの静かな島で、一種の亡命生活を送ることに決めたのだ。

彼女と僕が若い頃に思い描いていた人生と比べて、なんだか現実味が足りないような気がした。僕は今も覚えていた、モンスーンの雨に打たれながら自転車をこいでいた僕たちを。ベッドに座って足を組み、インドの学校の話をするエミリーを。一緒に踊ったとき、彼女がほっそりした褐色の腕を僕に向かって振ったことを。そうした場面を思いながら、僕は彼女の隣を歩いていた。

「どれくらいいるの、西海岸には？」

「あと一日だけ」僕は答えた。「明日の飛行機に乗る」

「どこ？　どこに向かうの？」

なんだかばつが悪かった。「実は、ホノルルなんだ」

「ホ、ノ、ル、ル！」彼女はうらやましそうに声に出した。

「済まないね」

「ううん、いいのよ。いいの。来てくれてありがとう、マイケル」

僕は言った。「昔、助けてもらったからね。覚えてる?」

従姉は何も言わなかった。彼女の船室でのあの朝のことを、覚えているのか、いないのか。いずれにしても彼女は黙ったままで、僕もそれ以上は触れなかった。

「何か僕にできることはないかな?」訊ねると、彼女は僕のほうを見て、自分はこんな生き方を望んだわけでも選んだわけでもないと認めるような笑みを浮かべた。

「ないわ、マイケル。あなたはわたしに、こうなったわけを理解させられない。わたしを愛して守ることもできないと思うわ」

僕たちはヒマラヤスギの枝の下で身をかがめ、ふたたび木の階段を下り、緑色のドアからコテージに入った。お互い疲れていたが、起きていたかった。ふたりでテラスに出た。

「フェリーがなければ、わたし、途方に暮れるでしょうね。時間の感覚がなくなって……」

彼女はしばし黙りこんだ。

「あの人、死んだのよ」

「誰?」

「うちの父親」

「お気の毒に」

「父を知ってる誰かに話したかっただけなの……どんな人だったか知ってる誰かに。お葬式に帰国しなくちゃいけなかったんだけど。でもわたし、もうあそこの一員でさえないんだもの。あなたと同じね」

「僕たちはどこの一員でもないんじゃないかな」

「父のこと覚えてる？　少しだけでも？」

「うん。君のやることなすことすべて気に入らなかったよね。ひどいかんしゃく持ちだったのを覚えてるよ。でも、お父さんは君を愛していた」

「子どもの頃、ずっと怯《おび》えてたわ。最後に会ったのは、十代で家を出たときだった……」

「悪夢を見るって話してくれたよね」

　彼女はそれについて自分ひとりで考えたいとでもいうふうに、あちらを向きそうになった。でも、僕は彼女に過去を忘れ去ってほしくなかった。それでもう一度、船ですごしたときの話を持ちだしてみた。旅の終わりが近づいたとき、起こった出来事について。

「オロンセイ号に乗っていたとき、君が親しくなった女の子に、どこかしら自分の姿を重ねていたと思う？　囚人の娘だったね。彼女も、父親の人生に巻きこまれていた」

「そうかもしれない。でも、あの子を助けたかっただけだと思うわ。もちろんね」

「あの晩、君は救命ボートのそばにいただろう。覆面捜査官のペレラと一緒に。僕は話を聞いてたんだ。何があったか、聞こえていたんだよ」

「そうなの？　なぜ話してくれなかったの？」

「ちゃんと話したよ。翌朝、君を訪ねていった。君は何も覚えていなかった。クスリを飲んだみたいで、寝ぼけていたよ」

「あの人からある物をもらわなければいけなかったの……彼らのために。でも、わたし、わけがわからなくなっちゃって」

「あの夜、あの人は殺された。君がナイフを持っていたの？」

　彼女は答えなかった。

「ほかには誰もいなかったよね」

　僕たちはお互いすぐそばで、コートを着て縮こまっていた。暗闇のなか、岸に寄せる波の音が聞こえた。

「いいえ、いたわ」彼女が口をひらいた。「娘のアスンタと、スニルが近くにいたの。わたしは彼らに守られていたのよ……」

「それじゃ、彼らがナイフを持っていたの？　それを君に渡したってこと？」

「わからない。問題はそこなの。何があったか、よくわからないのよ。ひどい話じゃない？」彼女はそう言って、つんとあごを上げた。

　僕は話の続きを待った。

「寒いわ。入りましょ」

　けれども、室内に入ると、彼女は不安そうになった。

「何を奪うように言われていたの？　殺されたペレラから」

　彼女はソファーから立ち上がり、冷蔵庫に行ってドアを開けて、そのままちょっと立っていたが、何も持たずに戻ってきた。神経を張りつめて暮らしていることがはっきりと見てとれた。

「囚人の鎖の南京錠を開けられる鍵は、船内に二本しかないようだった。イギリスの軍人のギグスがその一本を持っていたわ。ペレラがもう一本。スニルは、ペレラだとわかった男がわたしに気があるとにらみ、救命ボートのそばで会う約束をしろと命じたの。その頃にはもちろん、自分のためならわたしが何でもすると知っていたから。わたしは彼の奴隷だった。きっとおとりにされたんだと思うわ」

「それで、誰だったの？　覆面捜査官は誰にも正体を知られずに、船内を動きまわっていると思ってたけど」

「誰とも決して口をきかなかった人よ。あなたの〈キャッツ・テーブル〉にいた、仕立屋のグネセケラ」

「でも彼は話さなかった。話せなかったんだ。僕は救命ボートのそばで、君としゃべる男の声を聞いたんだよ」

「スニルがどうにかして、捜査官はあの人だと突きとめたの。イギリスの軍人と話しているところを見かけたらしいわ。つまり、あの人は口がきけたの」

　あなたを救おうと思った、ミス・ラスケティが僕にあてた手紙のどこかにそう書いていた。でも、エミリーがジャンクラ一座の男と一緒にいるところに出くわして、あの子がつらく危うい関係に巻きこまれているように見えたのだ、と。

　歳月がすぎて、混沌としていた断片、物語のなかで欠けていた部分が、違う場所で新たな光に照らされるとき、より明確な意味を持つようになる。ネヴィルさんが、解体場で廃船からくずを取りだし、新しい役割と用途を与えるという話をしていたことを思いだす。いつしか僕は、もはやボウエン島でエミリーと一緒にいるのではなく、過去の出来事のなかに身を置いている。エミリーがサーカス一座の曲芸に加わり、ブレスレットをはめられ、手首の肌を傷つけられた午後のことを振り返る。そして、首に赤いスカーフを巻いていた、物言わぬ男のことも思いだす。みんなが仕立屋だと思いこんでいた人。そういえば旅の終わり頃、〈キャッツ・テーブル〉でその人を見かけなくなった。

「僕がグネセケラさんについて何を覚えているか、わかる？」僕は言った。「どんなに優しい人だったかってことだよ。あの日、目のそばにみみず腫れを作った君が、うちのテーブルに来たとき――バドミントンのラケットに当たったと言ってたね。すると彼は手を伸ばしてそこに触れた。もしかしたら、君がどうしてけがをしたか、想像がついたのかもね。本当は事故なんかじゃなくて、誰かにやられたんだって。おそらくスニルが、自分の望むことを君にやらせようとしたんじゃないかって。グネセケラさんが君に熱を上げていると思ったようだけど、でもたぶん、心配していただけじゃないかな」

「あの晩、救命ボートのそばで――もうよく思いだせないんだけど――彼が近づいてきて、わたしの手をつかんだの。危険な感じがした。そのとき、スニルとアスンタが突然こちらに出てきて……もうやめましょう。お願い、マイケル、話せないわ。いい？」

「たぶん彼は、君を襲おうとしたわけじゃない。手首の傷を見たかったんだろう。ピラミッドの曲芸のあと、スニルが君にブレスレットをはめて肌を傷つけ、そこに何かをすりこんだのを見ていたに違いない。彼はむしろ、君を守ろうとしていたんだ。そして殺された」

エミリーは何も言わなかった。

「あの翌朝、君をなかなか起こせなくて、何度も揺すっていたとき、何かに中毒したみたいだと言ってたね。連中はたぶん、君をぼんやりさせるか、混乱させるために、ダニエルズさんの庭園から何かを盗んでおいたんだ。君が覚えていられないように。あそこには毒を持つ植物があったんだよ」

「あの美しい庭園に？」

エミリーはさっきからうつむいて自分の両手を見ていたが、ふいに顔を上げて僕をじっと見た。まるで自分の信じていた何もかも、長いあいだよりどころにしていたものがすべて、嘘だったとでもいうように。「わたしがあの人を殺したと、ずっと思っていたの」低い声で言った。「そうなのかしら」

「カシウスと僕は、君が殺したと信じていた」僕は答えた。「死体を見たから。でも、今は、君じゃないと思う」

彼女はソファーの上で前かがみになり、両手で顔をおおった。しばらくそのままだった。僕は何も言わずに彼女を見つめていた。

「ありがとう」

「でも、君は彼らの逃亡を手伝っていたんだよね。その結果、ニーマイヤーとあの娘は死んでしまった」

「かもね」

「どういう意味、〝かもね〟って？」

「別に、そうかもしれないってこと」

僕はカッとなった。「あの娘、アスンタには、この先の長い人生が待っていたんだ。ほんの子どもだったんだよ」

「一七よ。わたしだって一七だった。わたしたちみんな、おとなになるまえに、おとなになったの。そんなふうに考えることある？」

「あの娘は叫び声もあげなかった」

「あげられなかったのよ。口のなかに鍵が入っていたから。ずっとそこに隠していたの。ペレラから奪ったあと。逃げるには、それが必要だったの」

＊　＊　＊

ソファーベッドで目覚めると、カーテンのないリビングには陽光があふれていた。エミリーは肘掛け椅子に座って僕を見ていた。長年のうちに僕がどうなったかを見きわめ、子どもの頃のある時期に近くで暮らしていた悪ガキを評価しなおそうとするみたいに。昨夜の話のどこかで、彼女は僕の本を何冊か読んだと言っていた。本を拾い読みするたびに、あれこれ推理を巡らせてすごすそうだ——小説のなかの出来事と、自分の目の前で起こった現実の事件を重ねあわせたり、ある庭でのエピソードが、ハイレベル通りにある僕の伯父の庭を舞台にしているに違いないと考えたり。僕たちの立場は入れ替わっていた。彼女はもはや、恋する男たちがひたすら追い求める対象ではない。僕はもう〈キャッツ・テーブル〉の一員ではない。それでも僕にとって、エミリーは今も高嶺の花だった。

誰だか思いだせないが、ある作家が、〝ややこしい魅力〟を持つ人物について話していた。心の温かさと当てにならないところをあわせもつエミリーは、僕にとって常にそうした存在なのだ。人から信頼されるのに、本人は自分を信頼しない。善人なのに、自分ではそんなふうに思わない。そんな込み入った性質が、いまだにどうも釣りあわず、折りあいがつかないままだった。

彼女はそこに座っていた。髪を上げてピンで留め、膝を抱えていた。朝の光に照らされたその顔は、より人間的な美しさに輝いていた。どういうことか。つまり、ようやく彼女の美しさのあらゆる面を理解できるようになったのだと思う。彼女はくつろいでいて、その顔にはこれまでよりもっと彼女らしさが表れていた。闇の部分が広い心に包みこまれたのがわかった。そのせいで親しみがそこなわれたわけではない。これまでの人生を通じて、僕が決して手放せなかったのは、エミリーだったと気づいた。音信が途絶え、離ればなれになっていたあいだも。

「フェリーに乗らなくちゃね」彼女が言った。

「うん」

「これでわたしの居場所がわかったんだから、会いにきてよね」

「そうするよ」

第57章　口のなかの鍵

エミリーに港まで送ってもらい、ほかの乗客たちとともにフェリーに乗りこんだ。彼女は車のなかで僕に別れを告げたが、降りてはこなかった。それでも車はそこにとまったままだったから、僕が歩いていくのをフロントガラス越しに見送っていたに違いない。そのガラスに光が照り返すせいで、こちらからは彼女が見えなかったけれど。二階まで上がって上甲板に出ると、島のほうを振り返り、丘に散在するコテージと、桟橋のそばにとまる、彼女を乗せた赤い車を眺めた。ふいにフェリーが揺れて出港した。寒かったが、そのまま上甲板にいた。二〇分間の船旅はまるでこだまのようで、なんとなく過去と韻を踏んでいる感じがした。従姉のエミリーが、僕にとって昨日から今日にかけてそうだったように。

昔つきあいのあった友人は、あまりに受けいれがたい衝撃的な事件のあと、心臓の位置が〝動いた〟という。事件から数年がすぎて、ちょっとした不調で医者の検査を受けたとき、初めてこの肉体的な変化が見つかったそうだ。彼からその話を聞いたとき考えたのは、いったいどれくらいの人間が、移動した心臓の持ち主なのかということだった。もともとあった場所から一ミリかもっとわずか、違う角度へずれて、位置が変わったことを本人も気づかない。エミリー。僕自身。ひょっとしたらカシウスも。あれ以来、僕たちの心は、まともに人と向きあうよりも、斜《はす》に構えるようになり、結果としてただ無頓着になるか、場合によっては冷酷な自信家になって自分を傷つけているのではないか。そのせいで僕たちは、いまだに不安を抱えたまま、〈キャッツ・テーブル〉に取り残されているのではないか。この年になった今でも、振り返り、また振り返り、ともに旅をした人や大きな影響を受けた人を探しながら。

そして僕は、久しぶりに、ラマディンの不規則に細動を起こす心臓のことを考えた。彼はそれを意識して、あの船旅のあいだもいたわっていた。保育器のなかにいるみたいに自分を大事にし、一方カシウスと僕はそんな彼のそばで、喜々として危なっかしく走りまわっていた。あの旅からも、ミル・ヒルで彼とすごした日々からも、長い時が流れた。だが、生き抜けなかったのは、慎重なラマディンだった。だとすれば、人にとってどちらのほうがいいのだろうか——自分の心臓に対して、無知でいるのと、彼のように用心するのと。

僕はまだフェリーの上甲板にいて、船尾から後方の緑の島を眺めていた。エミリーが曲がりくねった道を進んで、今のわが家に帰っていく様子を思い浮かべた。そこは生まれた土地から遠く離れている。穏やかな海辺にあるその小さな家に、ときどき男が訪ねてくる。彼女は長いあいだ旅をしてきた果てに、別の島へたどりついたのだ。だが、島は人を保護するだけでなく、閉じこめることもできる。「あなたにはわたしを愛して守ることはできないと思う」と彼女は言った。

それから僕は、新たな切り口と冷静な視点で、暗い海に落ちたニーマイヤーとその娘のことを想像してみた――あの男は今も危険で、僕たちにとっては許しがたい存在であり、この先も永遠にそうだろう。そのマグウィッチ〔ディケンズ著『大いなる遺産』に出てくる脱獄囚〕と娘が――水のなかでもがいている。水は轟音をたててうねり、自分たちを追いやった船のプロペラに激しくかき回される。ふたりは互いの姿も見えず、あまりの寒さに、娘を腕に抱いていることさえ彼にははっきりしない。そして呼吸が……ついに続かなくなり、暗闇のなかに浮かびあがって、思い切り吸いこみ、あえぎながらさらに吸う。彼がすべきことはただ一つ、娘を離さずにいることだ。娘の顔は見えないし、かじかんだ指には体の感触もほとんど伝わってこない。だが、とにかく今は、ふたりとも顔が水の上に出ている。地中海の水面に。月の光がぼんやりと射し、はるかな岸には明かりがまたたいている。

ニーマイヤーは、かせをはめられたままの両手で娘の顔をはさみこむ。甲板の手すりの上で、最後の瞬間に、飛びこむ合図をしたときと同じように。彼の口が娘の口にあてがわれると、娘は唇をひらき、歯で噛みしめていた鍵を舌で押しだして、父の口に移す。からだが波にもまれ、やっとの思いで互いにしがみついているが、暗い海のなかで手から手へ渡すには、鍵はあまりにも細く小さすぎる。激しい波がふたりを引き裂こうとするので、彼は自分の手で口から鍵を取りだして錠をはずすつもりだ。だから娘を放し、水面を離れ、たったひとりで鍵とともに沈んでいく。寒さにこわばった指で、南京錠をはずすことだけに集中しながら。彼が永久に囚人のままか、そうではなくなるか、今こそ運命の分かれ道だ。

娘は、父を待つなと言い含められていた。ここまで尽くしてくれれば十分だ。父は、もし自由の身になれたら、あとを追いかけて、どこにいてもおまえを探しだす。まわりには歴史的な港がいくつもある。ここは何と言っても大きな内海で、何世紀も前に発見されてから、人が住むようになったのだ。船は星に導かれ、昼間は高台の神殿を目印に進む。ピレウス、カルタゴ、クアカス。エーゲ海沿いにあった都市国家は、砂漠からひたすら歩いてきた部族や、嵐で船が難破して岸まで泳ぎついた部族にとっての玄関口だった。アスンタは泳ぎだす。何週間も、水を怖がるふりをしてきた。そして今、押さえこんできた若さが彼女を前に進ませる。どこでもいい、父に見つけてもらうまで身を隠せる土地へ急いでいく。だから今はとりあえず、ただどこかへ向かって泳ぐだけだ——もともと三角州であるとか、潮汐が一定しているといった理由で形作られた古代都市の一つを目指して——新しい人生を始めるために。誰でも陸地を発見したら、きっとそうすることだろう。

　ニーマイヤーは息を吸うためにまた浮かびあがり、暗闇のなか、夜の風が吹きすさんでいても、娘が泳いでいく方向を聞きわける。オロンセイ号が長い飾り留めのように光りながら、はるか遠くをジブラルタルのほうへ進んでいくのが見える。そして彼はふたたび水中に潜《もぐ》る。まだ錠がはずれない。小さくて微妙な作りの穴に、なかなか鍵が入らない。この暗い水のなか、去りゆく船のエンジンのもの悲しい響きを聞きながら。

第58章　カシウスへの手紙

これまでずっと、僕はカシウスの役に立つようなことは何もしてやれないと自覚していた。そして長年のあいだ、彼に連絡を取ろうと本気で考えたことはなかった。僕たちの関係は、二一日間の船旅のあいだに、ある意味で完結したのだ。彼のことをもっと知る必要は（少しばかりの好奇心を別として）感じなかった。カシウスの鋳型は、少なくとも僕が見る限りはっきりしていた。彼が将来、誰にも借りを作らずひとりでやっていける人間になるということは、当時すでにわかっていた。彼が唯一、自分の意志を外に表したのは、どう見てもかりそめにすぎなかった僕たちとの友だちづきあいのほかには、あの少女への気づかいだけだった。そして、アスンタが海に消えたとき、わが友はおとなの現実のせいでやけどをしたかのように、ますます自分の内にこもってしまった。

手にやけどを負った画家。彼はあれからどんな人生を送ってきたのだろう。十代の終わりの頃はきっと、誰にも頼れず、何も信じられなかったに違いない。おとなになって、自力で生きられるようになれば、そういう人間でいるのも簡単だろうが。でも、おそらくカシウスは、あの晩、船の上で、子ども時代の残りを失ってしまったのではないか。彼がいつまでもあの場にたたずんでいたことを思いだす。もう僕たちのそばには来ようとせず、紺色に輝く海をじっと見つめていた。

ラマディンの穏やかな優しさに学んでいなかったら、今になってカシウスに近づこうとは考えなかっただろう。彼は美術界の好戦派になっている。何でもすぐバカにしたがる。だが、そんなことはどうでもいい。彼は一二歳の少年だった頃、子どもなりの情け深さで、誰かを守るための一歩を踏みだしたのだ。根っからの無法者みたいなのに、あの少女をいたわりたいと願った。おかしなものだ。彼はニーマイヤーの娘を守りたいと思い、ラマディンもヘザー・ケイヴを守りたいと思った。僕たち三人が三人とも、自分より危なっかしく見える誰かを守りたがったのは、いったいどういうことなんだろう。

真っ先に考えたのは、「マイナの船旅」というようなタイトルで何か書けば、彼がどこにいても伝わるだろうということだった。というのも、僕の本名は知らないはずだから。ニックネームでミス・ラスケティにつながったのなら、彼にだってつながるだろう。カシウスが本を読むのか、それとも読書なんて軽蔑しているのか、見当もつかない。とにかく、この文章は彼のために書くのだ。若き日の、もうひとりの友のために。

第59章　到着

僕たちは闇のなか、いつのまにかイギリスに着いた。海で長い時間をすごしたあげく、この国への到着をわが目で見ることはかなわなかった。ただ、水先案内人のはしけが青いライトを点滅させながら、入り江のとば口で待っており、暗くてよく見えない海岸線に沿って船を導き、テムズ川に入っていった。

ふいに陸地の匂いがした。ようやく夜が明けて、あたり一面に光が射すと、そこはどうということもない場所に見えた。緑の生い茂る川岸も、有名な町も、船を通すために橋桁が二つにひらく巨大な跳ね橋も見あたらなかった。通りかかる何もかもが、産業革命時代の遺物のようだった――突堤、潮間帯、泥をさらった水路への入口。タンカーと係留ブイを通りすぎた。何千キロも離れたコロンボで歴史の授業のとき教わった、紋章入りの遺跡を探した。尖塔が見えた。やがて、名前のあふれる場所に入った。サウスエンド、チャップマン・サンズ、ブライズ・サンズ、ロウアー・ホープ、ショーンミード。

僕たちの船は、警笛を短く四つ鳴らし、ちょっと間をおいてから、またもう一つ鳴らした。そしてティルベリーのドックでゆっくりと角度を変えていった。何週間にもわたり、大いなる秩序のように僕たちを包みこんでいたオロンセイ号が、ついに眠りについた。テムズ川の東端にあたるここから、もっと上流へ、そしてさらに内陸へ進むと、グリニッジやリッチモンド、ヘンリーの町がある。だが、僕たちの旅はここで終わり、エンジンともおさらばだ。

タラップの下に着いたとたん、カシウスとラマディンが見えなくなった。わずか数秒のあいだに僕たちは離ればなれになり、互いを見失った。最後のお別れもせず、こんな展開に気づきもしないうちのことだった。そして、広大な海をともに渡ってきた果てに、テムズ川に建つ未塗装のターミナルビルのなかで、二度とお互いを見つけられなくなった。そのかわり、僕たちはそれぞれ大群衆に混じって、おそるおそる先へ進んだ。自分がいったいどこへ向かっているのか、よくわからないままに。

二、三時間前、僕は初めて長ズボンを引っぱり出して身につけた。ソックスもはいたが、ずり落ちて靴のなかにたまっている。そして、埠頭への幅広いスロープを降りていくみんなと一緒に、まごつきながら歩いていった。どの人がお母さんなのか、見つけようとしていた。母がどんな外見だったか、はっきりした記憶はもう残っていなかった。写真を一枚持っていたが、小さなスーツケースの底に入れたままだった。

今になってようやく、ティルベリー港でのあの朝のことを、母の視点から想像してみる。四、五年まえにコロンボに残してきた息子を探す。どんなふうになっているのか想像を巡らせる。たぶん最近撮ったモノクロのスナップ写真が送られていて、船を下りてくる乗客の群れから一一歳の少年を見つけだす手がかりにするのだろう。さまざまな可能性が考えられ、期待に満ちながら、一方で不安な時間だったに違いない。息子は自分に対してどんなふうにふるまうのだろう。礼儀正しいが引っこみ思案な子なのか、それとも熱烈に愛情を求めようとするのか。母の目と必死の思いを通して見ると、自分のことがいちばんよくわかる気がする。あのときの母は僕と同じで、人混みのなかを探しながら、探している相手のことを知らない。まるでくじでも引くみたいに偶然で相手が決まり、それから一〇年、ひょっとしたら死ぬまでずっと、親密なパートナーになるかのように。

「マイケル？」

僕の名を呼ぶ声が聞こえた。違うかもしれないという不安のにじんだ声だった。振り返っても知っている人はいなかった。女の人が片手を僕の肩にのせて言った。「マイケル」そして僕の着ている綿のシャツに指で触れた。「寒いでしょう、マイケル」彼女が僕の名前を何度も繰り返し口にしたことを覚えている。僕はまずその手だけを見つめていたが、それから服を見て、そして顔を見たとき、母だとわかった。

僕はスーツケースを降ろして、母に抱きついた。確かに寒かった。その瞬間まで、永遠に迷子になることだけを心配していた。でも今は、母の言葉を聞いたせいで、寒さを感じた。母のからだに腕をまわし、広い背中に両手を押しあてた。母はちょっとからだを離して僕を眺め、微笑んでから、おおいかぶさるように僕をぎゅっと抱きしめた。母の横から世界の一部が見えた。母の腕に抱かれた僕に見向きもせず急いで通りすぎる人々と、僕のありったけの持ち物を詰めこんで、かたわらに置いた借り物のスーツケースが目に入った。

　そのとき、白いドレスを着たエミリーがつかつかと通りすぎ、足を止めてから、振り返って僕を見た。一瞬、すべてが止まり、逆回しになったみたいだった。彼女は慎重な笑みを浮かべた。それから戻ってくると、両手で、あの温かい手で、母の背中にあてた僕の手を包んだ。優しく触れてから、ぎゅっと押したのが、まるで何かの合図のようだった。そして歩き去った。

　彼女が何か言ったような気がした。

「エミリーはなんて言ったの？」僕は母に訊ねた。

「学校に行く時間よ、って言ったんだと思うわ」

　向こうのほうで、世間のなかへ消えていくまえに、エミリーが手を振った。


　本書『名もなき人たちのテーブル』は、ときに回想録や自伝を思わせる体裁と背景を用いているが、船長や乗組員、乗船客から語り手に至るまで、すべて架空である。また〈オロンセイ〉という名の船は実在したが（それどころか複数あったが）、この小説の船は想像の産物である。

――著者

謝辞

ロバート・クリーリーの詩「エコー」の一連、キプリングの詩「海と丘」の一節、A・P・ハーバートの詩、ジョゼフ・コンラッド著「青春」の一節、R・K・ナラヤンによる一節、およびベケットによる絶望についての文章から引用した。プルーストの言葉は一九一三年にルネ・ブルムにあてた手紙のなかにある。ジェリー・ロール・モートンの「ワイニン・ボーイ・ブルース」の歌詞は、アラン・ロマックス著『ミスター・ジェリー・ロール』（一九五〇年）に収録されている。その他に引用・言及した歌は、ジョニー・マーサー、ホーギー・カーマイケル、シドニー・ベシエ、ジミー・ヌーンによるもの。シドニー・ベシエに関する情報の一部は、ホイットニー・バリエットの名著『アメリカン・ミュージシャンⅡ』から引用（『サンフランシスコ・エグザミナー』紙に掲載されたリチャード・ハドロックによる記事を含む）。スリランカの『デイリー・ニュース』紙のおかげで、昔の事件を元にした「ヘクター卿」の挿話が生まれた。だが、本書の登場人物や名前、そして会話は、まったく架空のものであり、ヘクター卿の船旅も作り話である。ガレー船に関してはジョン・R・ヘイルの『ローズ・オブ・ザ・シー』を参照した。本項の末尾に引用した乗船についての二行はユードラ・ウェルティの『楽天家の娘』より。マザッパ氏の「愛読書」とはダシール・ハメット著

『マルタの鷹』。カシウスの絵画展で芳名帳に書き殴ってあった言葉は、ニュージャージーから訪れた彼の友人ウォーレン・ジヴォンによるものである。

以下の人々に感謝を捧げる

ラリー・ショックマン、スージー・シュレジンジャー、エリン・トスカーノ、ボブ・レイシー、ローラ・フェリ、サイモン・ボウフォイ、アナ・ルーベ、ダンカン・ケンワージー、ベアトリス・モンティ、リック・サイモン、コーチ・ハウス出版、トロントのジェット・フューエル〔コーヒーショップ〕、カリフォルニア州バークリーのバンクロフト図書館に感謝する。また、ジョン・バージャー、リンダ・スポルディング、エスタ・スポルディング、グリフィン・オンダーチエ、デイビッド・ヤング、ギリアンとアルウィンのラトナーヤケ夫妻、アーネスト・マッキンタイア（登場人物の借用に）、アンジャレンドラン、アパルナ・ハルペ、サンジャヤ・ウィジャヤクーン。スチュワート・ブラックラー、ジェレミー・ボトル、数年後のデイビッド・トムソンに。そして、かつて籐椅子を吸っていたジョイス・マーシャルにも感謝を捧げたい。

エレン・レヴァイン、スティーヴン・バークレー、トゥリン・ヴァレリ、アナ・ジャルディン、ミーガン・ストリムス、ジャクリーヌ・リード、ケリー・ヒルに感謝する。アメリカのクノップ社のみんな——キャサリン・フーリガン、ダイアナ・コリャニーズ、リディア・ビュークラー、キャロル・カーソン、ペイ・ロイ・コウアイに。ルイーズ・デニス、サニー・メイター、ロビン・ロバートソンに。そしてカナダの編集者で出版者のエレン・セリグマンに、心からの感謝を捧げる。

優しき狩人ステラへ――嵐はもういらない。
そして亡きデニス・フォンセカに捧ぐ。

船は霧を突いてあらわれ、彼らはそれに乗りこんだ。
人生の新たな展開は、すべてそのようにやってくる……

訳者あとがき

本書は、カナダを代表する作家マイケル・オンダーチェ Michael Ondaatje の長篇小説 *The Cat's Table* の翻訳である。

一九五四年、セイロン（現スリランカ）に住む一一歳の少年マイケルが、大型客船オロンセイ号にたったひとりで乗って、母の待つイギリスへ三週間の船旅をする。船上で出会う個性豊かな人々との関わり、波乱に富んだ航海の模様、謎めいた事件、そしてマイケルたちのその後の人生が、過去と現在を行き交いながら、オンダーチェの持ち味である詩のような美しい文章で語られる。

著者自身は「フィクションだ」と明言しているが、その設定には本人の生い立ちと重なる部分が多い。とはいえ、船旅という非日常の空間を主な舞台に、魅力的な人々と風景が次々にあらわれる宝石箱のような物語は、自伝という枠におさまらず、読む者の心をおどらせるスリルとサスペンスとロマンスに満ちている。

原題の〈キャッツ・テーブル〉とは、猫用テーブルのことではない。オロンセイ号の食堂でマイケルに与えられた、もっとも優遇されない「下座《しもざ》」のことだ。(ちなみにオンダーチェはこの言葉を、ドイツのある出版社の人間から聞いたという。「宴会場で最悪の席に座っている夢を見た」という話のなかで、〈キャッツ・テーブル〉という言葉が使われたそうだ。)

船長が大事な客をもてなす貴賓席からははるかに離れたそのテーブルには、富や名声とはほど遠い人々が集まっている。落ち目のピアニストのマザッパ、植物に夢中のダニエルズ、なぜかたくさんの鳩を連れて旅をしているミス・ラスケティ。口をきかない仕立屋のグネセケラや、船の解体屋だったネヴィル。こうしたおとなたちがそれぞれに秘密を抱え、それぞれの奥深い人生を生きていることをマイケルは知る。そして、平凡に見える人々のなかでこそ、興味深い出来事が起こるという世の中の真理に気づく。「面白いこと、有意義なことは、たいてい、何の権力もない場所でひっそりと起こるものなのだ」。

〈キャッツ・テーブル〉では同年代の少年たち、暴れん坊のカシウスと、病弱で物静かなラマディンとの出会いもあった。三人はすっかり意気投合し、「毎日一つ以上、禁じられていることをすべし」というルールを決めて、船の上で思う存分遊びまわる。プールで暴れ、甲板に体をしばりつけて大嵐に打たれ、さらには寄港地で拾った犬が取り返しのつかない事件を起こす。マイケルは「男爵」と呼ばれる男に頼まれて、悪事の片棒をかついだりもする。三人は奔放にいたずらの限りを尽くしながら、かけがえのない友情を深めていく。だが、航海が終わりに近づき、ある事件とともに、そうした子どもらしい日々もふいに終わりを告げる。このふたりとの絆は、のちのちまったく違う形をとりながら、マイケルの心に深く関わってくる。

また、同船していた美しい従姉《いとこ》エミリーとの交流、淡い恋心も、マイケルの人生に大きな影響をおよぼす。そしてエミリーも、航海中の衝撃的な事件によって、それまでの自分ではいられなくなる。（長い空白ののちにふたりが再会する場面は、切なさと優しさに満ちていて胸を打たれる。）

「わたしたちみんな、おとなになるまえに、おとなになったの」とエミリーが言うように、オロンセイ号に乗った少年たちと少女たちはみなそれぞれ、航海中にとつぜん子ども時代を断ち切られるのだ。

ほかの乗客たちも――〈キャッツ・テーブル〉の人々や、護送される囚人、呪いのせいで命の瀬戸際にある大富豪、耳の聞こえない少女、旅一座の芸人、正体不明の覆面捜査官――誰もがこの航海によって運命の渦に巻きこまれ、船に乗ったときと降りるときとでは、人生が激変してしまう。そうした人間の皮肉な運命、生きることのきびしさや不条理が、無垢な少年の眼を通して語られることによって鮮明になり、読む者の心にまっすぐに届いて深い余韻を残す。


著者マイケル・オンダーチェは、一九四三年九月一二日に当時のセイロンの首都コロンボで裕福な家庭に生まれた。オランダ人、タミル人、シンハラ人の血を引く。（植民地時代の入植者の子孫、「バーガー」と呼ばれる家系である。）

父はゴムと茶の農園を営み、母は舞踊家だった（モダンダンスの祖イサドラ・ダンカンの影響を強く受けていたという）が、マイケルが幼い頃に一家は破産、両親は離婚。父はアルコールにおぼれて身を滅ぼす。母はホテルで働きながら子どもたちを育て、やがてイギリスに移り住む。マイケルも（本書の主人公と同じく）一九五四年、一一歳のとき、単身で船に乗りイギリスに渡った。このあたりの経緯は、故郷で親戚に取材をして書いた自伝的小説*Running in the Family*（『家族を駆け抜けて』、藤本陽子訳、彩流社）に詳しい。

ロンドンで名門ダリッチ・カレッジに学んだのち、一九六二年カナダへ移住し、やがて市民権を得る。トロント大学とクイーンズ大学で学び、一九七一年から長年にわたりトロントのヨーク大学で教鞭を執る。一九八八年カナダ勲章を授与される。

文学的には詩人として出発し、一九六七年に詩集*The Dainty Monsters*を発表、*The Collected Works of Billy the Kid*（『ビリー・ザ・キッド全仕事』、福間健二訳、国書刊行会）は一九七〇年にカナダ総督賞を受賞し、舞台化されてニューヨークをはじめ世界各地で上演された。ほかに*The Cinnamon Peeler*など、これまでに十数冊の詩集を発表している。

小説では、アカデミー賞九部門に輝いて話題を呼んだ映画『イングリッシュ・ペイシェント』の原作*The English Patient*（『イギリス人の患者』、土屋政雄訳、新潮社）で一九九二年にカナダ人として初めて英国ブッカー賞を受賞。*Anil's Ghost*（『アニルの亡霊』、小川高義訳、新潮社）ではギラー賞、メディシス賞に輝いた。ほかに、*Coming Through Slaughter*（『バディ・ボールデンを覚えているか』、畑中佳樹、新潮社）、*In the Skin of a Lion*（『ライオンの皮をまとって』、福間健二訳、水声社）、*Divisadero*（『ディビザデロ通り』、村松潔訳、新潮社）、前出の『家族を駆け抜けて』があり、本書が七作目の小説となる。

現在はトロント在住。妻のリンダ・スポルディングも作家で、一緒に『ブリック』という文芸誌を主宰。編集者、批評家、また映画制作者としての顔も持ち、*The Conversations: Walter Murch and the Art of Editing Film*（『映画もまた編集である――ウォルター・マーチとの対話』、吉田俊太郎訳、みすず書房）という優れた対談集も発表している。

オンダーチェはテレビのインタビューで、本書についてこんなふうに語っている。執筆の背景が垣間見られて興味深いので、少し長くなるが引用させていただく。

「書き始めたときには主人公の少年の名を〝マイケル〟にするなんて考えてもいなかった。頭にあったのは、ある晩、少年が船に乗り、二一日後に船を降りる、ただそれだけだ。実際の自分の船旅については、あまりよく覚えていない。ピンポンをたくさんして、しょっちゅうプールで泳いで、友だちができて……その程度なんだ」

「一一歳の少年の眼を通して描くというのは、自分にとってすばらしいことだった。彼は人を評価したり、腹を探ったりしない。見聞きしたことをそのまま受けとって、いいほうにも悪いほうにも染まっていく」

「私はセイロンで生まれてイギリスに渡り、それからカナダに移住して、いわば遊牧民のような生活を送ってきた。だから、西洋のなかに存在する東洋というものに関心を持っている。この作品ではアジアの少年たちが、イギリスについて何一つ知らないまま、いきなりそこに放りこまれようとしている。そして人生ががらりと変わってしまう。そんなふうに、誰かがある場所から別の場所へ移っていくというのが、とにかく好きなんだ」
「フィクションではあっても、書き手はそこに紛れもなく自分のさまざまな面を見いだすものだ。マイケル少年は架空の人物だが、私自身の不安や願望を映し出しているのは間違いない。フィクションの力は強くて、時には事実をしのぎさえするのだ」

オンダーチェ作品はともすれば難解な印象を与えがちだが、本書は少年が主人公ということもあって、珍しく「わかりやすく親しみやすい」小説になっている。それでも、時間と空間を軽々と越え、現実と虚構のあわいで絶妙なバランスを見せるオンダーチェらしさはさらに輝き、読者を物語の世界へ深く深く引きこんでいく。文章の美しさと、情景描写のあざやかさ、興味を引きつけて離さないストーリー展開は、見事というほかない。少年の成長物語としても、海の上の冒険譚としても、ミステリーとしても、友情と純愛の物語としても、文句なしに面白く、しみじみとした感動を与えてくれる、オンダーチェ文学の最高峰といっていいだろう。

最後になりましたが、貴重なアドバイスをくださった恩師の中田耕治先生と、このすばらしい物語に出会わせてくださった作品社の青木誠也さんに心よりお礼を申し上げます。

二〇一三年七月

田栗美奈子

【著者・訳者略歴】

マイケル・オンダーチェ（Michael Ondaatje）

1943年、スリランカ（当時セイロン）のコロンボ生まれ。オランダ人、タミル人、シンハラ人の血を引く。54年に船でイギリスに渡り、62年にはカナダに移住。トロント大学、クイーンズ大学で学んだのち、ヨーク大学などで文学を教える。詩人として出発し、71年にカナダ総督文学賞を受賞した。『ビリー・ザ・キッド全仕事』ほか十数冊の詩集がある。76年に『バディ・ボールデンを覚えているか』で小説家デビュー。92年の『イギリス人の患者』は英国ブッカー賞を受賞（アカデミー賞9部門に輝いて話題を呼んだ映画『イングリッシュ・ペイシェント』の原作。2018年にブッカー賞の創立50周年を記念して行なわれた投票では、「ゴールデン・ブッカー賞」を受賞）。また『アニルの亡霊』はギラー賞、メディシス賞などを受賞。小説はほかに『ディビザデロ通り』、『家族を駆け抜けて』、『ライオンの皮をまとって』、『名もなき人たちのテーブル』（本書）、『戦下の淡き光』がある。現在はトロント在住で、妻で作家のリンダ・スポルディングとともに文芸誌「Brick」を刊行。カナダでもっとも重要な現代作家のひとりである。

田栗美奈子（たぐり・みなこ）

翻訳家。訳書に、マイケル・オンダーチェ『戦下の淡き光』、コリン・バレット『ヤングスキンズ』（共訳）、クリスティナ・ベイカー・クライン『孤児列車』、ラナ・シトロン『ハニー・トラップ探偵社』、リチャード・フライシャー『マックス・フライシャー　アニメーションの天才的変革者』、ジョン・バクスター『ウディ・アレン バイオグラフィー』（以上作品社）他多数。

名もなき人たちのテーブル

2013年8月30日初版第1刷発行
2025年3月30日初版第5刷発行

著　者　マイケル・オンダーチェ
訳　者　田栗美奈子
発行者　青木誠也
発行所　株式会社作品社
〒102-0072 東京都千代田区飯田橋2-7-4
TEL.03-3262-9753　FAX.03-3262-9757
http://www.sakuhinsha.com
振替口座00160-3-27183
編集担当　青木誠也
装　幀　水崎真奈美（BOTANICA）
本文組版　前田奈々
印刷・製本　シナノ印刷株式会社

ISBN978-4-86182-449-4 C0097

【作品社の本】

金原瑞人選モダン・クラシックYA

キングと兄ちゃんのトンボ

ケイスン・キャレンダー著　島田明美訳

全米図書賞受賞作！　突然死した兄への思い、ゲイだと告白したクラスメイトの失踪、マイノリティへの差別、友情と恋心のはざま、そして家族の愛情……。アイデンティティを探し求める黒人少年の気づきと成長から、弱さと向き合い、自分を偽らずに生きることの大切さを知る物語。

ISBN978-4-86793-022-9

金原瑞人選モダン・クラシックYA

夜の日記

ヴィーラ・ヒラナンダニ著　山田文訳

ニューベリー賞オナー賞受賞作！　イギリスからの独立とともに、ふたつに分かれてしまった祖国。ちがう宗教を信じる者たちが、互いを憎みあい、傷つけあっていく。少女とその家族は安全を求めて、長い旅に出た。自分の思いをことばにできない少女は亡き母にあてて、揺れる心を日記につづる。

ISBN978-4-86793-041-0

金原瑞人選モダン・クラシックYA

メイジー・チェンのラストチャンス

リサ・イー著　代田亜香子訳

ニューベリー賞オナー賞受賞作！　中国系アメリカ人の少女メイジーは、母の故郷の田舎町で祖父母のレストランを手伝いながら夏休みを過ごす。19世紀末に移民してきた料理人ラッキーの苦闘の物語を聞きながら、家族の絆を大切に思うメイジー。そんなとき、彼らの店に思いがけない大事件が……。

ISBN978-4-86793-070-0

嵐　J・M・G・ル・クレジオ著　中地義和訳

韓国南部の小島、過去の幻影に縛られる初老の男と少女の交流。ガーナからパリへ、アイデンティティーを剝奪された娘の流転。ル・クレジオ文学の本源に直結した、ふたつの精妙な中篇小説。ノーベル文学賞作家の最新刊！

ISBN978-4-86182-557-6

心は燃える

J・M・G・ル・クレジオ著　中地義和・鈴木雅生訳

幼き日々を懐かしみ、愛する妹との絆の回復を望む判事の女と、その思いを拒絶して、乱脈な生活の果てに恋人に裏切られる妹。先人の足跡を追い、ペトラの町の遺跡へ辿り着く冒険家の男と、名も知らぬ西欧の女性に憧れて、夢想の母と重ね合わせる少年。
ノーベル文学賞作家による珠玉の一冊！

ISBN978-4-86182-642-9

【作品社の本】

アルマ

J・M・G・ル・クレジオ著　中地義和訳

自らの祖先に関心を寄せ、島を調査に訪れる大学人フェルサン。彼と同じ血脈の末裔に連なる、浮浪者同然に暮らす男ドードー。そして数多の生者たち、亡霊たち、絶滅鳥らの木霊する声……。父祖の地モーリシャス島を舞台とする、ライフワークの最新作。ノーベル文学賞作家の新たな代表作！　ISBN978-4-86182-834-8

ビトナ　ソウルの空の下で

J・M・G・ル・クレジオ著　中地義和訳

田舎町に魚売りの娘として生まれ、ソウルにわび住まいする大学生ビトナは、病を得て外出もままならない裕福な女性に、自らが作り出したいくつもの物語を語り聞かせる役目を得る。少女の物語は、そして二人の関係は、どこに辿り着くのか――。ノーベル文学賞作家が描く人間の生。　ISBN978-4-86182-887-4

ル・クレジオ、文学と書物への愛を語る

J・M・G・ル・クレジオ著　鈴木雅生訳

未だ見知らぬ国々を、人の心を旅するための道具としての文学。強きものに抗い、弱きものに寄り添うための武器としての書物。世界の古典／現代文学に通暁し、人間の営為を凝縮した書物をこよなく愛するノーベル文学賞作家が、その魅力を余さず語る、愛書家必読の一冊。【本書の内容をより深く理解するための別冊「人名小事典」附】　ISBN978-4-86182-895-9

ブルターニュの歌

J・M・G・ル・クレジオ著　中地義和訳

毎年家族で夏の数カ月間を過ごした、思い出の地ブルターニュ。水のにおい、水の色、古城での祭り、土地の人々との交流……。そして、戦時下に生を享け、戦争と共に五年を過ごしたニース。母と祖母の庇護、兄との川での水浴、まばゆい日々の記憶……。ノーベル文学賞作家が初めて語る幼少年時代。　ISBN978-4-86793-020-5

アルジェリア、シャラ通りの小さな書店

カウテル・アディミ著　平田紀之訳

1936年、アルジェ。21歳の若さで書店《真の富》を開業し、自らの名を冠した出版社を起こしてアルベール・カミュを世に送り出した男、エドモン・シャルロ。第二次大戦とアルジェリア独立戦争のうねりに翻弄された、実在の出版人の実り豊かな人生と苦難の経営を叙情豊かに描き出す、傑作長編小説。ゴンクール賞、ルノドー賞候補、〈高校生（リセエンヌ）のルノドー賞〉受賞！　ISBN978-4-86182-784-6

【作品社の本】

歌え、葬られぬ者たちよ、歌え

ジェスミン・ウォード著　石川由美子訳　青木耕平附録解説

全米図書賞受賞作！　アメリカ南部で困難を生き抜く家族の絆の物語であり、臓腑に響く力強いロードノヴェルでありながら、生者ならぬものが跳梁するマジックリアリズム的手法がちりばめられた、壮大で美しく澄みわたる叙事詩。現代アメリカ文学を代表する、傑作長篇小説。

ISBN978-4-86182-803-4

骨を引き上げろ

ジェスミン・ウォード著　石川由美子訳　青木耕平附録解説

全米図書賞受賞作！　子を宿した15歳の少女エシュと、南部の過酷な社会環境に立ち向かうその家族たち、仲間たち。そして彼らの運命を一変させる、あの巨大ハリケーンの襲来。フォークナーの再来との呼び声も高い、現代アメリカ文学最重要の作家による神話のごとき傑作。

ISBN978-4-86182-865-2

線が血を流すところ

ジェスミン・ウォード著　石川由美子訳　青木耕平附録解説

サーガはここから始まった！　高校を卒業して自立のときを迎えた双子の兄弟を取り巻く貧困、暴力、薬物——。そして育ての親である祖母への愛情と両親との葛藤。全米図書賞を二度受賞しフォークナーの再来とも評される、現代アメリカ文学を牽引する書き手の鮮烈なデビュー作。

ISBN978-4-86182-951-2

降りていこう

ジェスミン・ウォード著　石川由美子訳　青木耕平附録解説

〈あんたの武器はあんた自身〉母さんは言った。あたしの武器はあたしだ。

奴隷の境遇に生まれた少女は、祖母から、そして母から伝えられた知識と勇気を胸に、自由を目指す——。40歳の若さで全米図書賞を二度受賞した、アメリカ現代文学最重要の作家が新境地を開く、二度目の受賞後初の長篇小説！

ISBN978-4-86793-061-8

デッサ・ローズ

シャーリー・アン・ウィリアムズ著　藤平育子訳

「人間が高められている、ひたすら人間的」——トニ・モリスン。妊娠中の身を賭して、奴隷隊の反乱に加わった黒人の少女デッサ。逃亡奴隷たちをかくまい、彼らとともに旅に出る白人女性ルース。19世紀アメリカの奴隷制度を描く黒人文学の重要作、本邦初訳！　巻末附録：「霊的啓示　トニ・モリスンとの会話」

ISBN978-4-86182-955-0

【作品社の本】

夢に追われて

朝比奈弘治著

レーモン・クノー『文体練習』を手がけた名翻訳者／フランス文学者による、奇想の小説集。パンデミック後の世界を描く傑作短篇から近未来ディストピア・フィクションまで、驚異とユーモアに満ち満ちた全16篇。

ISBN978-4-86182-995-6

ヴィクトリア朝怪異譚

ウィルキー・コリンズ、ジョージ・エリオット、メアリ・エリザベス・ブラッドン、マーガレット・オリファント著　三馬志伸編訳

イタリアで客死した叔父の亡骸を捜す青年、予知能力と読心能力を持つ男の生涯、先々代の当主の亡霊に死を予告された男、養女への遺言状を隠したまま落命した老貴婦人の苦悩。日本への紹介が少なく、読み応えのある中篇幽霊物語四作品を精選して集成！

ISBN978-4-86182-711-2

ユドルフォ城の怪奇　全二巻

アン・ラドクリフ著　三馬志伸訳

愛する両親を喪い、悲しみに暮れる乙女エミリーは、叔母の夫である尊大な男モントーニの手に落ちて、イタリア山中の不気味な古城に幽閉されてしまう——（上巻）

悪漢の魔の手を逃れ、故国フランスに辿り着いたエミリーは、かつて結婚を誓ったヴァランクールと痛切な再会を果たす。彼が犯した罪とはなにか——（下巻）

刊行から二二七年を経て、今なお世界中で読み継がれるゴシック小説の源流。イギリス文学史上に不朽の名作として屹立する異形の超大作、待望の本邦初訳！

ISBN978-4-86182-858-4／859-1

森のロマンス

アン・ラドクリフ著　三馬志伸訳

都パリを逐電したラ・モット夫妻は、荒野の一軒家で保護した美しき娘アドリーヌとともに、鬱蒼たる森の僧院に身を隠す。彼らを待ち受けるのは恐るべき悪謀——今なお世界中で読み継がれる名著『ユドルフォ城の怪奇』に先駆けて執筆され、著者の出世作となったゴシック小説の傑作。刊行から二三二年を経て本邦初訳！

ISBN978-4-86793-004-5

【作品社の本】

ミダック横町

ナギーブ・マフフーズ著　香戸精一訳

「ミダック横町が過ぎ去りし時代の偉大なる遺産で、かつてはカイロの街に真珠のごとく光り輝いたであろうことは間違いない」

カイロの下町に生きる個性豊かな人々の姿を軽妙に描く、ノーベル文学賞作家による円熟の傑作長編、本邦初訳！　ISBN978-4-86182-956-7

すべて内なるものは

エドウィージ・ダンティカ著　佐川愛子訳

全米批評家協会賞小説部門受賞作！　異郷に暮らしながら、故国を想いつづける人びとの、愛と喪失の物語。四半世紀にわたり、アメリカ文学の中心で、ひとりの移民女性としてリリカルで静謐な物語をつむぐ、ハイチ系作家の最新作品集、その円熟の境地。

ISBN978-4-86182-815-7

ほどける

エドウィージ・ダンティカ著　佐川愛子訳

双子の姉を交通事故で喪った、十六歳の少女。自らの半身というべき存在をなくした彼女は、家族や友人らの助けを得て、アイデンティティを立て直し、新たな歩みを始める。全米が注目するハイチ系気鋭女性作家による、愛と抒情に満ちた物語。　ISBN978-4-86182-627-6

海の光のクレア

エドウィージ・ダンティカ著　佐川愛子訳

七歳の誕生日の夜、煌々と輝く満月の中、父の漁師小屋から消えた少女クレアは、どこへ行ったのか――。海辺の村のある一日の風景から、その土地に生きる人びとの記憶を織物のように描き出す。全米が注目するハイチ系気鋭女性作家による、最新にして最良の長篇小説。

ISBN978-4-86182-519-4

地震以前の私たち、地震以後の私たち

それぞれの記憶よ、語れ

エドウィージ・ダンティカ著　佐川愛子訳

ハイチに生を享け、アメリカに暮らす気鋭の女性作家が語る、母国への思い、芸術家の仕事の意義、ディアスポラとして生きる人々、そして、ハイチ大地震のこと――。生命と魂と創造についての根源的な省察。カリブ文学OCMボーカス賞受賞作。　ISBN978-4-86182-450-0

【作品社の本】

地下で生きた男

リチャード・ライト著　上岡伸雄編訳

無実の殺人の罪を着せられて警察の拷問を受け、地下の世界に逃げ込んだ男の奇妙で理不尽な体験。

20世紀黒人文学の先駆者として高い評価を受ける作家の、充実期の長篇小説、本邦初訳。重要な中短篇5作品を併録した、日本オリジナル編集！　ISBN978-4-86793-019-9

老ピノッキオ、ヴェネツィアに帰る

ロバート・クーヴァー著　斎藤兆史、上岡伸雄訳

晴れて人間となり、学問を修めて老境を迎えたピノッキオが、故郷ヴェネツィアでまたしても巻き起こす大騒動！　原作のオールスター・キャストでポストモダン文学の巨人が放つ、諧謔と知的刺激に満ち満ちた傑作長篇パロディ小説！　ISBN978-4-86182-399-2

ノワール

ロバート・クーヴァー著　上岡伸雄訳

“夜を連れて”現われたベール姿の魔性の女《ファム・ファタール》「未亡人」とは何者か!?

彼女に調査を依頼された街の大立者「ミスター・ビッグ」の正体は!?

そして「君」と名指される探偵フィリップ・M・ノワールの運命やいかに!?

ポストモダン文学の巨人による、フィルム・ノワール／ハードボイルド探偵小説の、アイロニカルで周到なパロディ！　ISBN978-4-86182-499-9

ようこそ、映画館へ

ロバート・クーヴァー著　越川芳明訳

西部劇、ミュージカル、チャップリン喜劇、『カサブランカ』、フィルム・ノワール、カートゥーン……。あらゆるジャンル映画を俎上に載せ、解体し、魅惑的に再構築する！　ポストモダン文学の巨人がラブレー顔負けの過激なブラックユーモアでおくる、映画館での一夜の連続上映と、ひとりの映写技師、そして観客の少女の奇妙な体験！　ISBN978-4-86182-587-3

ゴーストタウン

ロバート・クーヴァー著　上岡伸雄、馬籠清子訳

辺境の町に流れ着き、保安官となったカウボーイ。酒場の女性歌手に知らぬうちに求婚するが、町の荒くれ者たちをいつの間にやら敵に回して、命からがら町を出たものの——。

書き割りのような西部劇の神話的世界を目まぐるしく飛び回り、力ずくで解体してその裏面を暴き出す、ポストモダン文学の巨人による空前絶後のパロディ！　ISBN978-4-86182-623-8

【作品社の本】

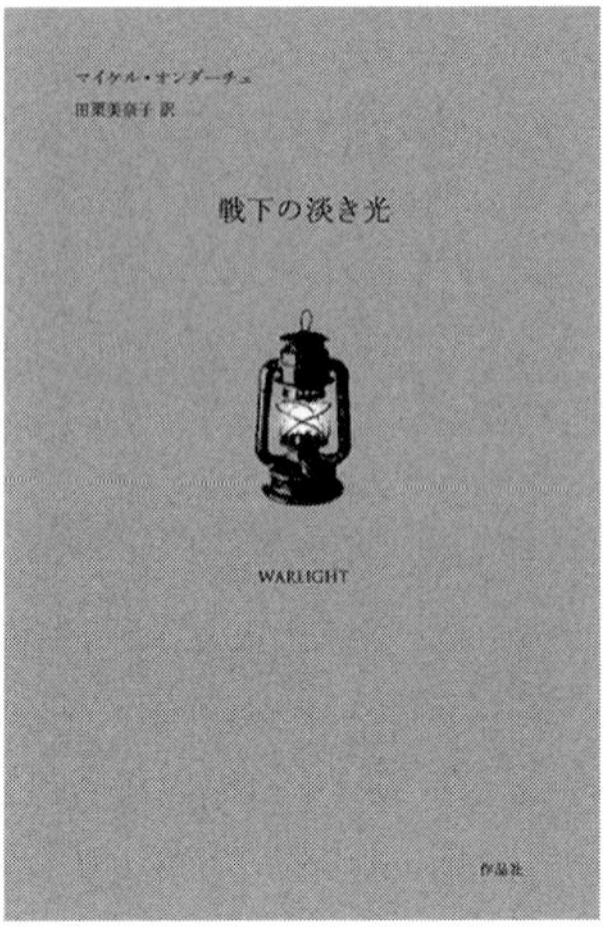

戦下の淡き光

マイケル・オンダーチェ著　田栗美奈子訳

1945年、うちの両親は、犯罪者かもしれない男ふたりの手に僕らをゆだねて姿を消した――。母の秘密を追い、政府機関の任務に就くナサニエル。母たちはどこで何をしていたのか。周囲を取り巻く謎の人物と不穏な空気の陰に何があったのか。人生を賭して、彼は探る。あまりにもスリリングであまりにも美しい長編小説。

ISBN978-4-86182-770-9

ヤングスキンズ

コリン・バレット著　田栗美奈子・下林悠治訳

経済が崩壊し、人心が鬱屈したアイルランドの地方都市に暮らす無軌道な若者たちを、繊細かつ暴力的な筆致で描きだす、ニューウェイブ文学の傑作。世界が注目する新星のデビュー作！ガーディアン・ファーストブック賞、ルーニー賞、フランク・オコナー国際短編賞受賞！

ISBN978-4-86182-647-4

孤児列車

クリスティナ・ベイカー・クライン著　田栗美奈子訳

91歳の老婦人が、17歳の不良少女に語った、あまりにも数奇な人生の物語。火事による一家の死、孤児としての過酷な少女時代、ようやく見つけた自分の居場所、長いあいだ想いつづけた相手との奇跡的な再会、そしてその結末……。すべてを知ったとき、少女モリーが老婦人ヴィヴィアンのために取った行動とは――。感動の輪が世界中に広がりつづけている、全米100万部突破の大ベストセラー小説！

ISBN978-4-86182-520-0

ハニー・トラップ探偵社

ラナ・シトロン著　田栗美奈子訳

「エロかわ毒舌キュート！　ドジっ子女探偵の泣き笑い人生から目が離せません（しかもコブつき）」――岸本佐知子さん推薦。スリルとサスペンス、ユーモアとロマンス――一粒で何度もおいしい、ハチャメチャだけど心温まる、とびっきりハッピーなエンターテインメント。

ISBN978-4-86182-348-0